O dono do mar

José Sarney

O dono do mar

Principis

Esta é uma publicação Principis, selo exclusivo da Ciranda Cultural

Texto
© José Sarney

Editora
Michele de Souza Barbosa

Revisão
Fernanda R. Braga Simon

Produção editorial
Ciranda Cultural

Diagramação
Linea Editora

Design de capa
Ana Dobón

Ilustrações
Laerte Silvino

Dados Internacionais de Catalogação na Publicação (CIP) de acordo com ISBD

S246d Sarney, José

O dono do mar / José Sarney. - Jandira, SP : Principis, 2025.
256 p. ; 15,5cm x 22,6m.

ISBN: 978-65-5097-286-8

1. Literatura brasileira. 2. Romance. 3. Maranhão. 4. Cultura brasileira. 5. Cotidiano. 6. Pescador. 7. Personagens. I. Título.

2025-2874 CDD 869.89923
CDU 821.134.3(81)-31

Elaborado por Vagner Rodolfo da Silva - CRB-8/9410

Índice para catálogo sistemático:
1. Literatura brasileira : Romance 869.89923
2. Literatura brasileira : Romance 821.134.3(81)-31

1ª edição em 2025
www.cirandacultural.com.br

“Criou, pois, Deus os monstros marinhos e todos os seres viventes, os quais as águas produziram com abundância…”

Gênesis, Capítulo I, Versículo 21

Dedico este livro a Costinha, que amou estes mares, ao Velho Júlio, capataz da Ilha do Curupu, Mestre José Aires, comandante da *Cinco Meninas*, Raimundo, João, Antônio, Valbinho, Come-Lombo, Pinga-Fogo, Honorina, Pestana, Simplício, Tamarelo, Achado, Zé Remédio, Piru, Agustinho e Fiapo, companheiros de navegação.

SUMÁRIO

CAPÍTULO 1

Não era dia nem noite no porto do Mojó. Era o lusco-fusco da madrugada.

Quando Antão Cristório chegou para embarcar, a maré ainda não tinha deixado marcas na areia. Estava plena, morta, pronta para começar a vazante. Ele caminhava, os pés de pato, abertos, triangulares, aqueles dedos grandes e espalhados, plantados no chão, esmagando a terra e deixando amassados profundos na marca dos passos. Seu corpo era íntegro, atarracado, forte, rijo, braços longos, as mãos soltas, balançando descompassadas. Os sulcos dos músculos, nítidos, dividiam braços e antebraços, coxas e pernas, peito e barriga. Estava com o velho chapéu de palha e o calção de pescar esfiapado e encardido pelo sol do mar. Tinha o rosto largo, nariz achatado, queixo retraído, a tez queimada, cor de barro, curtida de sol e maresia.

– Bom dia, capitão Cristório – saudou Bertolino.

– Capitão? Capitão é a puta que pariu. Todo mundo sabe que sexta-feira eu não gosto que me chamem capitão – respondeu seco e firme, sem alterar nem mesmo o tremer da vela enrolada que carregava no ombro, a caminho da sua biana.

– Mas, capitão!... – tentou explicar Bertolino.

– Eu já disse que não gosto que me chamem capitão na sexta-feira. Vai de novo à puta que pariu. E, se repetir, corto a língua.

Era assim. Claro e duro. Bertolino engoliu o desaforo. Sabia que as palavras ali não eram coisas sem rumo. De logo, eram fatos. Correu sangue muitas vezes nas areias do Mojó. Tudo sempre começava como no mar. Um pé de vento, um pé de conversa, uma tempestade.

Cristório tinha motivos para odiar as sextas-feiras. Foi numa sexta-feira que seu filho Jerumenho fora assassinado. Chegara de uma pescaria, cansado, triste, e apenas tinha deitado quando ouviu a voz do primo Garatoso, chamando:

– Capitão Cristório, Capitão Cristório!?... Aconteceu a pior das desgraças, uma desgraça grande...

Ele não sabia se era sonho ou se era verdade. Começava a dormir. Mas a voz insistiu, no tom do desespero:

– Capitão Cristório, Capitão Cristório...

Sabe Deus o ocorrido naquela noite. Os tempos estavam longe, mas dava para recordar. Brigas de festa, brigas de amor. Jerumenho, vinte anos, saúde e força, nas noites de São João. Cantava o bumba meu boi e todos dançavam. Maria Dina puxa o cordão, vem noite, vêm três noites, e a brincadeira continua. Há um fresco-fresco de que todos gostam. Cheiro de mulher, de cachaça e de escuro. O baile avança, avança o desejo, e Dina vem toda arretada. Esfrega-se aqui, busca homem acolá e é toda querendo entregar-se, desejo e alegria. Jerumenho sai, balança, vai de esperto e cai no rumo do esconderijo.

– Vem, Dina.

Ela vem. É tudo que se pensa e deseja. Jerumenho, nas suas forças, força. E vai e vem. E vem e vai. Ela geme. Bem perto estão a festa e o marido. É tudo alegria, e ela quer conhecer o desconhecido.

Jerumenho sempre lhe dizia palavras de bem-querer:

– Flor cheirosa da noite. Lua de agosto. Deus te fez e Deus te conserva.

Ela ouvia. Despertava seu instinto de mulher e via aquele corpo sempre corpo desejando seu corpo. Sentia de tudo nas palavras atravessadas e nas sugestões das mãos macias.

Naquela noite, tudo aconteceu como acontece. O destino. Saiu um xote, pega para cá, rodopia para lá e depois vem o diabo de querer corpo com corpo. Ardia a lamparina de morrão. Uma luz amarela, dessas que saem do bico grande e ganham as alturas iluminando as noites de tudo se querendo.

– Vamos embaralhar as partes? Vamos?

Ela não ouviu nada, e ouviu tudo, e foi saindo, saindo de lado – e de repente estavam no mato. Era um chão de folhas. As estrelas e o desejo. Boca com boca, boca de boca, parte com parte. Cheiro com cheiro. E o amor nascia, de carne, e um só.

Jerumenho saca o mastro, Maria Dina levanta os panos e as estrelas brilham no céu da noite. O campo está aberto. Mulher, fêmea e terecô. Vai e vem, bate no chão, deita, levanta e desce. Se esfrega e renova. É a posse, o milagre pleno dessas noites doces. O gozo do gosto do corpo.

Não se sabe por artes de que diabo, Carideno, marido dela, acompanhou a caminhada. E, no meio de tudo, Jerumenho sente a peixeira larga na costa e o frio de uma quentura de estranho sol, e a vida vai saindo com o sangue que corre. Dina o abraça abraçando a noite e a morte, e ele perde o mastro e o silêncio.

Não tardou a começar a gritaria:

– Morreu gente, tem sangue ali, tem sangue!

Vai grito, vai curiosidade e vai se saber o que não se sabe, atrás do acontecido que aconteceu.

É o amor e é a morte. Ronca o bumba meu boi:

Te levanta boi e vem, bate as patas também.
Se a dona da casa trepa, as filhas trepam também...
Já urrou, já urrou que eu vi,
Todas três eu já comi...

Era a noite dos cordões de bumba meu boi com as mais floridas guarnições. Jerôncio, o Cazumbá do folguedo, já dissera antes da saída da rapaziada:

– Hoje vai ter ranger de dente!

Nas noites de sexta-feira é preciso olhar as estrelas, elas são azuis e às vezes amarelas. Cavalgam bodes e cavalos nos vazios dos buracos escuros do céu. Ali habitam os demônios. Eles olham a terra e se encontram para descobrir um lugar onde colocar a mão da desgraça, que flutua com o sereno e a tarrafa da noite no fim do dia.

Há um silêncio profundo. As formigas andam devagar. Os galhos das imbaúbas estão parados. O povo corre para saber o que há no grito daquele mistério:

– Trepou e não gozou... – foi o que disse uma mulher que olhava a cena.

Jerumenho repousava numa poça de sangue. Braços abertos, noite fechada. Foi quando Garatoso saiu e foi avisar o velho Cristório. Mal andou, parou e ficou no meio do caminho porque ouviu uma voz:

– Não diz a meu pai que eu não lutei. Eu estava preso. Era o feitiço da Dina. E eu somente vi o luminar da noite daqueles cabelos.

– Quem fala?

– Sou eu. Jerumenho.

– Estás morto!

– Estou morto, mas vendo a vida. E dela me afastando.

* * *

Na casa ao lado, beira de estrada, ouvindo o vozerio, Zeferina, sitiante no lugar, acordava. Via uma sombra, que lhe fala entre sinais e luzes:

– Quem é?

– Sou eu.

– Quem?

– Jerumenho.

– Estás no mar com Tandito, meu filho?

– Não, estou na morte. Quero que me dês um pedaço de renda, cheia de quadrados de flores, para eu fazer uma trança de desejo para Dina, mulher de Carideno.

– Onde estás?

– No mundo das muruanas. Voando.

– Deixa o pecado. És alma?

– Não, sou gente.

– Não te vejo.

– Nunca. Eu não sou mais.

A noite avança e é tudo sortilégio – e ao longe se cantam e dançam as cantigas de boi que encantam as noites de mistério.

– Capitão Cristório, venha depressa...

– Com que diabos você me chama assim? Já vou.

E saiu de casa para o terreiro da frente.

– Mataram Jerumenho!

– Que notícia desgraçada é essa?

– Mataram.

– Onde?

– No Baile do Faustino.

Cristório ficou calado. Testa franzida, dentes cerrados, entra em casa. Jerumenho era seu companheiro de mar. Era ele que se pendurava na iça, acompanhava seus silêncios, enrolava a rede de pescar. Crescera dentro da canoa, tantos eram os dias e as noites que passaram juntos, desde menino. Cristório baixou a cabeça, vestiu a camisa de pano cru, apertou o cinto de corda, pôs o chapéu e saiu amassado:

– Vamos, primo Garatoso. Deus mandou, eu obedeço.

Chegaram. Um bocado de gente cercava o corpo. Já havia velas acesas debaixo do pé de tamboril, onde eles foram juntar-se. O sangue escorria da ferida nas costas e pelo chão. Não dava para ver o rosto de Jerumenho, que estava de bruços. Cristório pediu um lençol. Foram buscar. Enrolou o corpo do filho, carregou-o no ombro e tomou o caminho de casa. Ali chegou. Grande era o silêncio. Saíra sem avisar ninguém. Parou em frente de casa, o corpo quente nas costas. Só então gritou pela mulher:

– Camborina, acorda! Camborina, Camborina! – a voz era firme e seca, assim como a ordem para lançar o arpão.

Algum tempo ficou esperando. A porta se abriu. Camborina, na quase escuridão, sem saber o que era, perguntou:

– Que peixe é esse que tu trazes nas costas?

– É o corpo do teu filho Jerumenho.

Um grito de dor invadiu a noite. Ele entrou, pousou Jerumenho na mesa da cozinha e repetiu:

– Deus mandou. – E acrescentou com raiva: – Merda!

Começaram as lamentações, as rezas e a tristeza. A notícia correndo e os amigos chegando. Iniciaram o trato das coisas dos defuntos: caixão, roupa e cova. Cristório à frente de tudo. Fazia as coisas como se estivesse arrumando os apetrechos para embarcar. Seguiram-se os costumes do lugar. Cristório não tinha lágrimas. De vez em quando chegava perto do corpo, levantava o lenço que cobria o rosto, olhava, desviava o olhar e saía.

Colocou água no fogo, misturou água quente com água fria, pegou os panos velhos, começou a limpar o cadáver do filho. Retirou as calças de mescla azul.

– Peço que todos saiam! – deu ordem para os filhos e vizinhos.

E recomeçou o ritual. As mãos corriam na carne nua, deslizando carinho pela pele. Lavou-lhe os pés. Virou o corpo com cuidado. Ainda sangrava. Colocou um pedaço de pano no ferimento. Foi ao quarto e abriu o saco de roupas do rapaz, lavadas e enroladas com cuidado, penduradas na escápula das redes de dormir. Escolheu uma calça de brim cáqui e uma camisa branca. Achou que devia levar o calção velho, de muitas pescarias. Camborina chorava, beijava o filho morto e implorava a Deus. O pranto escorria na casa como se fosse chuva nas calhas. O vento era uma brisa forte que sacudia o velho pé de caju, florido e de galhos derramados pelo céu e pelo chão, no quintal das árvores verdes onde dormiam as galinhas-d'angola.

Cristório voltou. O corpo estava coberto por um lençol, que ele puxou. Olhou bem o filho como se fosse uma primeira vez. Os dentes apareciam ligeiramente, numa boca que se entreabria. Pegou-lhe os lábios e puxou três vezes. Limpou-lhe o rosto uma vez mais. Beijou-lhe a testa. Os olhos estavam fechados e as mãos caíam descoordenadas para fora da mesa.

Viu-lhe os músculos. Começou a farejar-lhe o corpo todo. Levantou os braços, puxou os cabelos das axilas. Apertou o pano molhado para que escorresse a água suja. Molhou-o de novo no caldeirão. Lavou-lhe demoradamente o mastro, as virilhas, as entrecoxas, as pernas. Amaciou e ordenou-lhe os cabelos, apertou-lhe as mãos e cruzou-as sobre o peito. Começou a prepará-lo. Camborina quis ajudá-lo.

– Não! – gritou. – Quero fazer só!

Desenrolou a calça e começou a vestir o morto. Primeiro de um lado, depois de outro. Lembrou-se do calção e retirou tudo. Pegou o calção velho de pesca que ele usava na canoa e vestiu-o. Puxou o cordão da cintura, apertou e amarrou. Recomeçou a tarefa das calças. Depois, foi a vez da camisa. Levantou o corpo. Abraçou-o, e só então pediu a Camborina:

– Veste a camisa. Antes limpa o resto de sangue que está na mesa.

Colocou-lhe os braços nas mangas. Pôs a camisa para dentro da calça, foi fechando os botões devagar, até a gola.

Juntou-lhe os pés, amarrou um ao outro com um pedaço de pano e fez o mesmo com as mãos sobre o peito. Foi ao quarto, trouxe um pente, passou nos cabelos e parou no topete. Era um cabelo castanho, nem liso nem crespo. Queimado de sol, cheirando a suor e calor. Um arrocho subiu-lhe à garganta. Penteou Jerumenho mais uma vez. Beijou-lhe o rosto. De seus olhos não saíam lágrimas. Foi à cozinha e trouxe uma faca e um rolo de embira. Mediu o corpo três vezes. Calculou um palmo além dos pés. Outro palmo além da cabeça. Pegou a faca, cortou a embira e falou forte:

– Garatoso, leva a medição. O tamanho do caixão é este.

Cobriu-o com o lençol. Voltou, puxou um banco e sentou-se. Ali ficou o resto da noite e o dia que veio, sem beber nem comer. Sem mexer um músculo até a hora do enterro na tarde daquele dia que continuava sendo aquela madrugada.

O caminho do cemitério foi longo e penoso. O caixão era levado nas mãos. Umas velhas cantavam incelências no cemitério.

Oi, mãe das almas
Amiga da mãe de Deus
Alecrim-do-campo
São Lucas e São Jerônimo
Valei-me, mãe das almas,
Amiga da Mãe de Deus.

Havia pés de lírio-bravo ao redor daqueles túmulos pobres. Cristório estava mudo, mas virou-se para Garatoso e perguntou:

– Onde é a casa da mulher que Jerumenho estava em cima?

– A uma légua adiante, perto do porto do Mojó.

– Pois eu quero ir lá…

– Não faça besteira, primo! Deixa o tempo correr.

– Quero falar com ela. Depois é a vez do marido. Vai ser conversa curta.

– Tira essa ideia de vingança da cabeça.

– Vamos na nossa viagem.

O caixão chegou ao cemitério. Foi colocado no chão, plantado de capim ralo. Camborina ia segura por filhos e amigos. Vinha um soluço grande de todas as gargantas.

– Tira a tampa – disse Cristório.

Jerumenho apareceu. O rosto com lábios de amargura. Camborina ajoelha-se, repousa a cabeça sobre o peito do filho, esmagando as flores vermelhas, em forma de cálice, do pé de margarida do quintal de sua casa.

– Camborina – disse Germana, sua irmã –, aceita a força de Deus.

– Deus, por que não sou eu? – respondeu em desespero.

Cristório tinha os olhos presos na cova. Não falava com ninguém. Ninguém falava com ele. Começaram a encomendar o corpo. Era tarefa de Gertrudes, preta-velha do povoado, conhecedora da arte dos enterros:

Lázaro viu a ressurreição. Jerumenho vai ver.
Lázaro acreditou.
Nós acreditamos na ressurreição dos mortos.
Mãe de Deus…

A tarde morria. Os soluços eram mais fundos. Corria uma brisa com cheiro de alfazema. As folhas dos cajueiros curvavam-se.

Antes de fechar o caixão, Cristório passou a mão no rosto do filho. Beijou-o pela última vez e disse:

– Deus quis, Deus quer, Deus seja louvado.

Uma mulher tentou consolá-lo:

– Jerumenho era tão bom…

– Fique calada, mulher de Deus, ele já morreu… – respondeu áspero.

A cova estava aberta. Ao lado, o monte de terra. Os coveiros prontos. A pá velha, gasta na tarefa de cobrir os mortos, pousava exausta na piçarra.

Os gritos começaram. A garganta era pequena para o canto fundo dos pesares. Jerumenho descia. As cordas enlaçadas na cabeça e no pé do caixão corriam soltas, devagar. Chegou ao fundo. As cordas foram puxadas, rangendo na madeira. Todos se aproximaram e jogaram flores e galhos verdes. Aquele cheiro de alfazema enchia o ar. O vento era o mesmo. Camborina desmaiava. Germana levantava as mãos. Cristório era um pé de pau.

As pás de terra iam sendo lançadas. A primeira, quando bateu na tábua do caixão, fez aquela zoada oca, e Cristório sentiu um frio e uma quentura que correram juntos todo o seu corpo, dos pés à cabeça.

O velório fora longo. Gente da redondeza inteira. Todos falavam do crime e da bondade de Carideno. Depois de enchida a cova, fez-se um monte de terra em cima e foram jogados mais galhos verdes, flores de jasmim, rosas murchas, cravos amarelos. Camborina acendeu uma vela que o vento logo apagou. Todos enterraram suas velas e jogaram mais flores.

A noite começava a chegar. O sol se escondia. O horizonte era vermelho, um fogo se apagando.

Camborina, curvada, apoiada, olhou a terra:

– Filho de minh'alma! – E desmaiou de novo.

Cristório tomou o braço de Garatoso e pediu:

– Vamos, primo, quero chegar na casa da mulher antes do soturno da noite.

E, sem falar com ninguém, só tristeza e dor, foi saindo e caminhando para o desconhecido. Tomou o caminho do Mojó. Mais adiante, olhou para o lado e viu uma sombra. Foi no seu rumo. Ouvia sons, como se fossem vozes. Entrou na vereda. Seus passos ganharam a mata, conduzidos pelo desgoverno.

– Pai Cristório, eu não lutei porque não pude.

Era Jerumenho. Ao seu lado, Terêncio, o tio que tinha morrido de febre, no inverno anterior. Atrás, Varizina e Batesta, as irmãs que morreram de doença de crianças, bem meninas. Batesta tinha o rosto comprido, olhos mansos, aqueles mesmos que Cristório vira no caixão branco quando, fazia mais de vinte anos, a levara para o cemitério. Morreu de olhos abertos e foram suas mãos de pai que lhe puxaram as pálpebras para encobrir o olhar que já não via.

– Pai Cristório, é preciso cremar a biana e consertar a malhadeira. Eu ia fazer hoje, mas não pude. Cuidado com a Croa das Ânsias, ela é traiçoeira e por lá não se pode dormir.

Um pé de caju estava carregado. Havia um cheiro forte da fruta. Cristório quis pegar no filho, mas era só vento. Não entendeu o que acontecia. Parou e perguntou:

– Essa mulher te chamou e não disse que tinha marido?

– Disse que tinha marido, mas que o marido estava pescando.

– Deus guarde tua alma. Bênção para as meninas!

Terêncio estava gordo, parecia que comia demais.

– Terêncio – disse ele –, tua mulher já tá casando de novo. O marido é gente de trabalho.

– Eu não posso ir lá. Minhas pernas estão presas na lama do mangue.

– E como estás aqui?

– Vim carregado nos braços de Jerumenho.

– Onde vocês estão?

Sumiram.

Cristório ouviu um quebrar de galhos e um tropel de gente a caminhar na mata. Voltou ao caminho e encontrou Garatoso.

– Você ouviu e viu?

– Não vi nada. Você foi ao mato pela barriga, é natural. Nessas horas o intestino não aguenta de tanta dor.

Cristório ficou calado.

– Está longe a casa da mulher?

– Não. Mais duas curvas.

Realmente, adiante quinhentas braças via-se uma tapera, toda fechada, sem nenhum sinal de vida. Cristório chegou e bateu:

– De casa? De casa?

Um grande silêncio. Cristório avançou e com um pontapé quebrou a porta que se abria numa sala de soque e dava para o quarto. Foi um impulso só. Lá estava uma mulher apavorada. Era Maria Dina, os olhos inchados de tanto chorar, de saiota e blusa. Cristório olhou-a fixamente, com olhos de rancor:

– Você foi a mulher que estava embaixo de Jerumenho, ontem, quando ele foi morto pelo Carideno?

– Não me mate, pelo amor de Deus! Eu não tive culpa! Era amor. Fomos sem pensar em desgraça.

Cristório olhou-a de lado, a luz da noite já ia chegando e os objetos e gentes iam ficando escuros. Olhou-a mais uma vez, com os olhos bem abertos e as mãos trêmulas. Tudo que sofrera naquele dia eram marcas no seu corpo machucado.

– Tira a roupa, fica toda nua e deita.

– Não me mate, não me mate... – disse Maria Dina, sentindo o peso daqueles olhos.

– Tira tudo, logo! – determinou Cristório, numa voz de ódio.

Maria Dina começou a despir-se. Tremia. Estava possuída de pavor. Retirou primeiro a blusa, os seios saíram, e depois tirou a saia e a calcinha de chita. Não sabia o que fazia nem por quê. Cumpria ordens. Cristório estava imóvel. Saiu de dentro daqueles trapos um corpo jovem, as coxas largas, os pelos pretos cobrindo as partes de uma cor de canoa, assim escura e clara, como os panos tingidos de mangue de sua canoa.

Cristório arrancou a peixeira. Era larga e tinha uns trinta centímetros de comprimento, companheira permanente de pescaria. Afiada em pedra de raio, era ela que abria o couro da barriga dos peixes grandes, num corte certo, sem curvar, contínuo, preciso. E nas pancadas da parte cega, era utilizada como porrete, batia com força, para matar os bagres e quebrar-lhes os esporões, esmagar-lhes a cabeça. O rosto de Dina era de um espanto que saía correndo dos olhos, como se o medo fosse bicho, tivesse forma e jeito, quisesse fugir.

Cristório viu aquele corpo. Era magro, mas rijo. A sua nudez já não era tão clara no lusco-fusco fresco da noite, mas dava para ver a mulher. Pegou da faca, apertou o cabo, levantou-a e cravou-a na parede de barro com todas as forças da raiva:

– Mulher, abre as pernas, cadela do azar. Eu vim terminar o que Jerumenho começou!

A noite caía em lágrimas e espanto.

CAPÍTULO 2

Aquelas praias eram pobres. Terras de pescaria, Deus, o pecado e a vida. Ali nasceu Antão Cristório.

– Qual o nome do menino? – perguntou Isidoro Quibau a dona Turinda, vizinha de tapera que assistia o parto de Natividade, sua mulher.

Era uma sexta-feira, lua cheia, a maré ia alta e eles moravam na praia da Raposa, pequena vila de pescadores na ponta da Ilha de São Luís. A casa era como todas, coberta de palha, paredes de folha de babaçu. Duas ou três redes para as crianças. A mulher e os homens dormiam na areia do chão. Não tinham nem o dia nem a noite. Viviam submissos às marés, pescando nas madrugadas, dormindo de dia, conforme a hora de ir e voltar do mar. E quantas vezes era mais certo passar a semana em cima d'água, nas artes da zangaria. Foi ali, numa esteira, como todas as outras mulheres, que Natividade teve o filho. Dona Turinda, velha acostumada em ajudar partos, recebeu a criança e pediu a faca de peixe para cortar o umbigo do menino. Depois foi o banho, lá fora, no jirau da cozinha, com água quente tirada da panela que esquentava na trempe, e a água do pote, misturadas, quebrada da frieza, para não agredir a criança. Isidoro segurou-a pelo pé, dependurou-a, e dona Turinda foi jogando a água com a cuia. O menino chorava forte. A lua brilhava e se derramava na praia.

– Qual é o nome do menino? – tornou a perguntar Isidoro a dona Turinda.

– Veja o santo que está na folhinha. Leve a lamparina.

– Dona Turinda, nossa folhinha não tem nome de santo. Isso era no tempo antigo, daquelas folhinhas do dia a dia, que a gente arrancava as folhas. Mas eu tenho um *Almanaque de Bristol* aqui guardado e vou olhar. Depois a gente conversa sobre isso. A coisa agora é enrolar o menino e fazer um chá, pra Natividade descansar. Dona Turinda, quantos filhos a senhora já teve?

– Olhe, compadre Isidoro, aqui na Raposa, sete, mas quando cheguei já era mulher parideira e tinha cinco meninos e perdido três. Você sabe, compadre, que eu já era mulher de um marido, que morreu ainda em Primeira Cruz. Era pescador e trabalhava com Nicolau, que ficou comigo e nós viemos para cá. Se o senhor olhar bem, os mais claros são os de Nicolau, porque Jesutino, assim se chamava o falecido, era mais escuro.

– A vida é assim mesmo, minha comadre, nós já estamos no terceiro e vamos ter quantos a mulher despejar. A sorte do homem é ter filho. Deus é que manda pra gente criar, e quanto mais ele manda, mais ele gosta da gente. Eu por mim, quando procurei mulher pra me casar, pensei assim, e Natividade tem sido mulher boa de barriga. Não tem perdido tempo. Sai um, entra logo outro e não tem problema de parição. Ela vem, começa com as dores que Deus deu para as mulheres, e me avisa sempre: "Menino tá chegando." E chega logo. Viu esse agora? Ela começou de tarde dizendo que estava com dor no intestino, falou que queria ir no mato e eu adverti: "Olha lá, Natividade, se não é criança." "Não é não, Isidoro, foi um peixe que almocei." Mas não deu outra, a coisa foi aumentando, ela andava pra lá e pra cá, sacudia os dedos, deitava um pouquinho, depois se levantava e já logo o menino apareceu. Da arrebentação da água até a parição, a senhora viu, não demorou muito. Mulher parideira, a Natividade!

– Pois é, seu Isidoro, eu já tive muito filho, mas se tivesse mais um, e fosse homem, eu botava o nome de Antão.

– Mas a senhora não me disse pra colocar o nome do santo da folhinha?

– Eu disse, porque o filho é seu.

– Pois eu boto, pra fazer o gosto da senhora. Vai ser Antão. Dona Turinda, certa vez eu pensei no mar em botar Cristo o nome de um filho, mas pensei que era jogar cruz nas costas dele. Então pensei de novo e achei que Cristório seria o nome sem ser o nome. Eu botava, Cristo sabia que era por ele, mas o povo não sabia.

– Então, seu Isidoro, por que o senhor não bota o nome de Cristório?

– Não, já disse à senhora que era Antão, já está ferrado. É Antão.

– Por que o senhor não coloca Antão Cristório?

– Pois posso concordar.

Nessa hora, Natividade chamava:

– Gente, vocês esqueceram de mim? Venha me lavar e limpar as sujeiras, comadre, por amor de Deus.

– Já vou indo.

O menino, já enrolado, foi colocado na cama de areia, forrada de esteira tecida de palha de babaçu e alguns sacos de cânhamo como lençol.

– Venha ver, Dona Turinda, corra aqui fora! – gritou Isidoro. – Olhe lá!

Era uma nuvem preta no céu, que encostava na lua, toda recortada, como se fosse papel de Reis, desenhado de peixes e velas.

– Não tô vendo, compadre.

– Pois veja, que é coisa bonita.

O luar derramava-se sobre as areias e dunas. Brilhava e saía da terra para refletir-se no mar.

– Louvado seja Deus que me deu mais um filho!

E começou a fazer um café, fumar um cigarro, enquanto os outros filhos dormiam, e o que chegara chupava o peito. Dona Turinda saiu para casa, não sem antes anunciar aos vizinhos, batendo nas casas onde passava: "Natividade pariu. É outro homem. Antão Cristório."

Cristório saiu a primeira vez para o alto-mar quando tinha seis anos. Seu pai trabalhava numa canoa da Raposa.

O filho revelou desde cedo ter uma intimidade muito grande com as águas. Já com um ano começou a andar e sempre seus passos eram no caminho da praia. Natividade, a mãe, descuidada colocando panelas nas trempes, tratando peixes no jirau da cozinha, um dia deixou os meninos brincando no cômodo da frente, lambuzados de areia, fazendo bolinhos de terra e cozinhando o tempo. Uma hora foi dar uma espiada neles e notou a falta de Cristório. Correu no rumo do quintal e, sem achá-lo, foi procurar por todos os lados. Encontrou-o caído no tanque dos patos, e quando correu para socorrê-lo, pensando estar afogado, ele boiava, de olhos abertos, mirando os dois lados, batendo braços e pernas, como se a água fosse areia.

– Meu Deus, morreu!

Retirou-o do tanque, pendurou-o pelos pés para que botasse pra fora a água que bebera, sacudiu-o todo. Ele chorou, mas não botou água nenhuma. Natividade repetiu:

– Esse menino parece peixe!

Quando Isidoro chegou, ela contou o acontecido e ele não acreditou. Depois a história correu o povoado e vinha gente olhar o menino e saber do episódio.

* * *

Já pelos quatro anos ele ajudava no conserto da malhadeira, no estorvar os anzóis, no levar os apetrechos para a canoa. E saía nos cascos pequenos, de remo na mão, ciscando nos pés dos mangues, jogando o anzol, pegando papista, tirando ostra, lavando sururu.

Aos seis anos embarcou para o grande mar. Seu pai e mais o mestre Artorino estavam de partida para o parcel de Manuel Luís, onde se dizia que estava dando muita pescada e camurupim. Nos pesqueiros da baía de São José, a coisa não ia bem. Não se estava pegando nada. Era só tempo perdido e nem comida para casa estavam encontrando.

Na maré da saída, na beira da praia, apareceu Cristório. O menino pedia ao pai que o levasse. Tanto chorou e pediu, que embarcou.

– Não faça isso, seu Isidoro – disse Artorino.

E acrescentou:

– Esse menino só vai dar trabalho. Nós vamos pra pescaria grande e ele só vai chorar, vomitar e se borrar todo. Vamos ter de voltar e o mais vai ser só atrapalho.

– Mas ele quer... – disse Isidoro. – E ele é como peixe, desde cedo gosta de água e não faz outra coisa senão olhar o mar e querer saber do segredo do salgado. Vamos levá-lo. O menino ajuda. É criança que tem dons.

Mal saíram, levantou-se um pé de vento sudeste que sacudiu a canoa e as ondas subiam em ladeiras grandes. A embarcação levantava e descia naqueles desfiladeiros que se formavam, não dando outro jeito senão de ficar agarrado aos bancos e no mastro. Isidoro era firme na cana do leme, procurando manter a direção, sem olhar para trás o rebojo que descia e que, visto de cima, dava um frio na espinha e um medo de não sair daqueles abismos que ficavam detrás. Artorino estava agarrado no mastro, abraçado que nem preguiça em pau. Cristório, menino e sem saber das navegações, parecia velho embarcadiço. Atirou-se no chão, agarrou o banco da canoa, segurou-se como pôde e a tudo assistia, sem medo, como se aquilo fosse o que tinha vivido em muitas viagens. Artorino mandou cambar o pano e baixar tudo, para somente deixar flutuar o casco. Os vagalhões cresciam cada vez mais. A canoa entrava no cocuruto da vaga que invadia tudo, enchendo de água e lavando da proa à popa. Isidoro e Artorino tentavam esvaziar a canoa com a lata grande, jogando fora a água que se acumulava. O jogo da embarcação atirava para todo lado panela, remos, fogareiro, sacos, carvão, caixa de colocar peixe, redes, fazendo de tudo uma confusão dos diabos. Os objetos batiam para um lado e para outro e muitos foram atirados fora. Cristório não tinha temores. Segurava-se e enfrentava o mar e o vento como se fossem seus velhos conhecidos, e com eles mastreava.

A ventania não abrandava. O rumo da canoa não se sabia e, sem pano e direção, era esperar o destino.

As ondas continuavam a crescer, cada vez maiores. Eram montanhas de água. A canoa subia e descia nas corredeiras das vagas e na volta entrava com toda a proa, e se alagava, e não se sabe por que artes de Deus não afundava de vez, rompendo maresia por todos os lados.

Atento a tudo, Cristório tinha o sentido de que o mar era assim, como cavalo que foi desembestado, solto, correndo, sem espaço nem tempo para ser domado e vivido. As águas pareciam ter a cor verde de folhas cristalinas, cheias de bolhas brancas que se arrebentavam, umas contra as outras, camaleando, e o vento batendo, como se as empurrasse para uma luta de cobras.

Assim durou um tempo que não se conta pelas horas. Depois veio uma chuva de raio. Água de pingo grosso. Tudo escuro. Ventania e chuva caindo como se o céu se abrisse e despejasse sua cuia gigante de água esvoaçada para molhar tudo e ser rodopiada pelo vento e pelos coriscos, que vinham com boca de gritar forte, estrondo de touro, e depois o rachar dos ares, com fagulhas cortando de alto a baixo, rasgando o céu, até cair no fundo das águas, lá longe. Mas não eram todos. Uns chegavam perto e estalavam junto da canoa, que igual a cisco não era nada, só contando o mar, o vento, a chuva e os raios.

Cristório estava firme. Não falava, mas não estava mudo. Lutava como se estivesse numa briga de galos, e fosse um deles. Sentia-se preparado para um combate que seria da vida inteira. Olhava longe e perto e via mãos de água que lutavam e riscos de raios que caíam. Sabia que esse era o demônio das tempestades. Aquilo era seu batismo. A canoa continuava a mergulhar nos camaleões das vagas e de repente saía, balançava, e a água que estava dentro pulava para fora, para de novo encher e de novo sair.

A zoada do vendaval e o mar batendo no casco não deixavam ninguém ouvir mais nada. Seu pai falava; Artorino, também. Mas ele não ouvia. Era só o instinto e o gosto de sentir a canoa lutar contra a tempestade.

Pano embaixo, o mastro gemia a todo momento como se quisesse quebrar, e o pano esperneava, como se quisesse se libertar das amarras.

Depois foi a hora de tudo passar e começar uma calmaria tão grande, como se o mar se transformasse em rio e o liso das águas um espelho em que a canoa estava presa. Ele tinha de se acostumar a esses contrastes. Tiveram que buscar orientação. Mas esta só viria de noite, com as estrelas e o clarão do farol de Itacolomi.

Foi aí que logo se revelaram os dons de Cristório. Ele levantou-se, apontou o rumo para o pai, e falou como velho navegante:

– Ali. É nessa direção.

Isidoro ouviu e sentiu como se aquela voz fosse uma ordem de quem entendia e que não podia ser desobedecida. Olhou para o menino. Seus olhos estavam verdes, da cor do mar. Seus comandos eram de mestre de embarcação e ele segurou a cana do leme e meteu a proa naquele rumo. Cristório nada mais disse. Estava molhado e o vento não o enxugara.

O pai não teve dúvida de que esse filho era nascido com encantos do mar e seria navegante e marinheiro.

– Cristório, o que você está vendo?

– Estou vendo o mar. Ele e eu temos um trato.

Retirou a camisa, uma camisa pela qual tinha amor de menino, e jogou-a nas águas.

– Se eu tivesse um cordão de ouro, dava para o mar.

O pano branco da camisa afundou como chumbo, e logo levantou-se um repuxo de água que subiu uns vinte metros, como uma fonte, e todos ficaram certos de que era uma coisa dessas que não se explica, mas se olha e não se fala. Aquela camisa um dia voltaria.

Fizeram um balanço das coisas perdidas. Estavam sem rede e todos os objetos de pescar. Sem água e sem fogo. O jeito era arribar para um lugar mais perto, e esse era Alcântara. Eles não conheciam bem o rumo nem os mares daquela zona. Aquela costa próxima de terra tinha muitos baixos de areia e pedras escondidas que só apareciam nas marés de quarto de lua.

Iria entrar a escuridão e era difícil saber o fundo, colocar linha ou mará. Navegaram e viram sinais de terra. Não adiantava aportar. Era afastar-se dela e rumar para fora e deixar clarear para descobrir ancoradouro seguro e largar o ferro.

Nessa madrugada, Cristório viu, pela primeira vez, os navios fantasmas que andam nas noites. Era um barco iluminado que navegava na escuridão, como uma sombra. Uma caravela pequena, de poucas velas, e ouvia-se como uma agonia o gemido das tábuas rachando, batendo e arrebentando nas pedras.

Passaram bem perto e no tombadilho estava um homem, trôpego, com uns papéis na mão, gritando vozes que não se ouviam, de tão fracas:

– Salvem os baús com meus versos!

Tinha barba longa, tossia, abria os braços e as ondas arrebentavam em seu rosto.

Ele gritava, numa voz encatarrada de rouquidão:

Minha terra tem palmeiras
Onde canta o sabiá
Não permita Deus que eu morra
Sem que volte para lá

O mar batia quebrando as cavernas, que se desfaziam. Ao longe, um batel com vultos da tripulação que se salvava do naufrágio. Viu o que ia ver para sempre: as sombras e os mistérios do mar. O homem de barbas, baixinho, entre convulsos de tosse, lufadas de vento e arrebentação de águas, agarrado a seus papéis que se espalhavam entre ventania e arrebentação, continuava seu desespero:

Não permita Deus que eu morra
Sem que volte para lá.

Ao relatar, muitos anos depois, sua primeira visão de assombração nas águas para Aquimundo, viu que ele sabia tudo desse navio, o *Ville de Boulogne*, um barco fantasma, naufragado nos abrolhos dos Atins, quando pereceu o poeta Gonçalves Dias, de regresso ao Maranhão, para morrer em sua terra. Seu corpo ficou no mar e seu delírio permaneceu para a eternidade nas assombrações dos navios iluminados que aparecem nesses mares.

Cristório nunca entendeu essas histórias que Aquimundo lhe contava. Naquela noite, a primeira dessas visões, contudo, passou a ter o sentimento de que o mar é cheio de fantasmas e apenas perguntou a seu pai:

– Que navio é esse?

Ele respondeu:

– São os navios que afundam e voltam nas noites. Depois desaparecem com o dia.

Quando o dia raiou, estavam em uma praia perto da baía de Cumã.

Chegaram. Ajeitaram as velas e a canoa, e partiram na viagem de volta, quando então viram o parcel de Manuel Luís, onde tantos barcos e monstros desapareceram nas pedras traiçoeiras. Ele estava ali, no meio do mar, na rota dos navios, dragão escondido entre algas e corais, esperando os cascos dos navios para parti-los.

Longe, o farol dizia aos navegantes, com sua luz fraca, onde era o inferno do perigo.

Cristório, naquele tempo, sentiu o seu destino. Cresceu nas artes do mar e saiu para a aventura da vida até o dia de mistério e espumas na ilha do Curupu.

CAPÍTULO 3

Com seu pai viveu pouco. Mas teve muitas companhias.

O mar constrói amigos. Querente foi o maior deles. Viveu ao seu lado desde moço. Com ele partilhou de todos os perigos. Juntos enfrentaram dias e noites; navegaram, pescaram, festas e bailes, carraspanas e amores. Era uma pessoa que ninguém podia explicar. Surgira do mar e em sua companhia viveu todos os mistérios. Conhecia o brilho de seus olhos, o azul da luz que saía de suas pupilas, que mudavam como retratos da alma. Muitas vezes lembrava-se de sua primeira aparição misteriosa.

A canoa em que navegava se chamava *Babiana*, tinha o pano tingido de mangue, de um marrom profundo. Era uma biana já velha, o casco pintado de breu e as bordas de um verde desbotado. Nela viajava com seu tio Terêncio e Basio, amigo de Demétrio, o que morreu alagado na Croa das Ânsias. Os três iam numa pesca de espinhel, saindo do porto do Mojó, numa quinta-feira, depois do Carnaval, já na Semana das Cinzas. Foram pescar na Risca, lugar bem distante, lá fora, no grande oceano, mar aberto onde apenas se viam o céu e as águas, encontro das gigantescas ondas que vinham subindo nas marés, para topar umas com as outras na linha dos arrecifes que se enfileiravam nas costas, onde brincavam de brigar umas com as outras, como se o mar fosse dividido por muralhas submersas que causavam tantos receios e tanta maresia.

A Risca era uma linha de espuma vista de longe e, de perto, a batida de frente de duas marés, a que vinha de terra e a que vinha dos altos oceanos. Na cheia, era aquele turbilhão, sons de vagalhões batendo por baixo, nas pedras; por cima, a crista das ondas. Os arrecifes vinham das profundezas e não botavam a cabeça de fora, e eram tão alinhados que deixavam na superfície só um traço, uma linha de espumas, como se fosse uma estrada prateada, demarcando no azul sem fim um terreno que não existia. Era preciso muito cuidado ao aproximar-se de suas bordas, que contornavam o confronto dessa luta de centauros. Muitos que não sabiam a hora e o lugar exato de fundear tinham sido vítimas das alagações que devoraram tantos pescadores, canoas e barcos, engolidos por tantos monstros. Outros, na maré baixa, quando a maresia era mais fraca e a Risca era de fazer menos medo, bateram e racharam seus costados naquele lugar de encanto e de luta.

Mas era ali um dos melhores pesqueiros daqueles mares. As lagostas subiam das águas fundas pelas encostas, onde nas pedras cresciam e viviam tantos moluscos, algas e corais que atraíam o peixe que ali descobria uma fonte de alimentação, uma ceva em pleno oceano. Era lugar de muito pargo e garoupa e de toda espécie vivente do mar. O perigo de aventurar-se a jogar anzol e rede naquele mundão de água era recompensado pela certeza de boa colheita. O segredo era não entrar na briga das maresias, no costado da Risca, principalmente em maré alta de enchente, quando ela vem com todos os diabos e forças e passa por cima de tudo sem pedir licença, em busca do seu destino, as ondas correndo, desencontradas, doidas de assanhamento, sem saber para onde ir, açuladas pelo vento e pela natureza.

Cristório, o tio Terêncio e Basio chegaram a tempo de botar o espinhel, sair jogando as boias, depois de ter feito a travessia estorvando os anzóis com as iscas apanhadas e cortadas com perícia, em fatias de carne branca, compridas, para dar ao peixe a ilusão de coisa viva do mar. Em cada linha três anzóis, e o lance era tão grande que se arrastava a perder de vista, apenas marcado pelas cabaças flutuando com as bandeiras vermelhas a se balançar na violência do vento que cortava a crista das águas. Agora, feito o trabalho do espinhel, era dormir. E depois esperar a hora da maré vazante, começar a puxar as fieiras de corda, tarefa maçante e curiosa do despescar, retirando cada enfiada, sentindo no peso de uma a uma a safra colhida.

Assim passou o dia até às seis horas da tarde, quando a luz enfraquecia e só se divisava o oceano e a marca prateada da Risca, a brilhar mais do que tudo e contrastar com o escuro que já vinha surgindo. Os últimos raios de sol, baixos, horizontais, focos de clarão, se refletiam nas gigantescas e infinitas bolhas da maresia, formadas pelo entrechoque dos vagalhões. Ao longe, o sol se escondia entre listas vermelhas e nuvens escuras, bordas douradas pelo contorno da luz, no fim da Terra. Foi quando Basio viu um vulto de homem que andava por cima da Risca, alheio ao mar que batia violentamente.

– Que vulto e coisa estranha é aquela que está na Risca, com jeito de gente? – perguntou Basio.

– Deixa eu olhar direito, que não estou certo do que é – respondeu Cristório.

Terêncio, o mais velho, já acostumado com essas coisas, ponderou que não se devia olhar e que era melhor não dar corda para a visão. Foi quando se ouviu uma voz que de longe chegava, carregada pelo vento e que podia ser entendida pelos ouvidos apurados no mar daquela gente:

– Cristório? Cristório? Cristório?

Os três ficaram aturdidos e Cristório acrescentou:

– É gente conhecida, está me chamando.

– Aquilo não é gente; como já se viu gente em cima da Risca? Não vamos atender, que é chamado de assombração.

E a voz insistia:

– Cristório, vem me apanhar. Cristório!

Basio achou que deviam afastar a canoa. Já Cristório queria aproximá-la. Quem sabe se não era alguém daquelas bandas? Ele podia ter reconhecido a canoa *Babiana* e pedia socorro.

Desconfiado, Terêncio decidiu rumar até mais perto.

Quando levantaram o pano e saíram bordejando, evitando as pedras submersas que conheciam, lá veio chegando, andando por cima do mar, a figura de um homem de longas barbas, cabelo nem claro nem louro, nem castanho nem preto, uma cor nunca vista, os olhos verdes que tomavam outra cor, entre azul e castanho, quando eram fitados. A roupa era um calção frouxo que vinha até os joelhos, com uma faixa vermelha amarrada nas juntas como um laço, meias azuis e uma sapata preta. Vestia camisa de mangas longas e largas, encobertas num jaleco preto que lhe fechava todo o tronco e uma grande gola branca que lhe tomava o pescoço. Na cabeça, um chapéu de pano, comprido, com um rabicho vermelho.

– Eu não disse que era assombração?... – resmungou Terêncio, já querendo voltar.

O homem, como um raio, já estava em pé na proa da *Babiana*. Todos ficaram parados e, sem saber o que fazer, abriam a boca de espanto, perplexos diante do que acontecia.

– Quero que vocês me salvem! Cristório, me ajuda.

Cristório espantou-se:

– De onde você me conhece?

– Do tempo e do destino. Nossas vidas estão ligadas.

– Quem é você? – perguntou de novo Cristório.

– Sou Diogo de Seixas, soldado arcabuzeiro lançado ao mar pelos oficiais da nau *São Tomé*, que partiu de Coxim, na Índia, e naufragou na terra dos Fumos. Desde então estou boiando nos mares de todos os oceanos.

– Eu não disse que era assombração? – repetiu Terêncio, tremendo da cabeça aos pés. – Deus guarde tua alma.

Basio perdeu a fala. Não sabia como continuava vivo e começou a sentir febre e frio. Tremia e batia os queixos. Cristório, mais preparado para os mistérios, mantinha a fala, embora no fundo estivesse a julgar que aquilo era a Morte ou o Diabo disfarçados.

O homem sentou-se na proa e começou a dar umas ordens estranhas, coisas de demência e variação:

– Borneia a nau. Solta a cevadeira, deixa encher, manobra a escota para estibordo. Joga fora os fatos, parem de romaria. Pelo amor de Deus, não me joguem fora do batel!... Vocês me pegaram porque estava perto de Diogo Baião, mas eu não tinha nada com ele.

Em seguida, num segundo, acomodou-se no fundo da canoa e apagou-se num sono profundo. Sua barba vinha perto do umbigo e seu cheiro era de maresia. Só abriu a boca para balbuciar, sonhando:

– Meu apelido é Querente...Querente...

Ninguém sabia o que fazer. Pouco a pouco o espanto e o medo foram dando espaço para aceitar aquela presença que agora tinha todos os ares de ser coisa do Inferno. Basio foi de opinião que não deviam partir. Iriam naufragar, a canoa fora ocupada pelo Demônio. Cristório também tinha receio, mas ponderou:

– Se for alma, e é, na noite vai como no dia chegou – disse. – Se não for e quiser ficar, volta conosco para o Mojó, no nosso regresso na maré da madrugada.

Todos foram tomados de pavor. O homem não despertou nem deu sinal de vida, hora nenhuma. Dormia. Os três da biana não conseguiam deitar. Todos vigiavam e esperavam a hora de retirar o espinhel, levantar ferro e ver se chegavam ao Mojó, coisa que não acreditavam que aconteceria. A Morte estava dentro da canoa e eles no caminho do outro mundo.

Não havia o que fazer senão o que mandavam as leis da pescaria. Quando a maré começou a vazar, eles despescaram o espinhel. Em nenhuma linha havia peixe, coisa nunca vista naquelas bandas. Com o tempo perdido e certos de que aquilo era obra do fantasma, iniciaram a tentativa de voltar, recolhendo a linha, as boias e levantando o pano. O homem podia desaparecer como tinha surgido e era mais uma assombração daquelas que tantas vezes tinham visto e que viviam no mar.

Quando amanheceu, curiosos, foram vê-lo. Ele tinha se transformado, abandonara as roupas que vestia e, agora, estava de calção de pesca, igual a todos. Entreolharam-se intrigados. Cristório foi mais afoito e o sacudiu até acordá-lo. Ele acordou. Continuava com a barba grande – parecia um velho. Ouviu, de novo, a pergunta de Cristório:

– Quem é você?

– Sou Querente, pescador da Raposa. Estou alagado e vocês me salvaram.

– Mas ontem, na boca da noite, você disse que era um tal de Diogo e começou a tresvariar com umas histórias e palavras bestas. Diga logo, você é assombração ou é gente?

– Não sei, Cristório.

– De onde você me conhece?

– Do destino.

A viagem de volta foi de silêncios e olhares. Ao chegarem ao Mojó, ele disse a Cristório:

– Eu vou com você e quero tirar minha barba.

Cristório lembrou-se do navio fantasma da sua infância que viu perto da ponta do Itacolomi, com seu pai Isidoro, fazia tantos anos, e recordou a figura do poeta barbado, com papéis nas mãos, pedindo para não perderem os seus baús de escritos. Agora, já rapaz, lavrador do mar, conhecedor das coisas de navegação, sabia que ninguém deve falar do que nele acontece, senão as vinganças aparecem e se repetem as desgraças. Os anos passaram e ele, agora jovem feito, homem encabelado, já pensava em se casar. E com esse desejo visitava uma moça de Tucunandiba, de nome Quertide, que pretendia levar à igreja.

– Vige Maria, vocês chegaram com uma assombração na canoa? Onde vocês arrumaram esse bode velho? – disse Quebrado, dono da venda do Mojó, quando lançaram ferro no porto com o barbudo.

Ninguém respondeu. Cristório apenas murmurou:

– É um alagado...Vou levar pra casa...

Não teve dificuldade em dar hospedagem a Querente. Era solteiro e em sua palhoça havia armadores de rede. Antes, no caminho, passou no barbeiro, companheiro de pescaria, dono das artes de barba e cabelo.

Curvino estava em casa. Cristório mostrou-lhe Querente e pediu-lhe que lhe fizesse a barba.

– Que diabo de gente é essa que você trouxe? – disse Curvino. – Parece até mistura de capijuba e bode.

– Compadre, é um alagado da Raposa que não deseja mais essa barba. Fez promessa pra crescer e agora fez promessa de salvação pra cortar – acrescentou Cristório, inventando história, sob a complacência de Querente.

Curvino ficou perplexo. Era impossível pensar em barba tão estranha. Pegou o pente e começou a fascinar-se pelo trabalho e a mão a ficar leve ao pentear aqueles cabelos longos. E o fez algumas vezes como se não comandasse os dedos que tinham carícias de pelúcia para aquele ofício. Depois passou a não ter segurança de pegar a navalha e retomou o agrado daqueles cabelos que tinham uma magia que ele nunca vira, e nestes modos ia e vinha, corria a mão até embaixo, depois voltava e os apertava com a mão espalmada para que ela se encontrasse contra o peito e o pescoço de Querente, numa tarefa que parecia não acabar.

– Corta a barba do homem, Curvino, deixa de frescura – disse Cristório.

Ele não se alterava. Era uma coisa de magia e de obrigação que não fazia parte de sua rotina de cortador de barbas e cabelos. Nunca jamais pensou em retirar do rosto de alguém barba tão grande e engonçada. Pegou a navalha e a pedra de amolar, passou para lá e para cá. A mão tremia. Colocou a navalha de novo sobre a mesa e agarrou o pincel, pôs o sabão dentro de uma cuia e começou a fazer a espuma, sem deixar de olhar o rosto do cliente. Querente, sentado num banco de quatro pernas, não se mexia. Cristório olhava curioso. Era a maior barba que ele vira e tinha quase meio metro.

– Curvino, deixa de frescura, faz logo a barba do homem – reagiu Cristório, mais uma vez.

Curvino começou sua faina. Correu o fio da navalha dos lados, perto da suíça. Os cabelos caíam e faziam aquele estirão no chão da casa. Depois foi para o outro lado, baixou para o pé do pescoço e por último o queixo. Quando terminou, suas mãos não se aguentavam de tremer que nem vara verde. À proporção que a barba saía, ia aparecendo um jovem, de pele sem rugas e nova. Os cabelos da barba, ao baterem no chão, ficavam louros e brilhavam. Cristório não se deu por achado. Juntou-os e amarrou-os com uma embira. Parecia um rabo de cavalo baio. Pegou um papel e fez um embrulho. Querente era um homem de uns vinte e cinco anos, com olhos de gato, faiscando, numa cabeleira, agora, alaranjada para escuro, de cor que mudava de onde era vista.

A pele do seu corpo era branca, mas queimada, dessas que tinham sempre apanhado sol e com um cheiro forte de lodo. Seus ombros eram largos e fortes. Um pouco mais alto do que Cristório e mais velho do que ele. O rosto era de um homem sofrido em quem não se podia ver nem bondade nem maldade.

– De onde você é mesmo? – perguntou de novo Cristório.

– Sou da Raposa e não me pergunte mais nada da minha vida, que um dia eu vou lhe contar. Vim para ser seu amigo.

E assim foi. Nunca envelheceu um dia, sempre do mesmo jeito. Todos ficaram velhos: Cristório, Basio e Terêncio. Ele, não. Tinha a ciência da respiração.

E saíram os dois para casa. Era tudo um sonho.

Cristório arranjou-lhe uma rede, e armou-a na sala. Querente não quis comer nada. Deitou-se e dormiu um sono de eternidade, enquanto Cristório, acordado, pensava no enigma daquela alma.

CAPÍTULO 4

Cristório recordava sua vida. Tinha andado em muitas canoas. Começou a profissão de navegar na igarité de João Binga, de nome *Cachoeira do Axixá*, apelido *Pinga-Fogo*. Tinha vagas recordações dela, o pano azul, um pequeno beliche e a boca aberta. Binga era seu tio, para quem o pai pediu para embarcá-lo e aprender o segredo das águas, o capricho das marés e os mistérios dos portos. Comprava fruta no rio Munim e vinha vender na Maioba. Depois, mais molecote, passou para o barco de Braulino, *Flor de São José*, corredor danado, de pano abóbora, que fazia a linha de Primeira Cruz, cidadezinha plantada no meio das areias, depois da ilha de Santana. Mas, com bigode e barba, e cabelo debaixo do braço, trabalhou em muitas outras embarcações: *Carinhosa, Gaberina, Circunflexa, Babiana, São Roque, Querubim, Beija-Chão, Primeira*, de apelido *Gata*, e só depois, casado, comprou uma canoa e pôs-lhe o nome de *Chita Verde*. Já então, sabia todas as artes da pescaria. Cruzava nas marés a baía de Ribamar, a boca do Pau-Deitado, a ilha do Curupu e conhecia todos os pesqueiros daquelas bandas. *Chita Verde* foi construída em São José pelo velho Alencajur. Lembrava-se bem do dia em que contratou sua feitura.

– Bom dia, seu Alencajur. Vim encomendar-lhe uma biana. Queria saber dos preços e das condições.

– Sou construtor de biana conhecido, trabalho certo, coisa de primeira, de confiança, embarcação que aguenta qualquer baque. Meu material é de primeira e aqui ninguém trabalha melhor. Só faço biana de pau macho, que anda muito de dia. Meu mastro não é de pau-d'arco, porque atrai raio, só piqui. Minha retranca é de bacuri e nunca ninguém reclamou de defeitos, de carlinga malfeita. A canoa encontra a ciência de correr na bolina. Mas meu preço é coisa especial – disse com ar de superioridade, fumando um cigarro de palha no canto da boca.

– Eu tenho como arranjar a madeira. O senhor poderia me dar a relação e eu trago do Munim – disse Cristório.

– Eu não trabalho assim. O senhor faz a encomenda, acertamos o preço e o senhor recebe a embarcação. De quantos palmos o senhor quer a biana?

– Doze palmos.

– Vou fazer o cavername de guanandi-do-brejo, de âmago, copaíba ou jaqueira e tapar com tábuas de andiroba ou cedro.

– Prefiro de bacuri.

– É do gosto do freguês.

Algum tempo depois, num sábado, Cristório foi receber a embarcação. Cristório ficou feliz e, seco, apenas disse:

– É, seu Alencajur, o senhor sabe fazer canoa.

Cristório olhou-a e foi amor de primeira vista. A canoa era exatamente a que ele desejou ter. Teria um destino que aconteceu, e sofreu como gente sofre.

* * *

No Maranhão as marés são altas, vão a sete metros. Quando a preamar chega, domina tudo. É um mar bonito que invade as terras, sobe nos mangues, nas praias, nos barrancos, bate nos pés dos coqueiros e cria, numa longa costa, uma camada de metros de lodo, onde caranguejos de todo feitio circulam para lá e para cá, abrigados pelas raízes aéreas dos mangues siribeiras. Nas praias, o mar recua na baixa-maré e cria lavados de mais de dois quilômetros. Desabrocham ilhotas de areia no meio das baías, arrecifes e, nas enseadas, as águas são rasas. As embarcações são construídas com cuidados especiais porque, amarradas, com ferro jogado, bem fixo, quando a maré baixa, ficam no seco, nas praias, nos lavados, e as madeiras sofrem o sol, as juntas se abrem e as calafetagens se dilatam.

A maré vive nesse fluxo contínuo de ir e vir, deixando os grandes vazios das horas de espera e os panos das embarcações pequenas ficam nos barcos ou são enrolados e levados para terra. Para de novo navegar é necessária a chegada de nova maré. Ela, e não o sol, é que governava a vida. Então, os barcos boiam e é isso que governa as horas de pescarias. Saem na vazante, voltam na enchente. Só assim podem chegar ao porto. A cor das águas, também, com esse vaivém, toma a cor da terra, levando e trazendo detritos, colorindo-se com as chuvas que se misturam com as águas do mar, lavando ribanceiras e puxando chãos lodosos. Isto faz o paraíso dos peixes, que ali são fartos, porque lá tem mais vida. O mar é fértil e bom, rico, como as terras de cultura.

Foi esperando a maré crescer que Alencajur entregou a canoa nova, a biana do seu freguês Cristório.

Ela chegou às quatro da tarde, quando a embarcação saiu do barracão à moda de estaleiro e foi ao mar. Cristório, fazia dois meses, não pensava noutra coisa senão na biana e no nome que ia lhe dar. Primeiro pensou em *Mojó*, depois quis um nome de mulher e pensou em *Estrela--d'alva*, mas lembrou que muitas canoas se chamavam *Estrela-d'alva*. Finalmente, depois de muito matutar, colocou-lhe o nome de *Chita Verde*. Ele mesmo não sabia por quê. Mas na sua cabeça estava uma saia de roda de pano verde da primeira namorada, a Maria Quertide, chita que ele viu rodopiar ao vento e, levantada, mostrou uma calcinha de morim branco, quando ele, pela primeira vez, teve uma visão do que era esse mundo desconhecido e sonhado do corpo de mulher, naquela menina que ele desejou com a angústia com que sentia os socos de fisgar gurijubas nas noites escuras em que participava das pescarias de Manuel Buzaga. Pensou em colocar o nome da biana *Maria Quertide*, mas não teve coragem. Todo mundo ia perguntar quem era e por quê. Quertide foi raptada, coisa de encanto, e só aparecia nas montanhas de água quando ele matutava na sua vida e sonhava com sua lembrança. Fora a primeira mulher que conhecera e somente uma vez, de relance, sem saber como era aquilo e de que jeito era. Mas não era hora de lembrar. Fora tudo tão depressa e também a história de Quertide não era para ser lembrada. Tinha sido muito triste e seu nome na canoa ia chamar coisas passadas e amargosas. Melhor *Chita Verde*, era ela e não era ela. Mas ele sabia que era ela e o povo, não. Afinal, que obrigação tinha de dizer seus segredos aos outros?

A canoa flutuou. Saiu para o mar. Era hora de levá-la para o Mojó.

Chita Verde mostrou, no balançar das ondas, ter personalidade própria. Cristório, ao vê-la, ligou-a à memória de Quertide. E era tudo que um dia pensara, quando desejou uma canoa comprada com seu dinheiro, nova, sem ter sido nunca de ninguém, sem ter conhecido pé e mão de pescador, sua, só sua, sem nunca ter passado por mestre nenhum. Não sabia por que sortes do pensamento, tinha jeito de mulher. E pegou na cana do leme, segurou firme e virou direto para a esquerda, todo, até topar, como se quisesse manobrar a orça. Depois, fez o contrário, levou para a direita o quanto pôde, como se fosse dar no cheio. Ele começava a descobrir os encantos de sua embarcação. Era como se começasse a pegar na mão ou no peito da namorada, com punho firme, abarcando tudo, peito de moça donzela, de um lado e de outro.

Chita Verde navegava. Bordejava para fora, a montar a ponta do barranco e promontório, onde estava a igreja de São José, posta no alto, fiscalizando os barcos e os pescadores. Velejava firme, veloz, escorregando nos camaleões das ondas que vinham de longe em busca da terra. Já estava pronta, o pano curtido na cor do tanino do mangue, marrom bem forte, cheia de vento, em zigue-zague para avançar baía alta, enfrentar as arrebentações, ganhar o oceano, contornar a ponta da Barreira Vermelha do Itapari e, dali, já com vento de popa, deslizar, ligeira e danada, até o porto do Mojó.

Cristório, na cana do leme, sentia a canoa nova, ia pouco a pouco aprendendo seus costumes e atentou logo que ela era faceira, fácil de governo, entrando firme na onda, levantando a cabeça quando baixava a canga d'água. Ia no fundo e deixava a onda espocar na proa, rasgando a quilha com arrogância.

Ele estava feliz. No banco do pé do mastro, Jerumenho, dez anos completos, já perito em todas as tarefas de navegar. Cruzaram com várias embarcações. De algumas pôde saber o dono. Um barco de vela amarela passava ao largo da ilha de Santana. Era de Simplício. Outras bianas, igarités e boiões navegavam ao longe. O tempo de viagem era uma maré de distância entre a praia do Vieira, onde fora fabricada, e a entrada do igarapé do Timbuba. Saía no começo da vazante e ia chegar no começo da enchente. Aquele era o mar de sua vida, de todas as suas histórias. Olhou a ponta do Panaquatira e disse ao filho:

– Já me alaguei aqui nesta região, ali perto daquele curral. A canoa que eu viajava pegou um pé de vento e foi uma só. Entrou de cabeça na onda e não saiu. Encheu. Mas não foi nada. Lutamos pra desalagar.

Ficamos flutuando e levamos o bote pra amarrar nos paus velhos de um manzuá abandonado. E atracamos perto do chiqueiro. Escureceu e tivemos de passar a noite. Curral velho de peixe é local de assombração. O curral de peixe era grande. Só a viagem de fora devia ter uns trinta metros. Você sabe que marcador de curral é especialidade. Ele escolhe o lugar. Constrói os corredores, e o peixe, quando bate, sai correndo pro fundo e cai no chiqueiro, em forma de coração. Antigamente eles eram feitos perto da praia, de pedra, e se chamavam camboa.

– E seguraram o bote? – perguntou Jerumenho.

– Seguramos, mas o curral estava podre e muito estragado e sofreu com a maresia, jogando a embarcação nos paus. Ruim foi na hora que chegou de noite um pássaro grande, preto da cor do inferno. Só se via o bico grande de fogo, como se fosse um bico de lamparina, e era aquele tocheiro que dava pra se ver o contorno do bicho. Devia ser um chichola, esses morcegos encantados que visitam as mulheres dos pescadores quando eles estão no mar e querem por força fazer besteira com elas.

E acrescentou, vendo que o tempo passara:

– Nós estamos na direção da entrada do Guaíba. A conversa veio nos trazendo. – E concluiu: – Fizeram uma estrada pra lá. O povoado é uma corrutela.

Cristório parou o relato das lembranças daquelas águas e voltou a olhar *Chita Verde*.

– Boa canoa, Jerumenho.

– Pai, a canoa é mesmo boa.

– Boa é conversa, menino. É coisa especial, material de primeira e tem jeito pra navegar.

A viagem chegava ao fim. Já estavam perto da entrada do Mojó. Dava para vislumbrar o porto, aquela casinha isolada lá no alto, ao lado de um babaçu grande, tudo escondido pela tarrafa da noite, só mostrando uma luz que fugia e voltava. O Mojó era um rio que entrava e saía do igarapé do Timbuba fazendo uma ilha. Corria largo e saía estreito, bem em frente da vila.

Vento brando, atracaram no ancoradouro. Lançaram o ferro, tiraram o pote, o facão e os apetrechos de roubar e saíram andando.

– Seu capitão Cristório, agora o senhor está montado. Canoa bonita, bicha bem-feita, toda arvorada. Isso é coisa de dar inveja – foi a saudação de Zé Berziga, que acompanhou a entrada da embarcação desde a boca do igarapé até ancorar.

– Nada, compadre. É minha, é nossa, é do Mojó.

E chegou em casa todo feliz. Um silêncio grande somente quebrado pela sua alegria. Foi metendo a mão na porta e entrou. Todos dormiam. Eram sete filhos e mais Camborina e sua irmã Germana.

– Mulher, acorda, faz um café. Trouxe a canoa. Agora nesta casa tem embarcação nossa. É a *Chita Verde*.

– Por que *Chita Verde*?

– Por causa da Maria Quertide.

– Logo essa bichinha do Tucunandiba, mulher de feitiço?

– É, me lembrei da saia verde que ela usava. Estou cansado. Vou dormir logo. Acende o fogo e arma a rede.

Os meninos roncavam e a rede de Germana tinha um cheiro de erva-doce. Ela tinha motivos de ter os cheiros da noite.

– Ah! – disse ele – a vida e os mistérios…

Olhou de novo a cunhada Germana.

CAPÍTULO 5

A história de Quertide ninguém sabe como pôde acontecer. Quando Cristório a conheceu, ela morava na praia do Tucunandiba, numa vila de pescadores, gado e coqueiros. Ele trabalhava na canoa de Manuel Buzaga e ali era um porto de esperar maré, secar peixe e passar as noites, para não dormir solto no mar. Cristório tinha seus dezoito anos. Era sempre o homem do balanço, o que ficava segurando o binabô, para evitar que a canoa virasse com a força do vento. Muito tempo passara. Mas sempre voltava ao seu pensar, como agora.

Noite alta, escura como breu, as nuvens cobriam todas as estrelas que só apareciam nos buracos do céu. Cristório, na cana do leme, montava a proa no rumo da Croa das Ânsias. Não enxergava nada. Ia pelo faro dos anos de mar e pelo céu. Sabia que o vento de terra que soprava firme levava para fora dos arrecifes. A maré cheia cobria tudo. Era deixar navegar, sem medo de encalhe nem preocupação com o fundo. Na proa, deitados por baixo do banco, recebendo o banzeiro que arrebentava, estavam Jerumenho e Querente. Nessas horas ele começava a matutar. Os ouvidos só ouviam o chiado das águas e do passado. A cabeça ficava como se sonhasse e estivesse vendo, e pensava coisas, enrolava fatos e dias, tempos e pessoas, acontecidos e recordações de noites e tresnoites.

"É o mar, aqui está o mar. Ele acontece como o mundo, as pessoas e tudo. Derrama-se como a noite sobre a terra e sobre tudo que nela existe. O mar é como se fosse a natureza derretida que cai sobre todas as coisas e sobre todos os viventes. O mar é como o sereno, o vento, a nuvem, o tempo. Entra e sai. É a vida e é a morte."

Era o delírio de Cristório navegando no rumo das Ânsias.

"Coisas que acontecem não voltam. O mar caminha na cabeça dos pescadores. É um sonho e é um peixe. Deus derrama-se sobre nós. Caia a água, molhe-se a minha moleira com este sal, que tudo seja o segredo da vida."

Cristório olhava firme o céu escuro e o vento. Via a maresia pelos gingados do trote da canoa.

– Cristório, donde está Quertide?

– Está na sombra da lua. Está nos reinos das profundezas das águas.

– Como, se na tua lembrança ela está viva! Você não está vendo sua saia rodada, seu jeito de fêmea?

Foi assim o destino.

Cristório pensava, naquela noite, na ilha do Tucunandiba, já com vida longa, passando a mão nos cabelos compridos, na barba branca, com as mãos de manchas pretas, a pele enrugada. A vila tinha moradores uns cento e poucos, de mamando a caduco. A vilazinha ficava enrolada nos coqueiros em volta da praia redonda, a sotavento. Gente de trabalho, muitas fruteiras, lugares conhecidos onde se ia apanhar água, assar peixe, dormir e comprar frutas. Tempos em que era jovem e amadurecia no conhecimento dos segredos do mar.

Quertide morava numa casa na ponta do arruado. Era casa de palha, o pé de pião-roxo, o cercado dos patos, o entrançado das paredes, a porta de esteira de meaçaba, o chão de areia.

Cristório trabalhava na canoa do Buzaga e visitava o lugar muitas vezes, na labuta da pescaria. Nesse dia eles resolveram parar para comprar tanjas. Tinha Cristório por então seus dezoito anos. Toda vez que parava, ia direto ver a Quertide, de namoro com ela, arrastando asa e falando conversa de igreja. Naquela tarde, chegou e saiu de corte, convidando-a para catar sarnambi. Levaram lata e cuia e foram pelo igarapé seco, remexer a areia de lama. Agacha daqui, mete a mão, sacode o tijuco e tudo era desculpa e namoro. Começou a olhá-la. Primeiro as pernas, ela acocorada na lavagem dos mariscos, visão de quem quer, fixa nas linhas do seu corpo. Depois sobe o olhar e vai começando a desejar. São horas de brincadeiras, de mão passar aqui e ali, como marrecas no pasto, levantando as asas nos movimentos da posse.

– Quertide, já temos bastante sarnambi. Tá na hora de ir pra casa.

– Vamos.

E saíram pelo caminho do mato, evitando a praia descoberta. Arriaram o cofo, os dois já sabendo da linguagem do silêncio do mar, e começaram os cantos, os encantos, os acalantos. E o calor subia, os lábios tremiam, as mãos perdidas e soltas acariciavam e um suor de amar deixava sair um forte cheiro de corpo jovem, encardido pelo sol e pela brisa.

– Vou ter contigo.

– Eu sou moça.

– Não faço tudo. Hoje é só pra começar, nas outras viagens vou adiante. Nós vamos ser marido e mulher.

– Diz que a gente sente muito.

– Nada, eu vou com jeito.

Cristório começou um beijo profundo, como se tomasse vento na proa da canoa. E veio o acocho longo e foram para a areia. Era um rolar para cá e outro enrolar para lá. Ela tinha medo e vontade.

– Tu estás no tempo de ser mulher, Quertide. Eu vou casar contigo.

Cristório procurava abafar os seus temores e deixá-la entregar-se para cumprir as forças da natureza.

– Volto na próxima lua pra acertar tudo com tua mãe. A gente se casa no Ribamar e te levo para o Mojó.

Olhou seus olhos. Eram castanho-claro, a boca de lábios grossos. O corpo rijo, os cabelos suarentos caíam sobre o busto.

Quando saiu aquele corpo roliço, mais claro do que o rosto e os braços queimados de sol, ele viu uma calcinha de chita, de florzinhas amarelas e azuis, desbotadas e gastas. Mas até hoje, depois de tantos anos, aquela calcinha ainda queimava seu pensamento. Os seios, escondidos na blusa branca, eram só um leve contorno com as pontinhas duras. Quertide deitou-se e ficou quieta. Jogou a saia no rosto, Cristório tirou a calcinha de chita e apareceu aquela parte acomodada entre as coxas, como uma gaivota morena, de peito gordo, pousada. Passou a mão levemente como se quisesse acariciar suas penas e abrir-lhe as asas para que ela voasse solta e livre pelo espaço do desejo.

De casa saiu bem moça e de repente era mulher. Houve um silêncio, e só se ouvia o vento e depois o seu soluço baixo de menina, que mais parecia um piado de siricora. Levantou-se, sacudiu os cabelos, sentiu um arranhão dentro de si. Tinha nas pernas uma pena vermelha de guará.

Cristório segurou-a firme e sentiu um pensamento tão forte de carinho que pôde ver a vida juntos, com casa e filhos, trazendo para ela os peixes mais belos do mar. Era amor.

– Vou me enrolar contigo a vida inteira.

– Você só queria fazer isso, agora vai sumir.

– Não quero te perder nunca.

– O que eu fiz? – perguntou-se, arrepiada.

– Volto na próxima lua. Vamos tratar dos tratos. Já te disse. Te levo pra morar no Mojó e o casamento será em Ribamar.

Os olhos de Quertide tinham lágrimas e brilhavam como olhos de sajubas no mês de janeiro. Vestiu-se. Correu. Uma lufada de vento levantou-lhe a saia. Cristório olhou pela última vez aquele corpo e aquela calcinha de chita. Só então sentiu o verde de sua saia rodada e seus olhos ficaram verdes, também.

Aquele dia permaneceria em sua cabeça pela vida inteira, e jamais poderia supor a desgraça que iria acontecer.

CAPÍTULO 6

Nunca ninguém vira assombrações maiores na ilha do Tucunandiba. Era um lugar onde não existiam os mistérios de que se falavam da ilha dos Caranguejos. Mas, na semana seguinte, depois da saída de Cristório, na maré da noite de sexta-feira, aconteceu o que jamais acontecera naquelas baías. É coisa de ninguém pensar que pudesse existir. É certo que no mar há monstros e diabos que aparecem e desaparecem e que as pessoas veem e ficam cegas, ou dos olhos ou dos pensamentos.

Foi assim às oito horas da noite. Começou uma catinga forte de gambá. Tão forte que ia aumentando e depois o povo todo teve que sair das moradas em busca de vento, sufocado pelo cheiro, porque a catinga aumentava e era fedor demais e ninguém aguentava ficar dentro de casa. As gentes procuravam ar, levantavam o nariz em busca de cheiro bom, mas era tudo podre. E depois soprava um vento desencontrado que batia do chão e pulava igual menino coxo. Ventava fazendo zoada, como se fosse macaco no mangue. A maré crescia, mas o vento não mexia com ela, que estava lisa e sem ondulação. Coisa de Satanás e dos infernos.

Foi quando se viu, na escuridão da lua crescente, com água no peito, aquele cardume de piocos, com as luzes vermelhas do olho grande no meio da testa e pescoços cheios de cabelos, uivando em bando que nem touro amarrado. Era uma procissão de piocos, fedendo a enxofre e bode. O povo todo perdeu a fala. Os mais velhos caíram, tremiam e estrebuchavam. Os homens perderam as forças, os ânimos desapareciam e uma onda de tremor invadia as pessoas e não se sabe por que artes dos piocos, esses monstros que se ouvia dizer que existiam e que tinham possuído dezesseis novilhas da ilha do Fogo, botaram uma força em cima das moças do povoado e elas saíram andando, assim bestas, sem saber de nada nem de rumo e foram entrando no mar. Eram vinte e três, muitas delas meninas, mesmo crianças, e os piocos a todas desvirginaram.

Era um pixé danado que os bichos tinham, aquele olho grande e vermelho como luz sem querosene, e gritavam em bando e agarravam as pobres das donzelas e com elas faziam malvadezas. Depois disso tudo, o mar se encrespou e eles foram sumindo na direção de sudeste, e as moças todas foram jogadas na praia, de volta. Passou a catinga mais que fedorenta e as moças de nada sabiam, a não ser que tinham perdido a virgindade.

Foi desse jeito que Zimbório contou o acontecido a Cristório quando ele voltou para acertar o casamento com Quertide, na lua nova seguinte.

– E o que aconteceu com Quertide?

– Ah! seu moço, com ela a coisa foi a mais horrível. Porque ela foi na beira da praia, botou o pé na água e caiu, não andava como as outras. Então veio um pioco grande, bicho mais horrível que se pode imaginar no mundo, coisa do Demônio, e agarrou a pobre da menina e saiu com ela voando no rumo dos outros. Depois, todas as outras voltaram, mas a Quertide não voltou, o monstro levou ela para o mar – contou Zimbório.

De Cristório, todos viram, seus olhos de pescador, acostumados a ficarem pequenos do sal e do sol, fecharam-se mais, e mais seu rosto ficou contraído e foi um choro tão sentido que ninguém viu e só se soube porque uma gota de água escorreu no canto do seu olho direito, e sua goela ficou seca, a face fechada e os músculos tremendo.

Continuou Zimbório:

– Olhe, saíram umas cinco canoas e procuraram três dias pelo corpo da menina e não encontraram. No dia seguinte do acontecido, a maré da manhã foi uma maré vermelha e a praia estava toda manchada de sangue. Coitadas das donzelas!

Cristório, depois de ouvir o relato de tudo, voltou à canoa de Manuel Buzaga e prometeu a si mesmo:

– Seu Buzaga, nunca mais quero pisar neste lugar.

Ciente do acontecido, amassado como bolo de mandioca, Cristório levantou o pano da canoa e tinha um nó no coração e um arrocho no peito. Suspendeu o ferro e beijou a face de Quertide, que era uma gaivota.

Muito tempo depois se soube que, a partir daquele tempo, todas as mulheres ali paridas já nasciam desvirginadas. Foi a maldição dos piocos. E depois que se constatou isso toda a gente abandonou a ilha e ela ficou deserta, e ninguém se aproxima dela, porque a maldição dos bichos recaiu sobre suas areias.

Três anos passou Cristório no mar. Buscava o que não achava. Pioco não gosta de mar alto e só anda em rios e enseadas, igarapés de mangue, onde assombra. Cristório inteirou-se desses costumes e tentou encontrar os bichos.

– João dos Siribas, você sabe onde ficam os piocos? – perguntou a um companheiro.

– Não sei não. Eles navegam nos rios escondidos e eu não posso falar. Quem fala deles e conta que viu eles morre nas suas unhas. Mas são viventes horríveis. Têm um olho grande na frente da testa, só um, vermelhão, aberto, joga luz de fogo nas pessoas, e o corpo todo coberto de cabelos, que são maiores no peito e sobem até no pé da goela. Eu nunca vi, mas quem viu perdeu a fala. A catinga do bicho recende tão longe que embriaga as pessoas e amortece a língua.

– Pois eu vou atrás deles. Eles levaram minha noiva e eu vou encontrar esses bichos nem que seja nas profundezas do Inferno.

– Conversa de besteira, amigo, você não pode com as desgraças da natureza. Tem coisa boa e tem coisa ruim. Esses bichos fazem parte das águas. Ninguém sabe o mistério deles, nem se cumprem mandados de Deus ou do Demônio. São os monstros.

– A Quertide era a minha mulher de altar. Com ela eu vivi o primeiro sonho da minha vida, marquei casamento e provei de sua carne.

– Pois, amigo, os bichos levaram ela e tu deves ter certo que é como a morte. Tenha que ela morreu. Morreu pra sempre.

– Ela está no mar. Eles levaram a moça. Saíram correndo por dentro da maré com ela nos braços. Devolveram as outras mulheres, mas com Quertide caminharam para o fundo dos encantos.

E Cristório, mocinho, não teve outra obsessão. Começou a beber e andar em futricas de beira-mar. Desafiava para brigas e não ficava muito tempo numa canoa. Era de trabalho em trabalho, ora numa canoa, ora noutra. Buscava pajés, minas e videntes para dar orientação.

Geminiana, do Guarapirá, foi quem lhe deu um conselho que valeu:

– Cristório, você procure os piocos nos igarapés das ilhas de Santana. É lá que eles ficam. Antes, volte ao Tucunandiba e fique lá uns dias, esperando por eles. Se vieram, têm de voltar; se não voltarem, você volta aqui em casa que eu tenho uma sobrinha, moça bonita, e você se junta com ela e esquece o que passou e vai viver sua vida.

– Dona Geminiana, eu não tenho vida.

– Pois tenha, homem é pra ser homem. Nós, mulheres, somos para os homens. Se eles não aparecem, nós estamos acabadas, mas eles não. Olhe, seu Cristório, eu passei a vida toda esperando ter um homem. O senhor sabe. Todos os bichos vivem da criação. Se juntam. No fim, o que eles fazem é outros viventes. A mulher é feita assim. Pois bem, eu nunca tive homem. É um sofrimento danado. Eu sou uma desgraçada. Não sirvo pra nada. Vou morrer sem conhecer macho dentro de mim, eu sentindo ele, ele me sentindo. É um sofrimento como não há na face da Terra. Nós fomos feitas pra ter homem, seu Cristório. E eu não tive. Esperei a vida inteira. Quase fico doida. Não sei como é. Não sei pra que eu sirvo. Só faço pensar e de pensamento não se faz menino. Olhe, seu Cristório, eu cheguei a me oferecer, mas não sei como aconteceu que nunca tive homem. É desgraça, é sina, seu Cristório, é desgraça. Só mulher pode saber o que é nunca ter conhecido homem.

– E o que a senhora pensa que nós homens pensamos quando tivemos uma mulher e perdemos?

– Pois arrume outra. Eu, quando fiquei velha, perdi a menstruação, perdi o desejo e disse pra mim mesma "eu vou ser rezadeira", e hoje sou. Esqueço a vontade rezando.

– O que a senhora reza?

– Pra mau-olhado, olhos excomungados, rezo pra chifre e rezo pra entrega de moça.

E continuou, bandalha:

– Compadre, reza de chifre é a mais difícil. É sempre a mulher que pede. Para o marido não sentir dor, para ficar abestado, não saber nem desconfiar de nada.

– A senhora já fez algumas com resultado bom, dona Geminiana?

– Olhe, seu Cristório, eu fiz uma reza dessa pra uma mulher de Iguaíba, que tive que desfazer. O marido ficou tão besta, mas tão besta, que levava chá de hortelã pra mulher. Quando saía de debaixo de outro homem, ela dizia que ele tava tirando espírito e o besta acreditava. Depois, ela veio aqui pra me pedir pra desfazer o feitiço, porque o rapaz que tava com ela tinha ganhado o mundo.

– Mas, dona Geminiana, eu quero mesmo é encontrar a Quertide. A senhora sabe rezar pra isso?

– Pra isso não sei, não, nem quero saber. Brigar com o Diabo é coisa que eu não faço. O conselho que lhe dei é o conselho que já dei. Se você não encontrar ela, volte aqui que eu tenho a Camborina, minha sobrinha, que vai ser boa mulher. Ela é moça de bom trato e afeiçoada.

CAPÍTULO 7

Cristório saiu no boião *Vera Fixa* e abriu fora. Ajuntou dinheiro e comprou uma espingarda, uma velha cruz de madeira, pôs cordão no pescoço e ganhou o tempo e o mar.

Ele viajava com Querente. E jogaram pano no rumo do Tucunandiba.

– Mas, Cristório, nós vamos voltar naquela ilha encantada, onde aconteceu aquela história? Meu conselho é fugir de desgraça, que de desgraça eu já comi a eternidade.

– É lá mesmo que eu quero ir. É capaz do bicho estar lá e eu quero ele.

– Qual é o bicho?

– O pioco.

– Não me fale em monstros do mar. Minha vida me diz que coisa de cima da água a gente deve evitar. Já provou, saiu fora, fora esteja, como estou.

Querente havia tempos que era o pescador da Raposa. Outras vezes, era o mistério.

– Olha, Querente, eu sou novo, mas desde menino meu companheiro é o mar. Estou com ele dia e noite, e dentro da cabeça. Mas o mar é coisa de encanto. A terra é de Deus, mas o mar é do Diabo.

– Eu acho que o mar é também dos homens.

– Falo e provo. Estou com a minha espingarda pronta, comprei uma caixa de cartucho. Está enrolada debaixo do convés da tampinha, num saco de estopa. E só quero ver o bicho e largo fogo nele.

Cristório ia na popa, mestrando a canoa com a escota. Ela ia maneira porque tinha lastro e o vento era bom. Quase o dia todo viajando, lá pelas quatro da tarde vai aparecendo a ilha do Tucunandiba e delineando-se a curva das casas antigas, abandonadas. Cristório tinha a cabeça cheia das lembranças daquela tarde em que viu a calcinha de chita de Quertide e do ódio dos piocos que a levaram. Bordejaram junto de um curral velho, com as varas já podres. O mar era tranquilo marchando para o fim da vazante.

– Cristório – disse Querente, olhando o banhado que ficava em torno do curral –, vamos botar um anzol por aqui. Nesses trempes velhos é sempre lugar bom de se pegar peixe pra janta.

– Mas não temos isca.

– É fácil. Arrumamos uma solha. Ela sempre aparece.

– É, vamos pegar a janta.

Foram tarrafeando aqui e ali e pegaram umas sardinhas e umas duas tainhas pequenas. Jogaram o ferro. Fundearam. Estorvaram os anzóis, de cócoras no fundo do banco, e depois atiraram a linha na água. Cristório começou a matutar e olhar lá longe a praia do Tucunandiba, depois do lavado grande. Nada mordia o anzol.

– Compadre Querente, peixe tá de barriga cheia. Minha linha nem tremeu.

A isca era boa, o anzol também, a canoa balançava pouco. Foi nesse instante de surpresa demais que veio o sacalão grande e a canoa quase vira. Cristório por pouco não caía dentro d’água.

– Me ajuda, Querente, que o peixe é gigante. A linha não vai aguentar e eu não seguro. É força demais. Eta, barbatão de sustança!

– Afrouxa, larga toda, dá distância, num segura com retranca, senão vai até a canoa pra boca desse bicho que é grande.

– Mas não vai engolir a canoa – arrematou Cristório com uma ponta de graça.

A canoa correu, a corda do ferro esticou e a linha toda foi dada. Querente e Cristório seguravam firme, já os dois juntos. Os músculos davam toda marcha. Vai para cá e vai para lá, era uma luta danada. De vez em quando, só se viam o rebojo d'água e as espadanadas fortes.

– É tubarão, rapaz. E daqueles irados.

A coisa foi ficando mais preta e eles sentiram que só tinham uma saída, que era cortar a linha e soltar a fera. Colocaram os pés no cavername da biana e tentaram a última resistência. Só se continuava a ver a bagunça da água, e não se via o peixe. A luta durou muito tempo. Agora parecia equilibrada. Ora do peixe, ora deles. Em alguns momentos parecia que a canoa ia virar. Mas não desistiam. Já exaustos, sentiram que ganhavam a batalha. Começaram a puxar, foram puxando e então apareceu um bagre-catinga, quase do tamanho de um homem.

– Querente, é um catinga, bicho raro. Como esse peixe veio parar aqui perto desses paus velhos? Parece até coisa feita. Nós chegando aqui e ele estar nos esperando.

– Vamos puxar. Não esmorece.

Perto da canoa surgiu o peixe, ainda resistindo, mas sem força, sendo arrastado para bordo. Querente foi logo se preparando para recebê-lo. Pegou o cacete e porreteou forte a cabeça do bicho, que fungava que nem égua parida.

– Meu Deus, olha lá, Querente, o que vem… – alertou Cristório, espantado.

No mar, eram sempre surpresas. Uma depois da outra. Ao largo, numa distância de vinte braças, surgia um prateado em cima da água e iniciou a carreira, para bailar em redor da canoa e sumir. Era uma tintureira com venta grande e cabeça de rodela. Eles continuavam a lutar com o bagre, para puxá-lo para dentro da canoa. Conseguiram trazer até o beiral do casco. Os dois seguraram na aba do bagre, para embarcá-lo. Quebraram os esporões a pau e começaram o difícil trabalho de puxá-lo. Foi aí que, como um corisco, sentiram o baque violento, a linha ficou mais leve, e o bagre escorregou para a água de novo, mas sem peso. Não demorou um minuto e em cima d'água apareceu uma mancha de sangue. Só se viu o rebojo da tintureira no caminho de fora, um risco na água, as galhas, guias e barbatanas fazendo um bigode de lancha. E sumiu. Eles puxaram com facilidade o catinga, agora só cabeça e apenas um terço do corpo.

Cristório olhou para o companheiro e sentenciou:

– É, Querente, eu não te disse que o mar é do Diabo? A gente tem de viver da sorte.

– Vamos levantar o ferro e fundear na beira.

– É, a pescaria acabou.

O dia já ia morrendo e Cristório, fundeado, reviu ao longe a casa de Quertide e a ilha que ele jurara nunca mais visitar. Era um aviso.

A noite estava entrando e o melhor era dormir na canoa. Acenderam o fogareiro, botaram na panela uns pedaços da cabeça do bagre, sal grosso e começaram a conversar:

– Bagre é bom com caju. E esse bicho não tem cheiro bom.

– Também não gosto dessa carne. Nossa sorte hoje é só chupar cabeça de peixe ruim. Não tem nem caju pra gente cantarolar.

Cabeça de bagre
não tem o que chupar,
bota caju no fogo
e deixa cozinhar.

– Cantigas bestas, essas de pescador, não é?

– É e não é. A gente nelas descobre a sabedoria das coisas.

E ficaram ali, colocando a boca do fogareiro na direção do vento, esperando o cozido e a noite. Na cabeça de Cristório, as lembranças choviam como chuva em fevereiro, assim sem pingo grande, mas permanente, constante, azulada, essa coisa que não passa, que é inverno criador. "Quertide nas mãos daqueles monstros, navegando por baixo das águas, andando nas raízes de mangue e sumindo nos igapós, sendo violentada por aqueles monstros. Coisa de dor que não há pomada que alivie é lembrança de mulher", pensava ele. E, assim, a noite foi descendo. A maré vazando e as casinhas da praia sumindo na escuridão que chegava. Fizeram o pirão com o molho branco de panela e farinha-d'água. Comiam com a mão agarrando as abas da cabeça do bagre, chupando as cartilagens e o olho grande. O outro pedaço e o resto foram salgados. Depois, foi lavar a mão e deitar no fundo da canoa e procurar onde anda a mãe do sono. Ela vem e os homens adormecem. Mas o sono não seria tão tranquilo. Havia no ar uma angústia que não aparecia, mas que se sentia no andar das coisas. Foi depois ou quase em cima da meia-noite que eles começaram a ouvir latidos de cachorros, que se repetiam e eram longos, como de matilha.

– Querente, que cachorrada é essa, se a ilha está deserta? Aqui não tem bicho nenhum, que dirá cachorro?

– Cristório – murmurou Querente –, sou homem de mar, mas estou me arrupiando todo.

Ele era assim. Às vezes gente, às vezes alma.

E logo começou a circular uma inhaca podre, e outro sinal, de quebra de galhos secos, e o diabo de uma zoada de correria na praia.

– Querente, graças a Deus encontramos. São os bichos e eu vou preparar minha espingarda. É agora que eles vão ver o que é fogo.

A cachorrada continuava latindo. Cristório levantou-se como um demônio. Pegou a espingarda, colocou um cartucho, fez pontaria no rumo da praia que não se via e era somente escuridão. O tiro iluminou a noite, abriu um clarão grande onde se enxergava a sombra dos cachorros correndo de um lado para o outro, latindo e rosnando, como se estivessem de guarda na praia, para ninguém saltar.

– Pioco miserável, se tiver coragem, aparece. Quero te matar com seiscentos diabos!... – gritou Cristório.

Nada respondeu. Os sons que chegaram foram de uma voz esganiçada e os cachorros latindo, como se estivessem apanhando, para depois uivar.

As coisas aconteciam sem que se pudesse contar o tempo. Os cachorros emudeceram. Tudo era silêncio, quando surgiu um berro, ronco de indagação:

– Cadê o meu?... Cadê o meu?...

– O teu, miserável, tá no rabo da tua mãe... – retrucou Cristório, que era só possessão de ódio.

– Os bichos estão danados e vêm aí. São os centauros – disse Querente.

– Cadê o meu?... Cadê o meu?...

A mesma voz vinha de terra e Cristório respondia:

– Já não te disse? O teu tá no rabo da tua mãe.

E pipocou outro tiro. Esse foi tão forte que seu estrondo começou a se espalhar pelo mar e para todo lado, como um trovão. Mas não iluminou mais. Era um tiro preto.

Cristório calou-se. Querente via. Mas os cachorros voltaram a latir e os bichos, em bando, a gritar:

– Cadê o meu?... Cadê o meu?...

Cristório não respondeu. Exausto, desmaiou, e só acordou ao despontar do dia. Passou os olhos na canoa. Querente tinha desaparecido.

– O mar é do Diabo, eu já disse.

Cristório ficou calado. Entrou no mundo de suas perplexidades. Refeito, começou a chamar pelo amigo:

– Querente! Querente!

Sua voz perdia-se no descampado da maré seca, para bater mais distante na praia. "Afinal, o que aconteceu? Talvez ele tenha ido pra terra e está por lá." E começou a pensar: "Será que devo ir? A canoa está no seco, a maré baixa. Se acontece alguma coisa, eu não tenho como socorrer a embarcação."

Por outro lado, não podia sair e fugir. Não havia maré. Estava com a biana no seco e com Querente desaparecido. Ele não era homem de deixar amigo na chapada. Resolveu sair e caminhar até o antigo arruado, para procurar Querente. Antes, verificou se havia rastros; depois, se havia sinais. Com minúcia e curiosidade olhou todas as marcas no chão. Rodeou a canoa, foi até a beira da arrebentação. Fez o caminho às avessas, explorou os espaços de todos os lados e não encontrou nenhum sinal do amigo. Então, rumou para a praia. Vagaroso, indagou com os olhos e os ouvidos. O silêncio era seu companheiro. Até o vento estava morto. A terra ia se aproximando. Mais depressa seu coração batia e misturava lembranças de Quertide e os episódios daquela noite de pesadelo e mais o sumiço de Querente. Já na praia da velha e abandonada vila, pisou a areia mole e reviu o casario em ruínas. As casas caídas, as palhas dos tetos destroçadas. Lembrou-se de Quertide, de sua calcinha, de suas coxas, da saia de chita verde. Era uma mistura de volta ao passado, receio, medo, coragem, e o presente de curiosidade. Resolveu gritar:

– Querente! Querente! Responde!

Nada. Só um grande silêncio.

– Querente!?

Virou-se rápido. Pareceu-lhe ter ouvido uma pálida voz, de sons finos e longínquos que não sabia de onde vinham e podia ser de dentro de uma das casas ou uma miragem de som, construída do nada. Sua atenção voltou-se para um velho rancho, uma tapera de alojamento de pescadores, no fim da praia. Para lá andou e viu um vulto que parecia ser de mulher. "Quem poderia ser, se aquela era uma ilha abandonada e de assombração?" Rumou em busca daquela sombra e foi indo e indo. Eram uns dois quilômetros. Logo, no seu caminho, a quinhentos metros, apareceu uma cabeça de cachorro. Estava jogada na praia, de olhos abertos, sangrando. Continuou a caminhar e mais adiante outra cabeça e mais outra e outra mais. Não havia corpos, somente as cabeças, sangrando, olhos e bocas abertas, as línguas caídas e as presas aparecendo. Estes cachorros podiam ser aqueles que latiram de noite. Mas onde estavam os corpos? Tudo era indagação.

A cabana ali estava, a vinte passos. Parecia local de salga de peixe. Restava um cocho grande, lixos de sal, pedaços de peixe, tainha e guribu, e no chão escamas e rabos. A impressão era de uma grande desordem no cocho e no jirau de secar. Tinha havido um ataque. Tudo estava quebrado. Tudo destroçado. No fundo da palhoça, uma mulher, calada, longos cabelos, os ombros caídos de defunto. Não se alterou com a chegada de Cristório.

– Bom dia, a senhora viu passar por aqui um pescador, meu companheiro de canoa, de nome Querente?

Ela nada respondeu. Cristório chegou perto, olhou-a bem nos olhos para saber se era viva ou morta, tocou seus cabelos e voltou a perguntar:

– Quem é a senhora?

– Os piocos me deixaram e comeram os homens – respondeu.

– Que homens?

– Os que vieram comigo pra pescar e aqui fizeram uma salga. Os monstros chegaram na noite passada com um bando de cachorros e mataram meus cinco acompanhantes.

– E como você se salvou?

– Não sei.

– Por que você veio com eles?

– Pra servir de mulher. Eu sou do Iguaíba.

– O que você é?

– Sou puta. Os piocos só gostam de donzela.

Cristório ficou pensando: "por que eu não trouxe a minha espingarda?"

– Onde estão os piocos? – perguntou Cristório, irado.

Ela não respondeu e ele olhou para todos os lados, a ver se existia mais alguém. Nada, apenas os restos do festim da noite. Na carreira dos olhos na praia, do outro lado da tapera, ele foi vendo os despojos dos corpos comidos, assim como dentadas de cachorro e salvados de cabeças, pernas e ossos raspados, jogados na praia. Não pôde evitar o pavor. Correu até a choupana e disse à mulher:

– Me acompanhe, vamos pra minha canoa.

Ela levantou-se sem dizer nada. Só então pôde ver que era nova e bonita. Cabocla bem fornida, de quadris largos, seios duros e pernas bem contornadas.

– De onde vocês vieram? – perguntou curioso.

– Eu já disse, do Iguaíba.

– Antes de voltar, vamos ver se encontramos Querente.

E os dois começaram a percorrer a orla da rua, entre os coqueiros velhos e velhas casas abandonadas, as portas caídas, as palhas destruídas e tudo desmoronado. Era como se a Terra tivesse acabado e parasse no tempo, e todas as pessoas do mundo morressem e a vida não existisse, só o silêncio do nada. Era tudo sombra negra como a noite e estava tudo claro numa manhã de sol. Foi andando e a casa de Quertide se aproximava. Não existia mais. Apenas o resto das paredes de palha, com aquela janela pequena, hoje dependurada, e os paus soltos, com a porta sem porta. Ninguém quis tirar nada ao se retirar, com medo de levar a maldição das donzelas. E foi acertado, porque para onde foram, toda menina ao nascer, as mães tinham o cuidado de abrir suas partes e verificar se estavam fechadas. E estavam.

Cristório olhou o chão vazio da porta e teve vontade de entrar. Podia ver a sombra de Quertide e viver o que não viveu. Seus olhos estavam cheios do gosto do adeus de tudo. Algum dia mataria os piocos e recuperaria Quertide. Por isso já andava no mar, de praia em praia, de quebrada em quebrada, nos pesqueiros todos da baía e nos igarapés e igapós para encontrá-la. Não resistia à rotina de ver as ruínas da vida, de casa em casa. De repente parou, seguro por um frio que lhe invadiu até a moleira, numa tapera. A mulher que o acompanhava ficou fora. Ouviu-se um grito tão pavoroso e estranho que ninguém julgava que fosse de vivente. Era como se fosse o berro da desgraça:

– Querente, meu Deus!

Ali estava ele deitado nu, com um baiacu no peito. O baiacu pulava.

– Querente?

Não respondia. Estava morto. Cristório aproximou-se e procurou ver onde tinha sido atingido. Foi aí que sentiu que a morte não era total. Ele tinha um suspiro pequeno, quase impossível de se sentir, mas tinha.

– Querente?

Se não era morte, era um sono profundo. Começou a examinar o corpo do companheiro. De visível, só os ovos roxos mexendo como se fossem tralhotos dentro d'água em maré enchendo. Cristório saiu e perguntou para a mulher:

– Como é teu nome?

Ela respondeu:

– Maria das Águas.

– Maria das Águas, me ajuda a levar meu amigo daqui. Ele está dentro da casa. Não sei se morto ou vivo.

Os dois entraram e começaram a retirá-lo. Maria das Águas não fez ares de espanto e agiu como se estivesse tratando peixe. Querente dormia e morria, não dava para saber. Maria ajudava e foram arrastando-o para a beira da praia. Cristório resolveu carregá-lo nas costas. Maria das Águas aliviava o peso apoiando as pernas dele nos ombros. Querente não pesava mais que sessenta quilos. Até a canoa eles aguentariam. E foram caminhando no lavado, até alcançar a arrebentação. Paravam sempre um pouco, tomavam fôlego, e depois reiniciavam a caminhada. O lavado era grande e a maré de quarto puxava muito, aumentando a parte de terra descoberta. Mas chegaram à canoa. Lá colocaram o corpo de Querente no fundo, e ficaram a esperar a hora de sair. No mastro da biana viram um pássaro azul, com cabeça amarela, bico vermelho, que grunhia com jeito de canto, fazendo um ruído de rabeca desafinada, fanha. Cristório apurou o ouvido e ouviu seu canto:

– Caaadêêê o meuuuuuu!...

Era cantiga de pioco. Cristório, o sangue forçando o rosto e invadindo todo o corpo de raiva, tirou a espingarda, botou um cartucho, segurou firme, fez pontaria, puxou o gatilho e largou fogo.

– O teu tá no rabo da mãe!

Acertou em cheio. Penas para todo lado, que esvoaçavam assim como um bando de fiapos de paineira. Não caiu corpo. O pássaro era só penas. Mas, depois, as penas, como se fossem aves voando em bando, voltaram todas a se reunir e o pássaro recomposto saiu cantando "cadê o meuuuuu", "cadê o meu, meu, meu..." Coisas de encanto. Maria das Águas não fez comentários. O ruído do tiro fez Querente suspirar mais alto.

– Ele não morreu, Maria, está vivo, parece um sono de feitiçaria, como tudo que acontece nesta ilha, e nele.

Cristório falou que não podia navegar sozinho com aquele corpo morto-vivo e que ela teria que ajudar, até no binabô, se fosse necessário.

Ela, com ares de ausência, concordou e falou que conhecia as artes do mar. E assim foi.

Quando a maré cresceu, levantaram o pano de *Gaberina*, canoa propriedade de Joaquim Olho de Bagre, do Pau-Deitado. Foram saindo de mansinho. O vento era só uma leve brisa e logo que a viagem começou plantaram um pé de conversa, ela sentada no banco do mastro, ele na cana do leme. No espaço da proa, Querente era um mistério.

– Quando vocês chegaram?

– Há uma semana. Fomos botar tapagem e pegamos muito peixe: serra, xaréu, bagre. Pescamos de espinhel e rede, dando muito camurim e pescada. Tínhamos muito peixe e chegou o tempo de ir ao Tucunandiba pra montar uma salga. Estávamos trabalhando há três dias, quando na noite de ontonte começou a assombração. Nós tínhamos jantado. Todo mundo estava se preparando pra dormir. Quinzinho, o mestre, me chamou de lado e me levou pra areia. Deitou em mim e foi só começar quando vimos aqueles fogos na praia, correndo de um lado pro outro. Depois o latido da cachorrada. Mas não eram cachorros, era só a cabeça dos cachorros. Depois é que vieram os corpos, todos correndo do nada pra se juntarem com as cabeças. Latiam e ganiam, misturados com os piocos, que avançavam no cocho da salga e devoravam o peixe todo, como jumento na estrebaria, remexendo tudo e jogando pra fora o resto do que prestava e as ossadas. Os outros dois rapazes, Zedico e Baduco, que faziam parte da salga, ainda tentaram fugir pro mato, mas eles uivaram, correram atrás e pegaram: "Cadê o meu", "cadê o meu..." Então – continuou Maria das Águas – saíram comendo os peixes e os homens. Pegaram Quinzinho do meu lado e começaram a comer a cara dele. Oi horror de Deus que eu não quero lembrar. Era de noite, mas eu via, sentia o fedor dos bichos e eles gritando aquela cantiga de maldição "cadê o meu". Mas não me tocaram. Só uma pioca fêmea, besta-fera, levantou minha saia e bateu com a mão na minha bunda.

Em seguida, Maria fez um gesto e levantou a saia. Estava uma postema só. Vermelhona e cheia de pintinhas pretas, assim como se fossem moscas. Cristório, mesmo com todo o terror da história e Querente morto-vivo, olhou a bunda roliça da mulher e teve na cabeça pensamento de gostar. Nessa hora, Querente começou a estrebuchar. O coração de Cristório começou a bater forte. Sentia lágrimas nos olhos. Elas escorriam vermelhas.

– Ele está morrendo! – disse Cristório.

– Está morrendo? – repicou Maria das Águas.

– Põe água salgada na cara dele, Maria, joga forte, vê se salva como se salva pinto – acrescentou Cristório.

Maria começou a jogar água. Querente, morto, roxo, da cor do diabo, começou a dar sinais de vida porca e seu mastro levantou-se e ficou aquilo horrível. Estrebuchou, parou de estrebuchar e ficou todo rígido, com os braços tesos, grudados ao lado das ancas.

– Coisa de diabo daqueles piocos e dele mesmo. Veja o que eles fizeram com o rapaz, Maria das Águas.

Maria saiu lentamente do seu lugar, foi segurando aqui e ali, equilibrando-se do balanço do mar, e chegou até perto de Querente, para vê-lo todo. Passou a mão na sua testa. Ajeitou-lhe os cabelos e, suspendendo levemente o vestido, deitou-se sobre ele. De longe, na popa da canoa, Cristório tentava olhar e só via o balanço do lado que vinha do mar e o do alto que era o corpo da mulher. E as ondas começaram a crescer, a subir e descer. A arrebentação cobria de espumas bem na boca da biana e lavava aqueles corpos.

"Em que diabo de encrenca eu me meti. Esta mulher também é coisa-feita. Não há desejo de fêmea que faça uma coisa dessa", matutou Cristório.

– Para com essa coisa, mulher da peste, minha canoa não é esteira de fêmea! – vociferou Cristório, e acrescentou: – Esse homem já tá morto, você tá matando mais.

Depois ela parou. Aquietou-se, e um silêncio voltou a dominar a viagem. Maria das Águas regressou pra seu lugar e Querente suspirava.

– Você é mulher de defunto? Vai ver que você é uma pioca, vestida de mulher!

Maria das Águas era mulher do mar. Compôs-se, pegou a corda do balanço, jogou o corpo para fora, fez o contrapeso e falou:

– Pode soltar o pano todo, deixar correr. O mar me dá uma vontade de trepar que eu não consigo pear. Ainda mais se é de manhã. De noite eu gosto menos. Por isso é que os homens me trazem nas pescarias.

Cristório olhou para cima e disse:

– Tá bem, depois de enterrar minhas sombras de ontem e de hoje, eu falo contigo.

– É na hora que quiser…

O vento soprava noroeste. O Iguaíba estava longe. Era preciso interromper a viagem, que não dava em uma só maré, e dormir na ilha do Curupu. A proa foi apontada para lá e o mar bateu forte, as ondas eram dessas que pareciam ir para o céu.

A viagem começou no novo rumo: a ilha do Curupu. Lá deviam esperar a outra maré. Depois de abastecer de água, aguardar um pouco e rumar para o Iguaíba, levar a notícia da morte de todos os pescadores da salga e deixar aquela mulher, que era como se fosse uma peste, de tão acesa. Sobre Querente não tinha planos. Não se sabia o que ele tinha. Aliás, ele sempre fora um mistério. Há muitos anos estavam juntos desde o dia em que o apanhou na Risca, abandonado e fedendo a maresia.

A viagem continuava. Cristório não saía da retranca e o vento aumentou. Nada há mais bonito e firme do que o vento. Quando ele vem constante fica, bate, levanta a água, faz as ondas do mar e continua procurando terras e céu. E o vento no mar é coisa de ninguém desejar esconder. Há várias cores de mar. O mar tem cores que ninguém sabe. Deu vontade a Cristório de perguntar a Maria de que cor era o mar de janeiro, barrento, marrom, siena, fosforescente e olhos de brilho.

– Você sabe que o mar tem muitas cores?

– Sei.

– Quais são?

– Não sei.

Querente, no fundo da canoa, deu um suspiro grande. Dormia como se fosse a morte, nu, lavado pela água que invadia a embarcação no jogo das ondas. Suspirou e tossiu. Cristório perguntou:

– Ele ainda está de mastro em pé?

– Igual o da canoa – respondeu Maria das Águas.

O mar era verde, de um verde profundo que deixava a marca das sombras da vela.

– O mar tem a cor dos olhos de quem vê. Ele é da cor da alma da gente e a alma da gente tem a cor dos olhos.

– Não sei. Nunca vi meus olhos – resmungou Maria das Águas.

– Pois é assim – disse Cristório.

– Eu já vi mar de todas as maneiras. Já vi mar preto, quando viajava de noite. Era da cor do breu dos infernos. Vi mar branco quando eu estava de manhã com a alma pensando nas gaivotas. Elas voavam sobre as águas e o mar ficou branco.

– Mas não tem mar amarelo?

– Tem, o da cor da tarde, com o sol morrendo. É como se fosse a cor das nossas raivas. Tem mar azul, azul como o céu, como a vida. É quando a gente está feliz. Nesse dia o mar é azul.

Querente começou a roncar. Maria das Águas não tirava os olhos dele. Era um balanço e era a vida.

– Quem vive no mar vive de nada. Vive de viver de vento e de água. O mar tem os seus infernos, eles pegam fogo nas madrugadas. Eu já vi muito pescador morto e muito peixe de mistério.

– Mas você nunca viu uma mulher no binabô do jeito que eu estou.

– É, você é boa de mar.

Maria das Águas, num lance de olhos, perdeu o vestido, solta no binabô, e começou a dançar com a corda, no jogar-se para a frente e para trás.

– Não larga a corda senão a canoa vira. Para com isso, alma do outro mundo! Tentação dos capetas! – gritou Cristório, com energia mas sem poder largar o leme.

– Não faz mal. Nós vamos pros infernos das águas. Quem é esse homem que suspira?

– Conversa de doida, mulher. Eu devia mesmo ter te deixado no Tucunandiba. Presta atenção no teu serviço... Depois eu te conto. É coisa de mistério feio.

Ela continuou solta como o vento. A canoa sentia o balanço e a perda da compensação do binabô. Cristório via o perigo, mas não podia largar a retranca nem o leme nem a escota. Querente roncava. Parecia que ia sair do seu sono de morte. O mar se encrespava. Era a passagem das águas desencontradas que vinham da baía de São José. As ondas altas, e ninguém podia olhar para trás para ver a corrida da canoa. Era bolear para cá, era jogar para lá. Era entrar firme na crista das ondas arrebentando as águas, varrendo tudo, enchendo o casco que ninguém podia esgotar, já com dois palmos de água.

– Maria, segura e deixa de brincadeira que a coisa tá preta.

A canoa subia e jogava, boleava e remexia na maresia forte, mar violento, onde ninguém sabia se estava em cima, se estava embaixo. Era um subir e descer sempre, pois é assim a arte de navegar. A viagem ia.

Maria largou a corda do binabô. Cristório gritou:

– Sua doida, volte que nós vamos alagar.

Ela não voltou, atirou-se em cima de Querente agonizante. A canoa adernava. Ia e vinha. Cristório seguro na escota firme, afrouxando o pano ou apertando, para que a canoa não virasse.

– Mulher doida, para com isso, volta para o cangado.

E ela continuava e de Querente saía um suspiro da goela e não do nariz. Não se sabe o tempo que passou nessa agonia e nesse prazer. Cristório olhou o mar, para ver sua cor. É como se o sol ali mergulhasse. Estava da cor de abóbora. Era avermelhado e laranja e as águas não tinham jeito de água.

Onde estava a ilha do Curupu?

Levantou o corpo para ver Querente. Maria das Águas sumira. Desapareceu num rebojo de água e na arrebentação das ondas. O mistério dessa mulher era uma pergunta. Cristório olhou na corrida da canoa de um lado e de outro e nada viu.

Olhou ao longe para ver se enxergava alguma coisa. Longe, a canoa branca que ele perseguira uma vez. Botou a proa no seu rumo. Não queria saber mais onde ia nem como iria terminar essa viagem. Tudo era diferente e seu corpo começava a ser possuído por uma coisa estranha. Nada tinha rumo, destino, nem consciência. Correu, apertou o pano e foi em frente. Sua canoa ia paralela. Dava para ver a outra. Nela, Maria das Águas, nua, balançando na corda do balanço e a canoa velejando no sem-rumo do mar de Deus. Cristório se arrepiou todo e teve vontade de recuperar aquela mulher que passou tanto tempo em cima de Querente. Ela era morena, dura, rija, redonda, mulher de praia, da cor do queimado de sol. Mas era assombração ou miragem? Ele não sabia.

Rumou para o Iguaíba. Velejou muito, solitário e difícil, sem balanço, vela fechada. Deixou a noroeste a ilha do Curupu e foi direto para a boca do rio Timbuba, arriscando não ter maré para entrar e a ficar no seco. Podia encalhar onde fosse, ou ficar à deriva. Mas teria de ir ao Iguaíba, contar o que acontecera com os homens que foram pescar no Tucunandiba e com aquela mulher misteriosa que tinha saído dali e que ele não sabia se tinha caído no mar ou se tinha sido encantamento.

Chegou ao seu destino. Fundeou. Foi direto a Criseu, vendedor da esquina, dono da casa de aviar mantimentos.

– Seu Criseu, vim lhe avisar que o pessoal do Iguaíba, que foi fazer uma salga no Tucunandiba, foi atacado de noite. Todos devorados pelos cachorros-monstros e pelos piocos.

– Que história é essa, rapaz?

– Tou dizendo a verdade.

– Você está doido.

– Nada, vim só pra contar o acontecido. Vinha comigo a Maria das Águas. Você conhece?

– Quem não conhece aqui a Maria das Águas? Todos a conhecem.

– Pois ela estava comigo e desapareceu no mar – disse Cristório.

– Não pode. Ela esteve aqui faz meia hora. É a puta mais conhecida do Iguaíba.

– Não é possível!

– Você está com a cabeça frouxa, seu Cristório. E tá muito moço pra isso. Aqui do Iguaíba não saíram pescadores pra fazer salga no Tucunandiba.

– Você conhece Quinzinho, Zedico e Baduco?

– Conheço.

– Eles morreram.

– Conversa besta. Chegaram há meia hora de pescar no lavado do Banco Feliz.

Cristório ficou confuso. Era impossível conjugar todos os fatos.

– Seu Criseu, você sabe o que é a doideira?

– Não sei não.

– É como você está me fazendo.

Uma mulher veio chegando, toda faceira, com uma flor de espinheiro no cabelo, vermelha leve, da cor do desejo. Cristório olhou nos seus olhos. Quem era?

– Maria das Águas.

Foi correndo à canoa. Querente estava morto.

A garganta lhe apertou e dos seus olhos pequenos saíram lágrimas vermelhas. Aquela alma ganhara o infinito. Sentiria falta do amigo.

CAPÍTULO 8

A choupana abandonada na praia do Carimã começou a ser invadida pelas dunas, de uma areia branca da cor do relâmpago. Os pés de tucum soterrados gemiam como jumentos afogados. Morriam asfixiados pelas areias que entravam nas ventas das folhas e dos cachos de coco. Os pés de murici há muito estavam cobertos e enterrados como se fossem defuntos num cemitério de areia. Esses não gemiam mais. Saía apenas o leve cheiro da putrefação dos galhos, e era cheiro de mato. Muitos cavalos atolaram-se nos montes movediços e durante dias pediam socorro, relinchando e esperando que alguém os salvasse. As éguas vinham desembestadas pelo cio e os garanhões não podiam mover-se. Morriam debatendo-se em redemoinhos fundos de areia que se mexiam como lagartas quando suas patas batiam em busca de chão firme. Um morro branco crescia a cada dia, mais e mais, soterrando tudo. Engoliu a mataria que existia e os campos de águas rasas que a circundavam. Era um vento permanente levando uma areia para cima de outra areia, criando linhas e curvas, conchas e côncavos, ladeiras e despenhadeiros na formação de depósitos que tinham formas que se modificavam a todo instante, pelo constante movimento das areias que, carregadas pelo vento, faziam aquele trabalho de formiga, na construção de um cupim alto, branco, onde os olhos abertos marejavam e choravam no ver a alvura que refletia o sol, no branco que voava e se misturava ao lacrimejo.

Naquela manhã, Cristório desembarcou na praia do Carimã, para esperar a maré secar e estender a rede de pesca, na apanha dos uritingas que estavam dando nas marés de lua. Foi aí que, com grande surpresa, ele viu como a areia tinha crescido e formado aqueles morros com o andar das dunas. No alto do maior deles – o Morro Branco –, os restos de uma palmeira de babaçu destruída pelo vento. Agonizavam as palhas do seu olho, esvoaçadas e castigadas pela corrente de areia que não cessava de circular, levada pelo sopro amarelo dos alísios que nestes meses não param.

Foi subindo para esquentar as pernas naquela difícil tarefa de escalar morros de areia e, então, viu o que não esperava ver. Era como um redemoinho num tacho de doce de leite, mexido para encontrar o ponto. As areias rodopiavam e formavam um buraco no centro e de dentro dele veio saindo, do mais fundo dos fundos, um habitante das entranhas, um velho que parecia ter muitos cem anos, tão branca era sua cabeleira e tão encolhida a pele. Cristório viu levantar-se um funil de areia que subia e saía costurando a cabeleira das dunas e se espalhava no céu parecendo vento e depois se dissolvia no alto, seguido por outro e mais outro. Teve medo de que algum deles o levantasse para as nuvens. Fechou os olhos, que se enchiam de areia. Deitou-se e levantou-se e, logo que pôde segurar o passo, buscou o caminho da praia, com medo de ser soterrado como o foram todas as árvores e bichos que viviam naquele lugar.

– Quem é você? – perguntou Cristório.

– Sou Aquimundo, o tempo.

– Que diabo de conversa é esta? O tempo!... Tempo chove, tempo tem sol, tempo tem tempo. E você?

– Sou Aquimundo, em quem o tempo não passou. Venho olhando as coisas e vivo. Andei por muitas terras, de Sofala, Querimba, Ibo, Pemba, Mombaça, Melinde, Pate, Ormuz, Diu, Goa, Coxim, Malaca, Ceilão, Meliapor, Macau, Timor, e cheguei a Nagasáqui com Francisco Xavier, o padre que hoje é santo, mas que embarcou comigo na nau *Amacau*, o Navio do Selo Vermelho de Agosto que fazia o caminho do Japão.

– Eu não entendo essa conversa, eu não sei nada do que você fala. Isso é língua enrolada de curacanga.

– E quem é você?

– Eu sou Cristório, pescador do Mojó.

– Pois eu, Aquimundo, pescador do tempo.

Cristório começou a matutar: "Já vi tanta coisa no mar e poucas coisas em terra. Esse velho é uma assombração do mar que desembarcou em terra pra fazer visagem. Devo ir embora e deixar esse velho onde ele está, nessas dunas."

Mas não pôde. O velho aproximou-se dele. E quando vinha, rodopiava um redemoinho de areia que saía das dunas e um vento que ventava como se fosse chicote. Com voz de ordem, falou:

– Cristório, não adianta fugir, que eu vou embarcar com você. Quero ir ao mar e desistir desse tempo que não me deixa morrer.

Cristório olhou seus olhos. Era um velho que tinha o jeito da mais velha de todas as velhas antigas da região. Na sua face, as rugas eram nítidas, mas pareciam marcas que tinham ficado para sempre. Saíra da areia e caminhava como se tivesse as pernas cambotas do jogo da maresia.

– Eu não tenho lugar na minha canoa. Já temos três e aqui mais de três em cada canoa não dá pra dividir o que conseguimos na pesca.

– Eu não quero divisão. Eu quero navegar. Cheguei aqui nas correntes que correm os oceanos e me deixaram nesta praia. Leve-me. Desejo ver o mar, as ondas, recordar-me das carracas da Índia.

– Que conversa é essa? Nós, aqui, não temos essas embarcações, nem índias de carraca.

– Mas eu sei onde vamos encontrá-las. Você não encontrou o Navio dos Mortos?

– Como você sabe? Isso não se fala – disse Cristório.

– Pois eu sei onde estão os navios que morreram e não morreram.

"Diabo de velho cheio de conversa de assombração você é. Melhor pedir reza e descanso. Eu não posso embarcar sua carcaça", pensou Cristório.

– Eu vou de qualquer maneira – ele disse, como se soubesse o pensamento dos outros. – Você sabe que na hora da partida, andando ou não andando junto com você, eu estarei na canoa. Aqui as areias estão tão altas quanto aquelas que se levantavam para impedir as caravanas que vinham da Senegâmbia, trazendo ouro, prata e escravos para São João da Mina, na África, onde Dom João III nos mandou.

– Pare com esta conversa enrolada que eu não entendo.

– Pois vamos ao mar.

Cristório estava confuso. "Que diabo de azar aconteceu comigo, nessa coisa de encontrar assombração?", pensou. Saltara ali a fim de esperar a maré, como tantas vezes tinha feito. Viu os morros de areia caminhando como gente, ganhando alturas e afogando tudo. Apareceu-lhe então essa figura num redemoinho, como alma penada em pleno dia, difícil de conceber que estivesse ali, entre tucunzeiros soterrados e muricis que gemiam sem ar.

– Quem é você? – arriscou Cristório, mais uma vez.

– Eu sou Aquimundo, já lhe disse. Embarquei nas galeras que andavam no Mediterrâneo na época das Cruzadas. Eu vi o *Bucentauro*, a galera de gala do Doge, quando ele jogava um anel de ouro, diante de todo o povo, para celebrar o casamento de Veneza com o mar Adriático. E vi o domingo de Lepanto, a união da água e do fogo. O mar estava coberto de cadáveres e de sangue.

E prosseguia no delírio:

– Eu cravei minha espada no peito do corsário otomano Gavur Ali. Veneza era só festa quando nos recebeu de volta.

– História besta desse velho capeta – resmungou Cristório. – Só fala coisa que ninguém entende, numa língua enrolada de bêbado contador de lorota. E quem era esse Espanto de que você fala?

– Depois eu lhe conto tudo o que eu sei. Minhas viagens com os portugueses do Oriente e minha chegada, vindo nas correntes que riscam os oceanos até estas costas do Maranhão.

– Velho maluco e cheio de conversa de bigode – acrescentou mais uma vez Cristório.

Aquimundo embarcou na biana. Ficou em pé na proa. Deixou o vento acariciar a barba, seus olhos tinham a direção do sol e navegou com os braços abertos, enquanto Cristório vivia mais um mistério das águas.

– Que dia é hoje, Bastião? – perguntou ao companheiro de canoa.

– Sexta-feira.

– Oi dia cheio de engonços! – fechou Cristório.

Chegou ao porto do Mojó. Tudo que lhe acontecia era como sinais de sua vida, e ele não poderia afastar-se do destino.

Ao saltar, foi abordado por um conhecido.

– Bom dia, seu Cristório.

– Seu Cristório é a puta que pariu! Eu, agora, sou capitão Cristório, patente do mar, e assim quero que me chamem, de agora e pra sempre. Ninguém mais do que eu conhece estes mares e artes de pescaria. Sou o capitão Cristório.

– Me respeite, Cristório, que sou seu velho amigo e não aceito que me insulte.

– Pois tá insultado. Fique sabendo que eu sou o capitão Cristório a partir da minha pescaria no Guarapiranga.

– Pois não aceito insulto.

– Isso é questão sua. A minha já tá feita.

O contestador era Virtobil, da idade de Cristório, pescador do Mojó e irmão de Ladislau, também pescador, tido como valente e bêbado.

– Pois vai ser desfeita.

A confusão estava armada. Os homens que viviam ali, no porto do Mojó, foram chegando para perto. Cristório arfou profundo, arrancou a peixeira de meio palmo de largura e disse:

– Estou preparado.

Virtobil se encaminhou resoluto.

– Seu Cristório, se acha que deve ir pra cadeia por me matar porque lhe chamei de "Seu Cristório", é hora de fazer.

– É só chegar.

– Pois Capitão Cristório é a puta que pariu – disse Virtobil.

– É o quê?

– A puta que pariu!... – E começou a caminhar no rumo da faca.

Cristório não se mexeu e estava como um siri armado, perna aberta, rosto contraído, músculos tesos e olhar resoluto.

Foi quando, por artes e desejos, ninguém sabe de quem, a *Bebe*, cachorrinha saçariqueira, vira-lata amarelada, correu na frente de todos, de rabo levantado, chegou junto de Cristório e começou a latir forte, avançando contra ele, que recuou e foi recuando, até ficar junto da sua canoa. Ele olhou o cavername e recebeu a mensagem da canoa para parar com aquela briga sem rumo, assim como navegar sem água.

Eram o seco, a maré e os fatos.

CAPÍTULO 9

Cristório começou a pensar que estas coisas todas que aconteciam faziam parte de sua luta em procura dos piocos, de Quertide e dos mistérios do mar. Certo dia, jogando bilharina no boteco de Quebrado, falou de si para si: "As coisas comigo estão me perturbando a moleira. É dia e noite acontecendo coisas e eu neste ramo de procurar sem achar."

Pediu uma garrafa de tiquira, aquela de cabeça, *B. Lateral*, que não deixa ninguém em pé e que não gosta de misturar-se com água. Não era de beber, mas bebeu. Bebeu uma garrafa e ficou sem pé nem cabeça. Rumou cambaleando para o porto do Mojó. Chegou à sua canoa, com a compulsão de sair para o mar. Era maré da tarde, destas do fim do dia. Sentiu que ia fazer besteira:

"Estou doidão!... Já perdi o caminho de procurar as coisas. Há uma sombra negra dentro de mim. Foi maldição dos bichos ou sou eu? A lembrança destas minhas desgraças não passa. Minha vontade é não sair da canoa. Ir pelo mar. Navegar de navegação sem rumo, assim como tartaruga."

Entrou na embarcação, não convidou ninguém para acompanhá-lo. A maré crescia. Ele não se importou e mesmo assim resolveu partir.

– Que há com você, Cristório? Vai sair agora? Para onde vai? – perguntou Valentim.

– Não sei, não tenho satisfação a te dar, negro carapinha.

– Você está louco?

– Não, estou com cachorro verde na cabeça. Vou atrás daquela visagem que nós vimos no mangue. Aquele homem mais alto que as árvores e fumava charuto.

– Você tá louco, Cristório. Quando não se sabe beber é sempre assim. Dois tragos, e vira o miolo.

Nada ponderou. Chegou ao porto, levantou o pano e saiu.

Era tempo de chuva, mês de abril. Um temporal danado se armava a noroeste. Nuvens pesadas, pretas, que já andavam como rebanho de touros pelo céu, tangidas pelo vento, galopando, jogando trovão e raios. Nada ele temeu e foi indo. Um vento forte encheu as velas. Ele bordejou para avançar e foi. Não tinha rumo e pensava: "Vou para o igapó, é lá a luta que se vai travar. Os bichos estão me esperando e vou atrás deles. Quertide vai ser libertada." E sua cabeça era aquela obsessão que durava três anos, na procura de beirada em beirada, de ilha em ilha.

Prosseguiu barra fora. A ponta do Panaquatira apareceu, e lá estava Aquimundo, que passara a morar numa cabana deserta naquela praia, a acenar-lhe, pedindo para encostar.

Cristório levou a canoa para lá. Era uma ponta onde os igarapés se encontram, do Timbuba e do Pau-Deitado, e o mar se desencontra entre ondas e maresias. Na extremidade deserta, fim da praia que se derrama em quilômetros de areia branca que se misturam com mangue e lodo. Aquimundo ali estava. Sua figura magra, de cabelos brancos da cor de um branco de luz que brilha mais que o sol, pedindo a Cristório que o levasse na pescaria.

– Cristório, quero passear contigo. Sei que você vinha e precisava de minha companhia.

– Pois vamos, seu Aquimundo, que hoje eu quero ver onde mora a mãe das águas.

Aquimundo embarcou, os dois saíram para o grande mar oceano.

O rumo era o mundão das águas grandes, onde só se podia ver o céu. O mar estava se encrespando. As ondas cada vez eram mais fortes. O tempo ia se fechando. As nuvens chegando mais pretas e mais perto e o vento, ventololô, disparando em rajadas de botar medo. Era certeza de chuva forte e tempestade. Eram aqueles tempos que faziam medo a qualquer um. Ele já os conhecia e gostava de lutar com as águas. O sol desaparece. O calor chega. A pressão aumenta, se começa a suar e o vento vem, quente como o fogo dos infernos, trazendo as chuvas que desabam em cachoeira e medo. É o tempo. Cristório ainda olhava. Na cana do leme, seguro na escota, mirava o infinito, ia para a luta. Não somente o mar, mas os monstros. A tudo desafiava. Não havia nenhuma razão no que pensava. Sua cabeça era uma ladainha sem a ordem dos santos. As nuvens negras começaram a cercar a canoa. A última coisa que pôde ver foi a Barreira Vermelha. Começou o chuvisco e foi crescendo até aqueles pingos que doíam nas costas. Depois, as rajadas fortes que de maiores roncavam na passagem pelo mastro e pelas bordas da canoa. As águas já estavam por todos os lados, até no céu. Os raios raspavam o fim da tarde como se cortassem os panos da noite com uma tesoura de luz. Os estrondos eram ouvidos de um lado, iam correndo pelos céus e desapareciam. O mar era só força e violência. A canoa entrava e saía das ondas, por dentro e por baixo. Não se via terra nem céu, era só a água que caía e os riscos dos raios, como se até o céu houvesse sumido. Cristório nada temia. A cabeça doidona, a mão firme na cana do leme. A canoa, lastreada com três sacos de areia, ia aos solavancos e trotes. Já era mestre de dominá-la contra todos os tempos. Não via nem o mastro. O pano estava pesado e iria, a qualquer momento, emborcar a embarcação. A sabedoria do patrão nestas horas, Cristório sabia, era arriar o pano que a força da ventania rasgaria. Assim fez. Retirou o leme, deixou a embarcação à deriva e saiu para recolher a espicha. Tudo era chuva, vento e maresia.

– Cristório – disse Aquimundo –, faça o que quiser que eu não tenho mais perigos a ver.

A canoa boiava, cheia de água, enfrentando o mar. Dentro não existia mais nada. A água tinha jogado tudo fora. Ele também sabia que em meio a tempestades não se tinha rumo, era parar, flutuar sobre as águas e esperar o tempo passar. Flutuava. Foi aí que, no meio da tempestade, viu passar ao lado, entre as águas cinzas e o clarear dos raios, um navio fantasma. Ele nunca o tinha visto tão perto, mas os pescadores daquela região conheciam a rota das caravelas encantadas que navegavam naqueles mares. Era uma visagem gigante. Veleiro de três mastros, com uma tripulação de sombras que o mar varria, batendo no tombadilho e correndo do castelo da proa até o castelo da popa.

– O que é aquilo? – perguntou Cristório a Aquimundo.

Ele respondeu:

– A nau *Régent*, levando trancado no camarote La Ravardière, três séculos chorando a morte de seu primo, o general Pisiau, que veio na aventura de transformar Luís XIII em rei de França, Navarra e Maranhão.

Todas as velas estão enfunadas. Há tochas que alumiam nas tempestades. Não apagam nunca. É uma caravela de quatrocentos tonéis. Na cevadeira está bordada a flor-de-lis, símbolo da França. Armada com seus canhões, na noite escura da tempestade, ela navega sombria. Cristório ouve um estrondo: é uma salva para a noite. Sai de boca fora o falcão e retrai-se. Os marinheiros gritam:

– Mais depressa a zonchadura!…

– Veja, Cristório – disse Aquimundo –, assim se sofria no passado.

Há água. É preciso dar às bombas. No gurupés está uma figura de mulher à sombra do papa-figo. Tem porte de rainha. Os franceses não traziam mulheres para as batalhas. Lutavam sem elas. Está vestida de manto azul. É azul? Não dá para distinguir, mas é uma mulher.

Cristório veleja ao seu lado. Está bem perto, no meio da tempestade. O vento aumenta, a chuva também e os raios caem como chuva de fogos. Arrebentam como as queimas de São João no estourar dos buscapés e dos chuveiros de pólvora, em honra aos santos. Vem uma voz molhada e soturna:

– Buscamos o rumo da fortaleza de São Luís. A entrada da barra.

– Eu não estou vendo nada. Vamos velejar para fora e não sei onde é fora.

Aquimundo arrematou:

– Essa voz é do sotapiloto querendo encontrar direção. Mas esse barco jamais encontrará porto.

"Eles vão me afundar", pensou Cristório. A caravela tinha seus canhões calados. Um gemido intenso se derramava pelo convés. Era um navio e era uma sombra. "Os fantasmas do mar são os que navegam derrotas. As vitórias caminham para as terras", disse Aquimundo, indomável diante do temporal. Cristório arrancou a garrafa de debaixo do banco e emborcou. A *Régent* chegava mais perto. Era a caravela capitânia da esquadra que viera ocupar o Maranhão, para torná-lo território francês.

Cristório não sabia nada daquilo. Ele via aquele navio. Na proa, a bandeira da Rainha.

Pensou que estivesse doido. Sentiu uma coisa na cabeça. Lembrou-se dos piocos. E gritou:

– Venham, vamos atrás dos monstros! Abram os canhões, soltem todos os tiros, vamos matar os piocos!

O mar batia, as ondas levantavam o casco. A *Régent* buscava porto perdido onde nunca encostará.

Um silêncio profundo. Um estrondo maior bateu. Era como se os raios estivessem caindo dentro da canoa. Cristório não sabia como avançar. Segurava o leme e só isso. A chuva caía forte, como fortes eram as forças da natureza. E assim durou a noite toda. Ao seu lado, a *Régent*, fantasma que não o abandonou, senão depois que a madrugada começou a surgir. E então as luzes dissolveram as encantações.

A manhã nasceu com um chuvisco. Não se viam sinais de terra. Só o cinzento das águas. A canoa era somente água. Cristório começou a esvaziá-la. A cabeça doía. A embarcação rodopiava. Não sabia por que não afundara. Foi quando viu bem perto, quase arrastando nas bordas, um corpo boiando.

– É um alagado!

Tentou aproximar-se. O corpo ia e vinha, nas ondas que o afastavam e traziam. Procurou recolhê-lo. Foi uma luta de horas e chegou bem perto. Pegou o mará para fisgá-lo e puxá-lo. Vestia uma camisa amarela, um calção e estava morto. Era um homem de uns trinta anos. Tinha a boca aberta pela maresia e o bucho inchado pelas águas. Com grande esforço colocou-o na canoa. Foi aí que ouviu uma voz:

– Ei, da canoa, tou alagado!

Olhou e não viu nada. Começou a busca e olhou bem perto um outro corpo que flutuava. Era mais fácil içá-lo. Estava vivo. Jogou a corda. Cristório e Aquimundo puxaram. Era um velho de uns sessenta anos nas últimas forças.

– Cuidado que vamos embarcá-lo.

– Não tenho mais sustância.

Cristório o trouxe e em breve o colocava na canoa. Seu rosto estava inchado.

– De onde vocês são?

– Do Timbuba. Pegamos a tempestade. Éramos sete. Não sei onde os outros estão.

Olhou o cadáver e identificou:

– É Zeferino, filho da velha Matildes.

– Onde estavam? – perguntou Cristório.

– Íamos para a Coroa Feliz. Foi uma chuva que nunca eu tinha visto em vinte anos de mar. Não sei como você escapou. Aqui não há canoa que não esteja afundada.

– O Navio da Morte me guiou.

– O quê?

– O Navio da Morte.

– Não fale isso, moço.

Começaram a esperar a melhora do tempo para saber onde estavam e aonde iriam. O cadáver de Zeferino jogava também no balanço do mar, solto dentro da canoa. O velho, coitado, mal podia falar e pedia água. Cristório, com o dia clareando e o sol aparecendo, olhou longe os riscos do Canto, elevação no mar, no contorno norte da ilha do Curupu. Pôs a canoa para lá. Os músculos estavam dormentes da luta da noite inteira. Um cheiro de cachaça de mandioca exalava-se de sua pele e a cabeça era uma roda-gigante. Mesmo assim, pegou firme a cana do leme, fechou os olhos e rumou seguro.

"E os monstros, os piocos?", ele pensou e ouviu, e não sabe se era de ouvir, uma voz:

– Cadê o meu?

Respondeu como sempre:

– O teu está no rabo da mãe...

No céu, passava um bando de guarás vermelhos, em fileira, numa linha frouxa, assim sem rumo, ora para cima, ora para baixo, flutuando no ar, na direção da ilha de Santana. O guia ia bem na frente. Os retardados, esticando a cauda e os pés, como rabo de papagaio.

– Bendito seja Deus que fez o mundo de muitas criaturas.

O velho apenas balbuciou:

– Quero água, quero água. Cadê meus companheiros?

Cristório, meio bebão, apenas contestou:

– Estão na merda.

E Aquimundo:

– Na merda dos séculos.

Foi o tempo do barco ancorar no porto da ilha do Curupu. Ali estavam o Velho Júlio, mestre José Aires, João e Valbinho. Eram três horas da tarde.

A ilha do Curupu descansava sobre o mar. Suas bordas de areia contrastavam com o verde dos cajus e tucunzeiros.

– Seu Júlio, estou com um morto e outro morrendo. Afogados que ajuntei. Naufragaram na tempestade da noite. A chuva passou por aqui?

– Passou quebrando tudo. Foi água pra navio. De onde eles são?

– Do Timbuba. Não tenho maré nem vento pra levar. E o defunto já está começando a cheirar mal. Velho Júlio, vou eu com Valbinho. Você me arruma um outro caboclo pra remar. Tenho dois e você me traz mais um. Será que na Casa-grande tem um café amargo?

– Se não tem, se faz.

– Vamos somente pegar água, receber um outro remo e seguir viagem.

Nesse instante, viram um camaleão grande, de dois metros, que vinha saindo do mato e já estava na praia. Parava, levantava a cabeça, soltava as barbatanas do pescoço e olhava para um lado e para o outro. Andava e parava. Vinha na direção da canoa. Cristório olhou o bicho e pegou um pedaço de pau.

– Vem na direção da gente. Esse bicho é perigoso. Dá surra com a cauda que é toda carne quente.

– Não faça isso, pare! – disse Júlio. – Os camaleões desta ilha são encantados. Na ilha não se mexe.

E ficaram parados. O camaleão grande, verde de folha, deixando a papada escorregar na terra, veio devagar, levantando a cabeça sempre, assoprando as bochechas, e olhando de um lado e outro. Avançava uma pata, levantava a outra lentamente. Tomava fôlego. E foi chegando. Os homens parados. Valbinho era todo pavor. Júlio, experiente, pedia:

– Ninguém se mexa, deixa o bicho cumprir sua obrigação. Ele vem pra canoa, que está na beira d'água, na praia.

O bicho sacudiu largamente o rabo e, determinado, foi andando até subir nas bordas da canoa e escorregar para o fundo. Andou pelo corpo morto de Zeferino, filho da velha Matildes. Era uma dança em zigue-zague e parava. Levantava o pescoço, respirava fundo, e olhava para cima, parado no peito de Zeferino. O velho, o outro náufrago, ao lado, gemia e respirava cansado.

O camaleão, depois de visitar a biana, voltou para a praia e rapidamente entrou no mato. Na areia, não ficaram vestígios de suas pegadas.

– Esses bichos trazem obrigações, ninguém sabe o que é. Uma vez, um caboclo jogou um pau num deles e, quando bateu, ele também caiu no baque e só ficou curado um mês depois, quando o camaleão sarou – disse Júlio. E continuou: – Tem muitos deles aqui. De outra vez um pescador do Iguaíba matou um, e morreu. É assim. Quem não sabe dessas coisas, já era.

Foram para a Casa-grande. Tomaram café, beberam água, pegaram os remos e voltaram à canoa para a viagem até o Timbuba, pequena vila que terminava em frente onde desembocava o igarapé do Mojó. O Timbuba era também o nome do rio que levava até lá. Teriam que atravessar a pequena enseada até a ponta do Panaquatira e navegar umas três horas.

Ao chegar perto da canoa, veio o primeiro grito de Cristório a olhar para o morto. Ele estava em pé e se transformara: era Querente.

– Querente? Meu Deus! Você não estava morto e enterrado? Eu deixei seu cadáver no cemitério, e chorei lágrimas que nunca chorei por amigo. Lamentei da vida e pedi a Deus pra me levar.

– Você está maluco? Como eu morri no Mojó se eu sou de Lisboa?

– Mas você tá morto. Onde está o cadáver do Zeferino, que deixei aqui?

– Zeferino? Eu não sei o que aconteceu com ele. Nós estávamos numa zangaria do Iguaíba e naufragamos. Eu fui salvo por essa canoa.

– Mas eu sou o mestre da canoa e não peguei o teu corpo. Era o de outro. E salvei esse velho que está quase morto.

E os dois, mais Júlio e Valbinho viraram o velho de cabeça para baixo para ver se saía água. "Estou maluco ou as coisas estão malucas", pensava Cristório, inconformado com a ressurreição de Querente. O velho fungou e vomitou. Respirou melhor. Júlio pôs-lhe uma folha de mastruz na boca e pimenta-do-reino no nariz. O velho tossiu e fungou de novo.

– Está salvo – disse Júlio.

– Velho, oi velho, quem morreu e eu apanhei no mar?

– Foi Zeferino, que está do meu lado.

– Como do teu lado?

– Está aí.

– Aí não tem ninguém?

O velho olhou, fechou os olhos e disse:

– Sumiu.

– Sumiu nada, seu Barbito, era eu – disse Querente. – Não era Zeferino. Zeferino eu não sei onde está, morto ou vivo, junto com os outros companheiros.

– Querente, como você conseguiu viver?

– Seu Valbinho, esses camaleões estão cada vez mais com uma parte com o Diabo ou com Deus. Os bichos não fazem mal, mas são encantados.

– Seu Cristório e seu Querente – disse velho Júlio – tem dormida pros dois. Vamos jantar e descansar, que vocês não têm mais defunto a enterrar. Deixa a viagem pra depois.

E foram para a Casa-grande.

Não havia mais pressa para regressar. O morto desapareceu e ali em seu lugar estava Querente bem vivo. Podiam recuperar as forças perdidas nas emoções do dia e da noite anteriores.

Foram dormir uma noite longa. Os corpos cansados da fadiga do dia de ontem. Deitaram no varandão, no chão, onde repousavam todos os pescadores. Os cachorros latiam. Os capotes faziam uma gritaria em coro. Os morcegos voavam e soltavam assobios como beijos. Os bois berravam. As siricoras se aninhavam e também cantavam. O som do mar vinha no vento e embalava os ouvidos.

Na madrugada, todos se levantaram e foram para a praia. Lá já estava Pestana, esperando. Também trabalhava na ilha, e era velho pescador.

Os quatro começaram um pé de conversa que mal começou. Logo viram algo diferente no horizonte, na arrebentação da praia.

– Júlio? Olha lá adiante, um bando de urubus.

– Parece carniça. Vamos assuntar.

Os quatro caminharam naquela direção. Na praia, deixado pela maré da madrugada, no seco, um corpo de homem.

– Deve ser um dos náufragos da noite de anteontem.

Foram chegando e se aproximando. Cristório levantou os braços para o céu. Os urubus se afastaram. O cheiro era forte. A barriga estava inchada, os olhos e os lábios comidos por sardinhas.

– É Zeferino! – gritou Querente.

Cristório olhou para os olhos dele. Brilhavam de alegria. Júlio, Valbinho e Pestana tinham uma cara de horror.

Nesse dia eles não iriam pescar e, sim, cavar uma sepultura.

CAPÍTULO 10

— Como você aguenta viver no mar todos os dias do ano? E viver pensando na maré? – perguntou Maria das Águas.

– Porque eu vivo do mar – respondeu Cristório. – É minha missão. No mar eu me sinto sempre diferente. Quando estou na cana do leme, dentro de mim é como se eu fosse um gigante. Me levanto, deixo o vento bater no meu rosto e abro os braços para sentir em cheio a pancada da ventania. Nesses dias olho as ondas como inimigas, a canoa bate como se fosse um soco e eu deito como se estivesse numa briga de facas. Mas tem dia que sou uma alma penada, ando no mar como se fosse penitência, castigo, e sou só tristeza dentro de mim.

– Você tá novo pra falar dessas coisas. Por que você foi me buscar?

– Eu não esqueci aquela bandalheira de você com Querente. Eu me lembro e fico todo arretado. E você sumiu e apareceu no Pau-Deitado. Tá na minha tenção aquela marca da mão do pioco na tua bunda e estou no tempo de ter mulher todo dia. Por isso quis você na canoa, debaixo da cana do meu leme.

– Olha que nós vamos terminar afundando. Quem governa a bujarrona?

– Eu baixo o pano e deixo a embarcação flutuar.

Atravessavam a baía e o rumo era o Banco Feliz, coroa de areia, barra afora. Era um lugar em que na maré cheia ficava pouca terra e, na vazante, era areia a perder de vista, coisa linda como o céu de agosto.

– Para com essa galinhagem, de querer me alisar. Presta atenção para a canoa – disse Maria das Águas.

– Fica como você ficou na saída do Tucunandiba – disse Cristório.

– Você tá impossível. Tira a mão do meu peito. Eu sou puta mas não sou sem vergonha – advertiu Maria das Águas.

O mar tremia como se fosse a terra mexendo. Tudo igual. Cristório era só desejo. A água varria a canoa e molhava. Ele comandava com os olhos, e as mãos em Maria, sentada a seu lado. A água já a desnudara. O vestido todo molhado, colado ao corpo. Os seios apareciam querendo furar o pano. O frio enrijecia os bicos.

– Eta mar grande de agosto!

– Não te disse que hoje, com esse mar, não dá para fazer gostosura?

– Mas te prepara para a praia, quando chegarmos no Banco Feliz.

O Banco Feliz era um lugar que ninguém entendia bem. Dava água doce, mal descia a água salgada da maré. Quando o Banco recebia uma pessoa de quem não gostava, era fácil saber. Bastava cavar um poço na areia. Se a água fosse doce, podia ficar que tinha boa pescaria, era bem-vindo. Se a água fosse salgada, era sinal de recusa, levantava-se o ferro, erguia-se o pano e ia-se embora. Nada iria pescar nem ali podia permanecer. O Banco Feliz não o aceitava e só existia um caminho: partir.

Cristório não realizou o seu desejo. E tinha medo de Maria das Águas sumir, como já sumira na sua volta do Tucunandiba. O mar agitado e forte barrou a sua vontade de pegar aquele corpo, jogar no fundo da canoa e possuí-lo com todos os seus demônios, durante a travessia. O jogo da canoa, o balanço do casco, as manobras da vela não permitiam fazer o que desejava. Porém, Maria das Águas estava ali e por encantos, sabe Deus dos infernos, era uma provocação e a certeza de que em terra mataria a força do corpo. Ele estava todo preparado. Era o macho, mas ainda não bebera a água da fonte.

– Você não vai sumir? – indagou ele.

– Mas eu nunca sumi.

– Você não é Diabo porque é nova, mas não esqueço o que vivemos naquela viagem.

– Que viagem?

– Você já esqueceu?

– Não, eu morri na salga dos peixes em Tucunandiba.

– E está viva pra provar da minha vontade.

– Vem, se você pode!

A canoa ia chegando ao Banco Feliz. Cristório, antes, resolveu soltar o espinhel, para cumprir seu trabalho de pescador.

Pôs isca nos anzóis, colocou as boias e as foi largando. Maria o auxiliou. Na vazante, recolheriam os peixes fisgados.

A maré começava a encher. O Banco Feliz estava todo fora d'água. Era uma sombra que se confundia com grande nuvem branca boiando no mar. Bom pesqueiro. Na navegação de enchente era preciso ter cuidado para não bater. A maré alta era hora de arrebentação. As ondas marcavam encontro nesses momentos. E era montanha de água para um lado e outro, ondas descabeladas e histéricas, e como se aplicassem socos umas nas outras.

Cristório jogou o ferro. Era saltar na areia e, conforme a subida da maré, chegar a embarcação mais para cima. Mas ele teria umas cinco horas para esperar a preamar e depois sair para recolher o espinhel.

Maria das Águas o acompanhou. Começaram a andar na praia e foram abrir o seu poço. Provaram da água. Era doce. As boas-vindas estavam dadas. De dia, ali só se via a brancura da areia, de um branco que fazia cócegas nos olhos. De noite, eram aqueles fogos andantes, como balões, que ficavam para lá e para cá, correndo como se fosse criança brincando. Ninguém encostava, mas se via de longe aquele clarão e aquela festa de velas, lanternas e luzes. Mas não metia medo, era uma coisa como se o mar fosse só bondade. De dia era a bênção da água doce e de noite as festas de luz. Por isso era o Banco Feliz. Cristório olhou ao longe e viu que tinha uma outra canoa, lá na ponta do outro lado. Deviam ser pescadores de Ribamar. Tratou de fazer a corte para Maria das Águas. Ela já estava nua, com o vestido na mão, para secar, depois de molhado na travessia. Saía daquele corpo de sal, pousada, uma gaivota com as pontas das asas pretas, fechadas, o peito estufado.

– Menina, tu já estás no ponto?

– Ainda não, deixa eu andar um pouco. Te aguenta.

Cristório olhou seu corpo mais uma vez e viu que ele tinha a cor da terra encardida. De repente ficara branco. Ele chegou mais perto e voltou a ser moreno. Os seios apontavam para o mar, eram dois olhos, de pequenos bicos pretos, cercados por largos círculos arroxeados. Os olhos eram de um mistério indefinido. Havia dentro deles a revelação de que ela podia sumir. No conjunto do corpo, um despertar de fêmea que ia crescendo se ampliava no cabelo, nos quadris, no sexo largo ancorado nas coxas bem roliças, e tinha um cheiro de água que Cristório julgou que era um perfume de encanto, porque, ao senti-lo, foi perdendo a fala e um silêncio invadiu-lhe a alma, tapou os ouvidos, parou o vento e ele tremeu como se estivesse isolado de tudo, sem ar nem cor, gosto do infinito e das alturas, e só tomou conta de si quando viu que estava enlaçado com ela, agarrado, dominado pelos gozos que não se acabavam. Nunca pensara que mulher pudesse ter esse sabor e perfume, coisa que não era só possuir, mas um sentimento de amplidão. Seu corpo estava agarrado ao de Maria das Águas, a maré batendo e ele desejando que jamais se acabasse esse tempo. Ela lhe pedia que continuasse e ele pedia que não parasse de girar como a Terra. Não soube quanto tempo passou. Quando os dois se aperceberam que estavam vivos, a maré havia tomado quase todo o Banco Feliz. A canoa já estava presa nos ferros e pulava.

– Nunca tive homem como tive hoje.

– Mulher, Maria das Águas.

Cristório começou a passar de novo a mão no seu corpo.

– Está tarde, preciso ir embora – disse Maria das Águas.

– Não. Vamos esperar outra maré, e encher nossos desejos.

– Vamos.

Cristório deitou-se sobre ela mais uma vez. A vela do seu gosto enchia e ele navegava no fogo de amar. Tocou de leve suas partes macias e cheias. Beijou-lhe os seios. Fez caricias de baleia. Encostou-se. Levemente fez-lhe conhecer seus segredos e mergulhou no mar profundo dos mistérios. Ondas grandes, arrebentações, maresias e o toque leve de suas mãos como se governasse a escota; deslizando nos cabelos que pareciam plumas de surulina, encostando os lábios que eram abertos como os abismos que se formam nas marés de agosto.

– Diz meu nome no meu ouvido.

– Maria das Águas, Maria...

Sentiu que algo lhe faltava: o ar e o fôlego. Arfava. Procurou por ela. Já não existia. Só o cheiro de água e de corpo, e a saudade próxima; a pior saudade que é a da partida. Desaparecera, deixando aquele cheiro de água que excitava mais o desejo de Cristório.

– Maria? – o seu grito perdeu-se no mar.

Aquele perfume de corpo e água não lhe saía do nariz e ele sabia que ela ainda devia estar por ali. Correu para a canoa; lá não estava. Apenas os sacos de areia para o lastro e a sua calcinha amassada, embaixo do banco. Cristório fechou os olhos e ficou matutando: "Com encantos não se deve brincar, é perigoso." Mas sentiu como se ela tivesse lhe dado de presente a força de um homem gigante, para possuir todas as mulheres. Essa força acompanhou-o até o fim dos tempos.

Subiu à canoa. Esperou um pouco e foi despescar o espinhel. Chegou à boia, marcada com a bandeirinha que sinalizava a sua localização. E começou a puxar. Todos os anzóis tinham peixe: bagres grandes, uritinga, xaréu, peixe-pedra, gurijuba amarelo, guribu, cangatã e pescadinha.

A canoa pesou. Talvez uns cento e cinquenta quilos. Ele sozinho teve muito trabalho. Agora, era rumar de volta para casa, no Mojó. Recordaria aquele dia sempre, pois, a partir de então, nunca mais teve pescaria ruim. Sua mão ficou abençoada.

Tomou uma decisão:

"Agora é preciso botar família. A Quertide foi-se para sempre. Vou voltar a Dona Geminiana pra trazer a sobrinha dela."

CAPÍTULO 11

— Dona Geminiana, três anos de navegar, correr maresia. Já espantei todos os monstros destas baías. Com medo de mim, sumiram. A Quertide foi pra sempre, não encontrei nem ela nem os piocos.

– Eu lhe disse que com artes do Diabo não se deve perguntar. O Diabo é o Diabo e tá dentro de todas as pessoas. Sabe que eu tenho um pedaço de diabo? – disse firme. – É desse pedaço que eu faço reza. Não é coisa de Deus rezar pra fazer coisas. De Deus é fazer ladainha. Mas minhas virtudes são coisas que eu não sei de onde vêm – disse Geminiana, já mais gorda, de quadris largos, mas ainda guardando no rosto as linhas de uma mulata que tinha sido bonita.

"Por que o diabo dessa mulher não casou e ficou com essa ideia de ser infeliz por não ter homem? Afinal ela deve ter sido bem jeitosa", pensou Cristório.

– Dona Geminiana, e os homens?

– Deixe isso pra lá. Já tirei da minha cabeça e nem me ligo mais de sonhar com homem nu. Já cortei a tentação pelo pé do cabelo. E ela já se foi do meu corpo. Olha lá.

Em seguida suspendeu a saia rodada e mostrou que estava sem nada embaixo.

– Veja bem, menino, já perdeu os cabelos, e os que ficaram estão branqueando. – Deu uma risada grande e acrescentou: – Isso era bonito. Uma mata preta, escondendo uma onça doida pra morder. Mas ninguém quis. Agora é de São Pedro. Quando eu chegar no céu ele vai dizer: "Geminiana, entra aqui!" Então, me leva pro quarto. "Você não vai para a ala das onze mil virgens." Mas no céu não se faz amor como aqui na Terra. Lá é coisa de anjo. Incenso pra cá e pra lá e homem e mulher não têm desejo!

Cristório ouviu e pensou: "Eu com três cachaças na cabeça não deixava esse cabaço pra São Pedro." E viu que estava pensando besteira. "Besteira, Cristório, deixa a velha em paz", lhe falou o pensamento.

– Dona Geminiana, a senhora me disse que tinha uma sobrinha, de nome Camborina, que eu viesse buscar se não encontrasse a Quertide. Eu vim pra isso.

– Rapaz, nem me lembrava mais. E agora a coisa tá difícil. Ela está noiva e vai casar no São João com um sobrinho da mulher de um irmão meu. É coisa firme e já feita. O senhor perdeu a viagem.

Não é possível, Dona Geminiana, eu passei esses três anos pensando nesse trato e tive muita fêmea, mas com nenhuma quis botar casa, porque tinha essa palavra sua, de sua sobrinha, coisa que pra mim era certa e reparava a perdição de Quertide. Pensei que ela ia ficar no lugar da outra. Tanto que eu nem quis conhecer a moça. A coisa já estava arranjada pelo destino. Não posso ter uma ausência dessas, Dona Geminiana.

Cristório só então olhou a casa e viu o oratório com a imagem de São José de Ribamar. O vento batia nos coqueiros do quintal, o balde estava dependurado no moirão da cacimba. "Que diabo de falta de sorte está me acontecendo? Essa Camborina já comprometida..."

– Dona Geminiana, mas eu queria conhecê-la, ao menos falar com ela. A senhora sabe, eu já tenho um dinheirinho, sou pescador de mão boa, comprei um sítio no Mojó, já tenho casa, que vou melhorar quando a mulher chegar. Ponho porta de madeira, reboco os quartos e compro patos e galinhas. Peixe, criação e farinha não vão faltar. Sou homem que não fuma, bebe pouco mas vai deixar. De trabalho, respeitado, com crédito pra aviamentos e pra ninguém eu hoje tiro chapéu no manejo das artes do mar, da canoa e de todas as pescarias.

– Seu Cristório, como é que eu vou falar com a Camborina? "Olhe esse moço veio para namorar com você?" Ela diz que já tem noivo e acha que sou tia-velha alcoviteira ou estou arrumando homem pras meninas. E vai pensar que é por dinheiro. Não tem jeito uma coisa dessa. Pegue sua canoa e vá embora. Agora, seu Cristório, veja o que é o mundo, eu aqui esperando quarenta anos e ninguém veio. E estou assim…

Levantou de novo a saia e mostrou suas partes, com outra gargalhada.

– Dona Geminiana, onde mora a Camborina?

– Ali, bem ali, naquela casa, perto da igrejinha…

E saiu na porta e mostrou:

– Ali…

Cristório ficou calado. Pôs o seu chapéu surrado e saiu andando na areia solta do arruado. Adiante estava o porto com umas canoas e os pescadores debaixo do barracão, jogando gamão. Matutando, pensou nos três anos de procura de Quertide. Nas entradas dos igarapés mais esquecidos. No silêncio dos manguezais distantes. Na sua vida. "Diabo de vida de pescador. É só com a cabeça cheia de como enganar vivente. Matar peixe todo tempo. Enganar com a comida, na isca, para ele pensar que está mantendo a vida e a gente levando a morte. Mas afinal é isso mesmo que Deus quis. E ele não entregou o mar para o Diabo? A gente tem de lutar e os bichos todos não são para morrer? A gente não vive comendo uns aos outros?"

Dona Geminiana vivia na sua casa pequena à beira da praia, que era o lugar onde todas as pessoas que viviam em enseadas e recantos construíam suas moradas de palha de babaçu, taipa e mangue, para esperar o mar e dele viver. Solteirona, morava com uma menina que criava e tinha uma pequena venda de coisas que lhe ajudava o sustento. As artes das rezas davam-lhe um prestígio muito grande e sempre era visitada, recebia presentes e ajuda, e os parentes tinham por ela um grande respeito, sobretudo pelas histórias que corriam de suas virtudes e divindades, até mesmo de uma convivência com o Diabo, coisa em que uns acreditavam e outros não, mas que todos temiam. Afinal, ela podia rezar para coisas-feitas e coisas a desfazer. Quando Cristório chegou, via Geminiana como um ancoradouro seguro. Ele guardara as palavras dela e ligou-as ao seu destino. Andara três anos no mar em busca de Quertide, procurando os piocos em todos os lugares, e aprendeu os segredos das águas. O mar é coisa que ninguém sabe como acontece. Este mundão de rios se encontram e entram na terra e fazem ilhas, e rias e passagens, como se formassem o mar, onde há toda sorte de vivente e acontecem coisas que ninguém sabe como são. Depois que Cristório voltou de procurar a casa de Camborina, foi a Dona Geminiana, sentou-se num banco em sua venda:

– Dona Geminiana, eu andava atrás da Quertide sabendo que a senhora tinha a Camborina pra ser minha mulher. Tinha certeza que isso era meu destino, já pelos santos traçado. Agora chego aqui e encontro essa história de Camborina noiva e eu sem saber o que vou fazer, depois de andar no mar, perdido, sem destino, sem esperança e me desencantar, e procurar me encantar, e chego nesta praia, falo com a senhora e não encontro a mulher? Duas vezes é demais, Dona Geminiana.

– Azar seu, seu Cristório. Mulher é como maré, não espera ninguém. Chegou a hora, ela vaza ou ela enche. E aqui o senhor sabe, a maré, como sobe sete metros, deixa a gente no seco ou leva a gente pra terra. Chegou atrasado, já está falando com o desvio. Eu pelo menos, o senhor sabe, nunca tive maré na minha porta, sempre fiquei no seco.

– Mas, Dona Geminiana, a senhora sabe rezar e a senhora tem de rezar pra que essa história de noivado da Camborina se desmanche.

– Eu não posso rezar em coisas de minha sobrinha, isso é assunto de família e eu não sei o que possa fazer. E tem mais: o noivo dela, o Zequido, é rapaz que eu gosto. Ele é bom de pesca, e tem afeição comigo, chegando a trazer peixe pra cá, de vez em quando.

– Pois eu também posso fazer isso e a senhora sabe como eu lhe tratei desde que aqui cheguei. Foi a primeira casa em que pisei e vim lhe contar a minha vida e fiquei com a senhora na minha cabeça. Vim recomendado e acreditei nos seus serviços.

– Pois o senhor siga sua viagem que eu jamais vou rezar para desfazer coisa que já está feita e foi feita com as bênçãos de Deus. Ela está feliz e ele também, e não tem por que colocar pau onde já tem caminho.

– Pois não é possível, Dona Geminiana. Diga o que a senhora quer que eu faça, mas faça o serviço, que eu pago.

Nessa hora ele olhou os olhos da solteirona, viu suas pernas largas e amaciou a voz:

– Dona Geminiana, a senhora sabe, a senhora ainda é uma mulher bonita, rija, que pode ser deitada em qualquer cama.

– Deixe de conversa, menino, essas coisas já saíram de minha cabeça. Eu hoje já não penso em coisas dessa natureza. Que conversa o senhor quer falar com isso?

– Quero dizer que… – a voz ficou meio presa, ele não sabia se devia falar ou não. Aquilo saiu de dentro da goela como se fosse um apelo –… se a senhora rezar pra que as coisas deem certo, a senhora vai conhecer homem, e serei eu.

Os olhos de Dona Geminiana ficaram duas tochas.

– Não fale isso, rapaz, não atice brasa onde o fogo já apagou e só tem cinza. Eu sou maré que já passou. Dentro de mim está tudo sereno. Não faça isso comigo… Eu já não posso ter homem.

– Pois vai ser pra já, Dona Geminiana.

Ela caiu numa prostração grande. Baixou a cabeça em cima do balcão e gritou raivosa:

– Vá embora, seu Cristório, você jogou querosene onde não havia mais chama e brasa!

Cristório saiu arrependido de ter falado o que falou, pois a mulher ficara transtornada. Foi olhar a casa de Camborina e pôs-se a andar pelas areias da vila, atrás de uma solução para aquele desespero que não encontrava porto. Lembrou-se de Quertide. Seria possível que a encontrasse algum dia nesses caminhos do mar, sem saber onde parava nem pescava. E se no Banco Feliz jogasse uma rede e de repente ela saísse como sumiu Maria das Águas? Não era possível pensar mais nessas coisas. Lembrou-se daquele dia no igarapé da Lampadosa quando viu o monstro caminhando no mangue e abriu fogo nele e a coisa ruim mergulhou na lama como se fosse água e desapareceu, deixando uma inhaca de peixe tão grande que invadiu seu nariz e impregnou o seu corpo e foi preciso três dias para desaparecer.

"O homem é um bicho diferente", pensou. "Ele tem o pensamento e tem coisas que a gente não sabe como elas flutuam dentro da gente. Eu pelo menos tenho que esse negócio de amor é como se fosse uma sujeição que se toma pelas pessoas e fica com elas e arruma outras e também elas nos amarram e não sabemos como acontecem."

A obsessão de Quertide não o abandonou. Depois a promessa dessa Camborina ficou nos seus planos. Agora perdia as duas. Sentiu o gosto do desespero.

"Por que disse a Dona Geminana que iria deitar com ela para ter Camborina? E deitar com aquela velha? Isso é lá coisa de gente da minha idade? Tanta menina de praia se entregando e querendo se esfregar comigo e agora essa história toda! Será que eu não fui sem-vergonha e safado?", pensava Cristório.

Voltou à bodega de Dona Geminiana. Ela estava no balcão, mas não era mais a mesma. Não tinha com ele aquela prosa de antigamente.

– Seu Cristório, não precisa o senhor comprar meu corpo pela reza da Camborina. Mas sou agradecida ao senhor.

– Dona Geminiana, acredite se quiser, mas eu já estou desejando a senhora mesmo sem reza.

– Não me faça mais gentilezas, seu Cristório. Camborina vai ter que enfrentar as rezas de Geminiana.

– O que eu tenho que fazer?

– Esta noite, quando der meia-noite, você fique em frente da casa dela, escreva na areia "Camborina" e repita dez vezes esta reza: "Meu virtuoso São Cipriano, eu te imploro em nome de tua grande virtude que não abandones um mártir de um amor louco assim como tu tiveste pela encantadora Elmira. Faz com que Camborina se afaste de Zequido, assim como Deus se afastou do Diabo, e não o queira, não o aceite e por ele tenha desprezo. Que o coração de Camborina se agarre comigo como eu estou me agarrando com esta areia." Antes de chegar, olhe a lua, veja onde ela faz sombra no chão, daí tire uma mão de areia e coloque no bolso. Na hora da reza, junte as duas mãos e aperte com todas as forças. Depois, tire um maço do seu cabelo, junte com a areia e enterre na porta da casa dela. Três noites, a primeira à meia-noite e as outras duas, quatro horas da manhã, quando estiver brilhando a estrela-d'alva. Se tiver nuvem encobrindo o céu, não faça.

– E depois, Dona Geminiana?

– Depois eu lhe digo.

– E cada noite tem que ter uma mão de areia?

– Não, só na primeira vez. Depois eu lhe digo se precisa levar um rabo de arraia.

Geminiana estava triste. Ela não queria fazer essa reza, mas não teve como escapar. E não perdeu tempo, trancou-se no seu quarto e começou a rezar. Ela tinha começado a função de rezadeira pelo desgosto. Mas depois descobriu certos dons que achou serem dons de conhecer a natureza e poder intervir no destino das coisas. Começou assim por conta própria, mas depois conseguiu um livro de São Cipriano e aí teve como fazer as coisas de acordo com os velhos costumes. Mas ela não rezava a oração da Cabra Preta. Era muito forte e tinha coisas com o Capeta.

– Dona Geminiana, onde a senhora aprendeu as rezas de São Cipriano? É o santo mais forte para fazer e desfazer coisas – disse Cristório.

– Pois é, meu filho. Eu consegui o livro de São Cipriano. Ele viu o Diabo e sabe de suas artimanhas. Quando ele tentou Cristo foi logo oferecendo as coisas dos prazeres da Terra, como se ela fosse dele. São Cipriano foi bispo, e quando se tornou cristão contou que foi de magia negra e confessou: "Acreditai nas minhas palavras, eu vi o Diabo, beijei sua testa, fui de sua corte, mas peço perdão." São Cipriano contou as artes do Diabo e como ele agia. É esse livro que a gente invoca, não é o do santo.

– E a senhora invoca o Diabo?

– Deus me livre, não se chama o Diabo, senão ele aparece. Eu sei as artimanhas dele. Eu tive um amigo que me contou que o Diabo vinha à Terra como macho e como fêmea e gostava de fazer bandalheiras sujas de homens com mulheres, e de homens com homens.

Pois não é que na vila do Munim se diz que Dona Geminiana tinha relações com o Diabo? Coisas estas que tinham vindo pousar no Maranhão. É que o Diabo é velho e é eterno. Mas a verdade é que Dona Geminiana não tinha nenhuma relação carnal com o Diabo. Ela era virgem e o Diabo, com suas partes, modos e aberrações, jamais poderia tocá-la. Mas ela tinha medo dele e as orações de São Cipriano que ela professava eram todas para espantá-lo e não para atraí-lo a ajudar seus trabalhos.

A meia-noite já ia chegando. Um silêncio grande descia sobre o povoado. Cristório já estava com a areia no bolso e a reza na cabeça. Não teve coragem de aproximar-se mais da casa. Esperou a hora e iniciou o trabalho, seguindo as instruções da velha Geminiana.

"Meu virtuoso São Cipriano, eu te imploro em nome de tua grande virtude que não abandones um mártir de um amor louco assim como tu tiveste pela encantadora Elmira..."

Um cachorro latiu forte do outro lado. Cristório ficou com a respiração meio suspensa, mas teve forças para concluir:

– Faz com que Camborina se afaste de Zequido.

Começou a ouvir um ranger de porta. Foi-se acentuando e prosseguindo e ela se abriu. Um vulto atravessou-a e vagarosamente veio caminhando na direção de Cristório. A noite não era escura. As estrelas brilhavam sem muita luz e as sombras se diluíam nas areias e no contorno das casas e das árvores. Era uma mulher. Vestia somente um vestido ralo. Avançou como se fosse guiada por um ponto invisível que lhe atraía os passos e a mente. Dentro de sua cabeça rodopiava a magia de ser encaminhada por uma vontade que não era a sua. Imóvel Cristório estava, imóvel Cristório permaneceu.

– Cheguei.

Era Camborina. As rezas de Geminiana eram poderosas. Ela estava como vivendo um sonho e uma determinação. Cristório abraçou-a. Só então pôde vê-la como era. Não sentia amor. Sentia que era um objeto que lhe fora prometido, que era seu, e que acabara de achar. A sensação era de alívio. Entrara nessa sedução sem saber nem mesmo por que entrara. Tudo fora uma mistura da busca de Quertide, das artes de Dona Geminiana e do trato que lhe fizera e que o acompanhara nos anos de mar: "Se você não a encontrar, volte aqui que eu tenho uma sobrinha, a Camborina, que vai ser sua mulher." Essa coisa o perseguiu na loucura da busca dos piocos. E tudo na sua vida tinha essa visão fugaz e difusa no encontrar mulher. Tudo era rápido e cheio de incertezas. Quertide fora a busca de uma posse e uma promessa de casamento. Afinal, naquelas praias e nas labutas do mar, mulher não andava assim aos bandos. Arranjar uma fazia parte da vida. Era a certeza de que teriam um porto onde ancorar na vinda do mar, de trabalho de dias e dias longe de casa, na busca de alimento e sustento. Não sabia Cristório ao certo por que estava nessa obsessão que não era, mas era. Não sabia o que era amor, só o costume das mulheres e as leis de possuí-las, no sofrimento de todas elas, naquela solidão em que da vida só conheciam o homem.

– Estou aqui.

Pôde então olhá-la com vagar. Não era bonita. Tinha o corpo grosso, de mulher rija, mas despertava um certo desejo. Os seios eram de algum tamanho, mas permaneciam firmes. Devia ter uns dezoito anos. Dava para sentir sua pele próxima. Ficou assim sem saber o que dizia. Afinal ainda estava no meio das rezas de São Cipriano. Não tocou nela. Tinha um jeito de alma do outro mundo e chegou como se fizesse parte do ritual.

– Camborina, vim pra te buscar.

– Já está resolvido.

– Mas nesta noite eu não posso conversar mais. Tu estás ainda sonhando. Coisas da tua tia. Amanhã eu voltarei. É melhor tu voltares pra casa.

– Já estou resolvida. É meu destino. Não sei por que mas eu soube que você estava aqui e vim. Dentro de mim qualquer coisa falava assim. No princípio era um sonho, depois fui ficando acordada e vim como dormia.

– Coisa de Dona Geminiana.

Abraçou-a. Sentiu seu corpo rijo e o calor de sua carne, mais forte do que febre.

– Volta pra casa.

Ela voltou. Tudo se passou num relâmpago. Ele viu a noite que estava acompanhada de um bando de estrelas. As casinhas de palha tinham sombras azuis nos seus tetos e tudo era um mistério que se desfazia dentro dos seus olhos.

Cristório foi para a casa de Geminiana relatar o que acontecera.

– De casa? – bateu na porta.

Ninguém respondeu.

– De casa!

– Quem é? De bem ou de mal?

– Sou eu, Cristório!

– Volte amanhã!

– Não posso. É urgente. Quero lhe falar.

Geminiana veio. Abriu a porta, estava com olhos da noite e não acendeu nenhuma luz.

– O que aconteceu?

– A reza deu certo. No meio dela, a Camborina saiu de casa e veio ao meu encontro dizendo que estava resolvida.

– E você fez alguma coisa com ela?

– Não, Dona Geminiana, eu sou homem de bem. Como eu ia fazer qualquer coisa com a moça, se ela estava encantada pela reza? Vim lhe dizer para que a senhora me diga como devo fazer.

– Olhe, isso é coisa pra amanhã se tratar. Agora estou dormindo e vá embora.

– Não tenho nem pra onde ir. Só o meu barco.

– Eu aqui não tenho lugar pra homem dormir. O senhor sabe que sou moça-velha e não quero comentários da minha casa.

– Dona Geminiana, eu quero agradecer a senhora o trabalho que fez.

– Esta não é hora para essas coisas.

Aí ela perdeu a fala. Viu sair das calças de Cristório um ferro em brasa. "Meu Deus, salvai-me, é o Demônio", foi o pensamento último que lhe passou pela cabeça. Cristório segurou-a e foi levando-a para o quarto, batendo aqui e ali, no meio da escuridão e dos objetos. Ele não via nada e a apoiava nos braços, tentando evitar que caísse e recebendo o seu peso todo. Sentiu que ela estava nua e volumosa. Ele caminhava, conduzia e sentia que era conduzido. Quando tomou pé, já estavam na cama. Geminiana suspirava profundo, abria os braços e as pernas. Cristório não sabia o que estava acontecendo. Do corpo dela começou a sair um cheiro tão forte de mulher, misturado com incenso e alecrim, coisa de tontear a cabeça. Ela suspirava cada vez mais profundamente e gemia de espaço em espaço. Cristório não sabia como estava. Olhou-se e viu que suas partes eram uma brasa viva, mas não ardiam nem queimavam. Eram frias como a madrugada. Encaminhavam-se para Geminiana, que de olhos fechados suspirava, entregue a um êxtase que não se sabia se era morte ou se era vida. Quando abriu os olhos, Cristório viu Geminiana, que deu um grito. Ele mergulhou nos rituais e ela voltou a dormir, um sono profundo, suspirando e gemendo e se debatendo toda, num delírio que não acabava. E seus braços recuperaram força e apertavam e batiam, e Cristório quis sair e não conseguiu. Na escuridão não sabia o que estava acontecendo. Se era Geminiana ou alguma assombração no seu corpo. Um ardor grande lhe tomou a carne toda e foi crescendo. Sentiu a força daquela noite do mar que lhe fora passada pela Maria das Águas e lhe acompanhou o resto dos anos. E ficou um touro e berrava vendo aquela tocha de fogo que luzia na escuridão, mas de um fogo diferente e vermelho, que só se via no balanço das ondas. Começou a exalar um suor com cheiro de almíscar; e o corpo de Geminiana também era uma chuva de suor. Quando acordou desse delírio já a madrugada surgia. A primeira luz fazendo penumbra. Vestiu-se devagar. Geminiana ressonava. Procurou sair na ponta dos pés. Na rua, sentiu uma fraqueza das pernas e da alma, e sua cabeça rodopiava como carrapeta. Não se lembrava de nada e se recordava de tudo. Foi com esse mistério e sortilégio que amanheceu no porto. Jogou-se no fundo da canoa e adormeceu.

Geminiana estava de olheiras fundas. As pálpebras caídas e arroxeadas. Lembrava-se vagamente daquela noite que jamais esqueceria. Acordara, fora de seus hábitos, com o sol bem alto e o corpo como se tivesse mergulhado num rio de águas mornas e ficasse todo ele relaxado e pleno. Não sentia dor, sentia um leve roçar de cansaço, sem que estivesse extenuada. Procurou mirar-se para ver como estava seu corpo. Correu as mãos por ele, minuciosamente, esmiuçou todos os recantos. Tudo estava no lugar. As pernas envelhecidas, as coxas, as reentrâncias, e procurou olhar para ver se existia alguma coisa que não pudesse ver. Foi para perto do espelho e espelhou-se. Estava intacta. "Mas eu me lembro que senti meu corpo transformar-se. Eu não sou mais a mesma. Será que aquele menino vai contar? Foram artes do Demônio? Eu gritei? Os vizinhos ouviram?" Estas coisas começaram a mastigar sua imaginação. Passou o dia querendo falar com as pessoas das outras casas e sentir nelas algum indício de que tinham visto ou ouvido o que se passara na sua casa. "Logo eu, uma moça-velha, acontecer isto comigo. Suportei estes anos todos e agora, como se fosse um raio de fevereiro, perco-me com um desconhecido." E logo vinha outro pensamento: "Mas eu nada fiz para que isso acontecesse, foram artes de mistério", e outro: "O que é pior é que eu estou como se tivesse visto a face da felicidade e de uma coisa que eu nunca tive e desejei a vida inteira." E também a dúvida: "Será que eu tive mesmo ou estou como nasci?" Era preciso saber. "Mas como vou saber? Não posso mostrar a ninguém e eu vi e não vi nada, talvez fosse preciso eu usar outros modos e mais detalhes para conhecer como está o meu corpo? Bem que eu forcei com minhas mãos resolver as dúvidas que estavam na minha cabeça. Mas nada mudou em mim." E Geminiana tomou um certo pavor de não ter acontecido o que ela julgava que acontecera. Lembrou-se da história da cantadora Zefinha que cantarolou no povoado certa noite da festa de Nossa Senhora da Conceição, afinando a viola, numa cantoria de barracão:

Sete vezes fui casada,
sete maridos possuí;
acredite, minha amada,
sou virgem como nasci.

"Será que aconteceu comigo a mesma coisa?", pensou Geminiana nas suas indagações.

E foi assim, nessa angústia, que entrou a sobrinha Camborina para falar-lhe:

– Tia Geminiana, eu não estou mais querendo casar com meu noivo Zequido. Chegou um rapaz de fora, do Mojó, que está balançando a minha cabeça. Vim pedir pra senhora me aconselhar e rezar pra que aconteça o de melhor pra mim. Penso, também, sair daqui, onde tenho parentes e gente conhecida desde criança, de onde ninguém sai, vive como uma familia só, uns se encostam nos outros e a mulher é sempre uma perseguida e não vale nada.

– Minha filha, Cristo já sentenciou que a mulher abandona pai e mãe pelo homem, pra ter família. Se for do teu gosto vai e, se não for, fica.

– Mas, tia, a senhora me ajude a decidir, reze, e eu amanhã volto para saber de seus conselhos.

– Vou fazer minhas orações.

E pensou: "O melhor é que aquele rapaz vá embora daqui e não leve minha sobrinha, depois do acontecido da noite passada, pra ele sumir da minha vida. Vou rezar pra desfazer o que eu vinha fazendo."

Ela ficou olhando longe remoendo esses pensamentos quando Camborina acordou-a:

– Tia, a senhora está longe. Ouviu o que lhe pedi? Quero que a senhora reze e me dê conselhos. Este será um passo muito sério. Mas tem um quê que eu não posso lhe dizer. Só depois.

– Está certo, segredo a gente deve saber guardar porque segredo, como se diz, só não conta quem não sabe.

– Ainda mais, a senhora conhece o Zequido, bebe muito, e eu não gosto de gente que bebe. Já está demais. Mesmo que não seja pra ir com o rapaz do Mojó, eu não estou querendo marido de cachaça.

Longe dali, Cristório acordou. A sua cabeça nada guardara do que tinha acontecido na noite passada. Só muito tempo depois, tudo lhe veio à lembrança e ele se deu conta da origem de um sinal de queimadura que amanheceu com ele, na virilha esquerda, que ele não tinha antes e descobriu naquela manhã distante.

Estava ali há três dias e precisava voltar a pescar. Foi à casa de Dona Geminiana. Já não pensava tanto em Camborina. Chegara à conclusão de que tudo era uma ilusão que construíra, como construíra a busca de Quertide e outros mistérios. Tomou um café no botequim do porto e foi visitá-la.

– Bom dia, Dona Geminiana.

Ela ao olhá-lo baixou a cabeça e começou a ter um suor frio, mas resistiu para aparentar tranquilidade.

– Bom dia, Dona Geminiana. O dia está bonito e a noite foi de muito vento.

Ela sentiu um calafrio maior; "noite de muito vento" seria uma referência ao que acontecera? Mas ficou quieta.

– É, o dia está bonito.

– Dona Geminiana, preciso viajar e não sei como vai ficar o assunto da Camborina. Eu rezei ontem à noite como a senhora mandou, mas estou esperando o resultado.

Ela ficou mais tranquila, afinal ele não se lembrava ou não queria tocar no que acontecera.

– Coisas de rezas a gente tem de esperar.

– Mas, então, eu viajo e volto aqui na outra lua.

– É melhor assim, mas não esqueça que o senhor só rezou uma noite.

– Pois é, vou rezar no rastro que faz o mesmo efeito, não é?

– Mas no mar não tem rastro!

– Tem rumo, que é a mesma coisa. A gente vira para o rumo e dá no mesmo.

Geminiana, quando ele saiu, dirigiu-se para o oratório e ali colocou o jarro com o pé de hortelã, e começou a rezar para desfazer as rezas que tinha feito para atrair Camborina. Assim que começou, o pé de hortelã, verde e viçoso, começou a murchar e suas folhas ficaram pretas e caíram. Geminiana ajoelhou-se e colocou o vestido entre as pernas, sentiu uma quentura nas virilhas e viu que estava com a roupa suja de sangue:

– Virgem de Deus, não é possível! Voltei a menstruar!

Desde então perdeu a força de rezar e começou a fazer doces e vender tabuleiro de bolinhos, coisas de viúvas e moças-velhas.

CAPÍTULO 12

Cristório, saindo da casa de Geminiana, foi para o barracão da beira do porto. Era amplo, tinha venda de gêneros e bebidas, uma bilharina e alguns bancos. Pescadores, barqueiros, meninos de venda, vendedores e compradores de peixe, ali arranchados, uns bebendo, outros jogando e outros no vício de olhar o tempo, os olhos perdidos e a mente parada, mastigando as horas.

– Quem é Cristório, pescador do Mojó, aqui nesse barracão?

Voz forte e desafiadora. Era Zequido.

– Sou eu – respondeu Cristório. – Por quê?

– Desejo ter um particular com o senhor.

– Não tenho particular com quem não conheço e não sei do que se trata. Se tiver de falar, diga logo – respondeu Cristório, no seu jeito aberto, mas sentindo que podia ser coisa de sua corte a Camborina, fuxico em curso na vila.

– É coisa de família.

Cristório teve um lampejo e sentiu que o rapaz era o tal noivo de Camborina, pelo olhar e pela intenção. Foram para fora da venda, a fim de falarem sem que os outros escutassem a conversa.

– Soube que o senhor visitou a Camborina e lhe fez propostas. Eu sou apalavrado com ela e desconhecido aqui se trata como inimigo.

– Essa moça me foi prometida há três anos – respondeu seco.

– Pois é minha noiva. E quem lhe prometeu?

– Foi a Dona Geminiana.

– Ela não é mãe dela nem de sua cabeça. É velha rezadeira, tem parte com o Diabo e é mexeriqueira. Venho dizer-lhe que é melhor o senhor ir embora do Guarapirá, senão pode não voltar.

– Pois eu não sou homem de ouvir ameaça e essa história quem vai decidir é a moça e não você. Não tenho medo nem de cara amarrada nem de conversa fiada.

Zequido puxou a faca e avançou. Cristório só teve tempo de chutar a mão dele com arma e tudo, apanhar o ferro e gritar:

– Vai embora senão eu te mato.

Os outros pescadores já tinham cercado os dois para separar a briga.

– Acabem com isso, aqui não se briga – disse o dono da bodega.

– Eu te pego e não vai durar – disse Zequido.

– Pois marque hora e lugar.

Cristório saiu devagar e marchou para a casa de Geminiana. Contou o acontecido e ela mandou chamar a sobrinha.

Cristório, com resto de comoção e raiva, foi logo dizendo:

– Olhe, Camborina, vamos resolver isto hoje senão eu vou matar o Zequido e não quero ser criminoso. A história chegou no ponto de decidir. Eu até que já tinha pensado em ir embora e esperar outra lua, mas agora a solução é pra já.

– Meu Deus – disse Camborina –, em que encrenca eu estou e nela não me meti. Doido, me endoidou e criou uma desgraça no povoado.

– Pois seja.

– Na maré da noite, nós partimos. Moça fugida, não vai ser a primeira nem a última. Ou você vai comigo, ou não casa com o Zequido porque eu vou matar ele.

– Deus nos livre dessa desgraça – disse Geminiana.

– Pois a decisão é sua, Dona Camborina. Às oito horas, eu espero por você no portinho da frente do mercado. Leve seus troços que o resto é por minha conta.

Camborina estava que era uma pedra. Geminiana chorava muito e Cristório tinha os olhos de raiva com aquela decisão firme e forte que os anos iam tornar mais rija.

No botequim o sussurro aumentou. Zequido começou a beber e a fazer praça de valentia:

– Aquele canalha vai ver que daqui a uma semana as formigas estão passeando no seu beiço.

– Aquieta, rapaz – disse Lorentino, dono da casa. – Você já bebeu demais e amanhã isso passa. Por que vocês queriam brigar?

– Coisa minha e eu não vou dizer pra vocês.

Mas todos já sabiam que há uma semana o rapaz do Mojó dava de andar da casa de Geminiana para a de Camborina. O pai dela estava de viagem numa venda de peixe salgado para os lados de Rosário e devia voltar em uma semana. Dona Setembrada, mãe de Camborina, era uma velha meio lerda que não tinha carreira para as filhas e nem para ninguém.

Camborina pediu a Cristório que fosse com ela para a cozinha, pois queria ter um particular com ele.

– Olhe, seu Cristório, eu não posso ir com o senhor. Não é que eu não queira, mas tenho um caso meu, de mulher, que me impede de ser sua.

– O que que é?

– Eu não sou mais virgem e se o senhor tem de matar o Zequido, também me matará quando chegar na sua casa.

Cristório ficou sem saber o que falava. Olhou nos olhos dela e replicou:

– Isso eu não acredito, é história pra me enganar e eu não estou aqui para comer enganação.

– Pois é verdade. Se você quer saber é somente ter comigo, venha que vai ter a prova. Pois venha.

Cristório ficou parado.

– Não sou homem de me aproveitar de mulher nem de fazer coisa dessa natureza. Eu estou querendo você, porque me foi prometida e eu andei três anos no mar, com o compromisso de aqui voltar.

– Pois venha, seu Cristório. É melhor que você me possua agora e vá embora, do que me matar depois, se dizendo enganado.

– Dona Geminiana sabe disso?

– Não sabe, não. Ninguém sabe.

– Foi o Zequido?

– Não, foi meu primo Santidade quando eu tinha quatorze anos. Não lhe falo mais da minha vida.

– Camborina, pois eu levo você mesmo assim. É coisa de querer e já lhe quero e eu fui prometido pra você, depois de três anos de mar.

– Pois não me queira, seu Cristório. Tem muita mulher melhor do que eu.

– Zequido sabe disso?

– Não falo mais de minha vida com você, já disse.

– Então vá pra casa e prepare suas coisas.

– Mas eu não posso ir embora deixando a Germana só. Nós somos irmãs, mais do que irmãs, somos unidas que nem a cabeça e o pescoço.

E eu não tenho coragem de casar com você sem ser moça. Isso não vai dar certo. E eu só viajo com minha irmã. Tenho medo de ir só. Não o conheço nem sei pra onde viajo.

– E Germana? É virgem?

– Ela é.

– Então, ela vai conosco também, vai morar contigo.

– Vou falar com ela. Eu não sei que loucura nós estamos fazendo.

– É assim mesmo a vida de quem vive do mar. Nunca se sabe o que vai acontecer, e acontece.

Às oito horas da noite, no porto do Mercado, um escuro de breu, chegaram as duas moças. Traziam as trouxas de roupa e mais a mala velha que vinha na cabeça de Camborina. Entraram na canoa e a viagem começou. Primeiro, até o fim do igapó do Munim, depois a travessia da baía de Ribamar, na direção do Panaquatira. As duas sentaram no banco do meio, perto da vela, e ficaram caladas. Era um sonho e uma realidade. Cristório nada falava, governava a canoa que tinha fortemente em suas mãos. O vento soprava firme e em breve as águas encrespadas da baía iam aparecer. De noite quase não se veem as ondas. Só se sente a subida e a descida, não dá para olhar para trás, porque ver as cavernas de água cria um pânico e terror em quem não conhece o mar e nele viaja. As duas se agarravam e se protegiam uma à outra. O mar não estava forte. Estava manso e calmo, como se tivesse um conluio com Cristório. Já estavam em mar aberto e a canoa não jogava e só havia o céu escuro e as águas.

– Assim é o mar. Tem surpresas, mas não muda como a terra. Está assim desde o princípio do mundo. Na terra tudo muda. As cidades que crescem, que derrubam e sobem, que mudam de cara. No mar não tem cidade. Não tem rua, não tem praça.

Elas ouviam Cristório falar sozinho e estavam com frio e medo.

– Fiquem tranquilas. Antão Cristório é dono da arte de navegar. Ninguém conhece estes oceanos como eu.

E sentiu um arrepio pelo lado do olho direito quando viu um clarão ao longe. Ele já tinha tido muitos encontros com fantasmas do mar. Estava distante o engonço mas vinha na sua direção. As moças também viram e tremeram. A coisa veio vindo, veio chegando. O vento morreu e a canoa não andava. Era algo que não parecia embarcação. Flutuava no mar um muro grande, de portões de arcos, todo iluminado. No meio, um salão de ladrilhos, com paredes pintadas, tendo como motivos grandes cachos de uva. Era cheio de lanternas que vinham do teto do céu, uma música triste e lânguida, uma guarânia tocada por velhos músicos, e uma mulher gorda que, sentada num banco, deslizava os dedos sobre a harpa, e os sons povoavam o mar.

Era um castelo? Não. Era uma quinta grande, com um palacete, de salões onde se dançava. Muita gente. Homens fardados, de longas barbas, mulheres de saias rodadas, de cabeção, rodopiando, jovens esbeltos, com calções de veludo e sapatilhas vermelhas. Um par estava só, numa sala menor, que se via como castelo de popa, mas era o tombadilho. Ele, um homem pequeno, de olhos lampejantes de cigano, uniforme impecável, botões de ouro e olhar impenetrável que se cruzava com os olhos de uma mulher que dançava em seus braços. Loira, esbelta, um ar de dignidade e mando, sensível, acompanhando os acordes com um leve balançar de cabeça.

– Meu Deus, o que é isso, que visagem estranha é essa, que navega nestes oceanos nesta noite escura?

As mulheres estavam à beira do pânico, o navio estava perto e não era navio; era um salão que flutuava, ora era castelo, ora era uma quinta com árvores que nasciam do mar. A música era tão bonita e triste que acalmava mais ainda o mar calmo, e o navio deslizava.

– Quem é essa mulher, meu Deus, e esse homem?

Foi então que Cristório ouviu a voz de Aquimundo nos ouvidos:

– Cristório, fique quieto, que esse é o navio de um amor que também foi forte. Esse homem é o Marechal Francisco Solano López, que governou o Paraguai, sonhou com seu país grande e poderoso, fez guerra com o Brasil, tentou tomar conta do rio da Prata, e essa mulher é Madame Lynch. Ela largou sua terra, a Irlanda, apaixonou-se por ele e veio para o Paraguai. Embrenhou-se nas matas e viu seu filho ser lanceado, cair morto do cavalo, no fim da guerra: "Rende-te, Panchito", pedia sua mãe, não desejando que ele resistisse, para não ser morto. "Carajo!" Os lanceiros brasileiros o alcançaram e vararam-lhe o peito. A boca cheia de sangue se abria e fechava para sempre. Enquanto isso – continuava a voz –, em Cerro Corá, o general Câmara, com a espada desembainhada, ordenava ao Marechal Solano López: "Rende-te, López!" "Nunca, El Mariscal Francisco Solano López perece con su patria!"

Cristório ouvia aquele relato sem entender nada e perguntou à voz de Aquimundo:

– Você não é dos tais portugueses da Índia?

– Não, eu sou o Tempo, e este vive nos mares. Sei de tudo.

Ao largo passava aquele pátio em cima d'água, num salão de pinturas, com motivos de vinhos e de uvas. Era a Quinta de la Residenta. Atrás, vinha um navio. Tinha um nome escrito: *Princesa*. Era pequeno. Via-se um camarote aberto e, nele, sentada, a mesma mulher que dançava.

– Sou cidadã inglesa, não posso ser prisioneira!

Era altiva, poderosa e apaixonada. Por seu amor atravessou os mares, viveu a tragédia da guerra e, enciumada, levou consigo na caminhada do fim todas as mulheres amadas por Solano López, mandando matá-las a lança.

A bordo do *Princesa*, ancorado em Assunção, onde ela se encontra prisioneira dos brasileiros, entra no camarote um criado de libré trazendo numa bandeja prateada um lenço de seda envolvendo uma encomenda. O comandante desenrola-o e encontra um punhal de prata, com um bilhete:

"As virgens lanceadas por Elisa Lynch, Garmédia, Prudência, Chepita, Rosário, Oliva, Pancha e Consolação Barrios, lembram seus crimes com este punhal, que a acompanhará até o fim dos tempos.

Assina Encarnação Valdovinos."

– Estes são os navios eternos que cruzam as noites em todos os mares do mundo. Este vem de longe, desce um rio, o Prata, e nunca terá ancoradouro. Leva amores, sangues, ciúmes, crimes e vinganças.

– Mas você me arranja cada surpresa, Aquimundo! Essas duas mulheres, que já estão cheias de pavor, vão ficar mais apavoradas ainda.

– Mas elas vão entender o amor e como o amor é eterno como o mar.

Eram seis da tarde quando Cristório ancorou no porto do Mojó com aquelas duas mulheres mareadas pela longa viagem. Saltaram com suas trouxas de roupa, a mala que Cristório carregava com o leme e o pote de água.

– Boa noite, Cristório. Vem de tripulação nova?

– São moças do Munim que vieram conhecer nossa corrutela – disse, despistando.

Camborina e Germana estavam que não podiam falar. Eram só cansaço e perplexidade. A lama do porto era pouca. A maré estava baixa. Os homens jogavam bilhar no barracão de Quebrado. Cristório foi tomando o caminho de casa, que ficava dali uns dois quilômetros. Antes, entrou no atalho do cajueiro velho, uma árvore antiga que se enroscava toda pelo chão, arrastando os galhos, e que ficava na bifurcação das estradas que levavam aos sítios onde todos tinham o seu chão, seus pés de planta e suas criações. Seu destino era a casa do primo Garatoso.

– Oi, gente de casa! – foi saudando o pessoal.

Garatoso estava na porta sentado num tamborete, cigarro no canto da boca. Ao lado, Dresdena, sua mulher, gorda que quase não cabia no banco, cabelos estirados, barriga arrastando nas coxas e de sorriso aberto e amigo.

– Que tropa é essa, primo? Fez pescaria de moça nas praias?

– São duas irmãs, primo Garatoso, que eu roubei no povoado Cachoeira e vieram comigo.

– Duas? Que conversa é essa, coisa de novidade.

– Quer dizer, a Camborina eu roubei; a outra, a Germana, sua irmã, não ficava só e veio acompanhando. Como não quero desrespeitar a moça, porque com ela vou me afamilhar, venho depositar aqui em sua casa, para tratar dos papéis e irmos ao padre e ao juiz.

– Com as duas?

– Primo, não brinque que a coisa é séria.

Nessa hora Camborina baixou a cabeça, e Germana, tranquila, fez que não participava de nada.

– Pois se as moças são de família e a Camborina vai ser minha prima, a casa é dela e aqui não se toca nas meninas até ir ao pé do padre. Nem você, nem ninguém, pois eu agora sou o guarda. Da outra também eu tomo de conta.

– Primo, eu não esperava de você outra resolução.

– O que eu não sabia nem ninguém soube por estas bandas é que você tinha asa presa na região do Munim, nem que as coisas tavam tão decididas.

– Foi coisa do destino. A tia dela, Dona Geminiana, tinha me dito que ela me esperava e, caso eu não achasse a Quertide, ela seria minha mulher. Perdi a esperança de encontrar a Quertide, devorada pelos monstros, e então fui buscar esta moça, gente de boa aceitação. Não foi fácil, primo, ela já estava prometida, mas… Depois eu lhe conto.

Dresdena foi logo entrando pela casa e, saçariqueira, se assanhou toda com a história do roubo das moças. Logo passou a cochichar com a mãe e a fazer as honras de hospedeira.

– Abanquem-se. A casa é de pobre mas é de gente boa. Mulher que vai ser de Cristório é de nossa família. Vou preparar a janta e as redes em um quarto pra vocês duas.

– Dona Dresdena, não é assim mesmo o seu nome? Nós queríamos era tomar um banho e descansar. A viagem foi longa. Desde a noite de ontem que nós estamos viajando. Não sei nem se tenho estômago pra comer.

– Se não tiver – disse Dresdena –, vamos tomar um chá de capim-limão. Mas por via das dúvidas vou preparar uma galinha no molho pardo, pois galinha é sinal de bem-receber em casa de amigo. Não tem rede branca, mas tem água limpa.

Do lado de fora Cristório sussurrava:

– Pois é, Garatoso, estou numa encrenca danada. Não sei o que vai acontecer. Furtei as moças, briguei com o noivo, fiz confusão, fugi e estou aqui. Quero ver se apresso logo com o padre de Ribamar o casório, pois eu já estou no ponto de botar família e começar a ter filhos. Você sabe, aqui o que nós fazemos é olhar maré, ter mulher, criar filhos e esperar a morte todo dia, no mar e na terra.

– Foi uma viagem danada. Não sei como vocês chegaram. Viajar direto do Munim, de noite, até aqui, não é coisa de qualquer pescador. Só mestre como você pode fazer estas coisas.

– Pois é, eu agora caso, vou comprar uma canoa pra mim e me ajeito. Já estou cansado de viver sem ter encosto. É só beira de praia e me engalicando. Você sabe que eu já tenho meu sítio e comprei o sítio do Terentino, que foi morar na capital. Agora eu vou vender e comprar uma canoa. Estou cheio de canoa de patrão e de pescar de meia, de zangaria e fazer tripulação pros outros. Eu não tenho de que me queixar. Todos me querem tomando conta de canoa, na popa, na proa ou no comando da embarcação, porque sabem que ninguém melhor do que eu conhece estes mares. Garatoso, vou deixar as mulheres e vou dormir. Amanhã cedo venho aqui pra nós dois irmos a Ribamar. Não sei se ela trouxe a certidão de batismo, mas o Padre João não se importa muito com isso, ele quer mesmo é fazer casamento pra não deixar a gente amasiado.

– Pois é, de manhã eu espero. Pode ter certeza que as moças estão bem entregues e você não me venha fazer assombração. Moça roubada a gente respeita. É como se fosse joia que ninguém usa senão na hora. Ainda mais, se mulher conhece o homem antes de casar, não tem respeito depois que casa.

Cristório gelou na hora que ouviu o primo. Essa era a lei das praias. Moça era coisa de guerra. Depois até que as coisas afrouxavam. Afinal os pescadores viviam no mar e o que se sabia das mulheres daquelas bandas era que elas não levavam tão a sério esses preceitos da solidão. Mas Cristório não gostou das palavras do primo. "Será que tinha errado em aceitar a Camborina do jeito que ela tinha lhe dito?", começou a martelar.

– Que é isso, primo? – disse Garatoso. – Tá olhando pra chuva, sem chover, com o pensamento e os olhos longe. Acorde.

– Nada, primo, estou pensando nos meus passos e o que tenho que fazer amanhã.

– Eu me lembro quando eu trouxe pra cá a Dresdena, mas essa já era mulher refeita, não é como as duas frangas que você trouxe pro Mojó. Vai casar com uma e tem de tomar conta da outra, com espingarda espantando gavião. A Dresdena tinha enviuvado fazia quatro meses e eu disse a ela que se esquecesse do defunto e não acreditasse em alma. Ela assim fez. Mulher parideira. Foi chegando, foi emprenhando e engordando. Já são oito, mas agora parou. Também ela já não é criança e já temos neto. Olha ali o Zito. É da Maria das Crenças, é o mais novo e já tem sete anos. Do finado primeiro marido dela só teve um filho, o Manuel do Rio, que já é homem feito e o pai que conheceu foi eu, mas o gênio é do pai dele mesmo. Gosta de encrenca e você se lembra que ele matou o filho do Quincas Barriga e passou uns cinco anos preso. Agora se acomodou e vende fruta no Maiobão, em São Luís.

– Primo, a conversa tá boa, mas eu vou indo. Será que posso falar com a Camborina?

– Dresdena? As meninas! Cristório quer andar!

Camborina tinha vindo do taipá de pindova que ficava fora, onde existia uma cacimba de água fria, para todos se banharem de balde. Tinha tirado o salgado e estava de vestido limpo, amarrotado da trouxa em que veio enrolado. Cristório aproximou-se e lhe disse palavra de carinho:

– Você vai ser feliz comigo. Vou dormir em minha casa. Meu primo toma conta de você pra sua familia não dizer que eu me aproveitei antes de casar. De manhã eu vou ao padre em Ribamar tratar de nosso casamento.

– Está bem, Cristório. Você já fez comigo o que fez, agora eu estou nas suas mãos. Prcsa c amarrada.

– Na minha mão, não, você está na minha vida de decisão. Vai ser minha mulher.

– Pois é, não sei o que está acontecendo no Guarapirá.

– Não pensa nisso. Cada dia tem sua agonia e eu vou me entender com teus pais. Nossa agonia do dia já passou e não vem mais, se Deus quiser. Vamos tratar agora de nos afamilhar. Meu sítio, o nosso, é aqui perto. Amanhã eu lhe mostro. Fala com a Germana, quando ela chegar do banheiro, que eu deixo lembrança pra ela e muito agradeço a confiança da companhia.

No Guarapirá, Dona Setembrada caiu prostrada numa rede e só fazia chorar e se lamentar:

– Quando Arduto chegar vai me matar. As meninas foram embora com homem que ninguém sabe quem é, e ninguém sabe pra onde. Reza, Geminiana. Faz responso de Santo Antônio pra se saber onde estão e se estão vivas ou mortas.

No barracão do Criseu, no porto, a conversa não era outra:

– Furtou as duas, na nossa barba. Desmoralizou o Guarapirá todo. Não foi só o Zequido que ficou com um par de chifre que não passa na estrada, mas todos os homens da terra.

Foi aí que Zelão se deu ares de valentão, tomou as dores do lugar e propôs firme:

– Nossa honra só será de limpeza se reunirmos um grupo e formos ao Mojó trazer as moças de volta. Isso que ele fez não se faz em terra de homem.

– Pois vamos marcar logo a nossa partida.

– Deixa o pai chegar. Ele está pra aparecer. Foi ao Rosário na venda de peixe seco. Nós devíamos ter defendido as moças.

– Mas até lá ele já fez mal pras duas.

– Mal ele já fez. Sozinho com elas, homem, pescador, comedor de cabeça de bagre, é logo. Essa história de moça já era. Agora o que nós temos que ver é a desfeita da terra.

Dona Geminiana rezava. Suas rezas não tinham mais a força dos velhos tempos. Também ela se sentia feliz porque Cristório estava longe. Queria vê-lo sempre mais longe, sem saber os seus segredos, os segredos daquela noite das agonias. "Era melhor que ele estivesse morto", pensou. "Não, não quero matar ninguém, ele é bem novo e vai ficar com a Camborina." Seu pensamento se perdia no choro e na desgraça da irmã, ao seu lado na rede:

– Meu marido vai me matar... As meninas fugiram. Meu Deus, elas não fugiram, foi ele que forçou. Conheço minhas filhas.

Geminiana ouvia tudo e se enfiava na reza. Foi no meio dessa confusão que o barco *Flor do Munim* atracou no Guarapirá. Arduto, de apelido Duto, saltava, depois da viagem ao Rosário. Mal desceu já Zequido veio ao seu encontro e foi logo dizendo:

– Um tal de Cristório, rapaz forte, pescador do Mojó, chegou aqui, pegou suas duas filhas, a Camborina e a Germana, botou numa biana e abriu fora, pela baía a dentro com elas, e ninguém sabe pra onde.

– O que você está contando, rapaz? Diga de novo.

– Um Cristório, rapaz do Mojó, veio aqui e roubou suas duas filhas, a Camborina e a Germana.

– De que tamanho era esse homem?

– Do tamanho de um homem.

– De que tamanho, rapaz? A vila estava deserta? Não tinha homem aqui? Como isso pôde acontecer? E o noivo dela?

– Arrancou a faca da minha mão com a ponta do pé, ameaçou de morte e se mandou.

– Que desgraça! A mãe delas estava abestalhada, como sempre, e não tomou providência de nada.

– Não sei, seu Duto. Ela não sabia, só deu conta pela manhã. Só sei que as moças desapareceram.

Aí, Duto deu meia-volta, chegou no *Flor do Munim* e disse para o mestre:

– Não faça plano de voltar. Tenho uma viagem pra fazer. É frete e pago bem.

– Certo, seu Duto.

E o chape-chape de suas chinelas começou a ser ouvido na areia do Guarapirá. Sem dar bom-dia nem nada, resmungando mais do que bagre no anzol, ele foi pra casa surrar a velha e traçar planos.

CAPÍTULO 13

O Padre João perguntou:

– Algum impedimento?

– Nenhum. Nós dois somos solteiros.

– Em nome do Pai, do Filho e do Espírito Santo vocês são marido e mulher. O que Deus uniu o homem não separa.

Cristório sentiu que aquilo era um compromisso de honra. Germana, ao lado, junto com os parentes do noivo, via tudo e não entendia como acontecera tão rápido. Depois foram para casa, o sítio de Cristório. Nada de festa nem de preparação. O importante era legalizar logo aquela moça que tinha sido roubada. Quando seus pais chegassem já encontrariam a situação resolvida. E assim foi. O que aconteceu de noite ninguém jamais saberia.

Cristório tinha o seu quarto, com sua rede e uma cama de meaçaba em que ele dormia quando chegava das pescarias. No outro quarto acomodou Germana, que Camborina desejava que morasse com ela e dela nunca se separaria. A noite desceu. Era uma escuridão imensa.

O silêncio invadiu as casas. As luzes foram se apagando. A única acesa era a lamparina de morrão do corredor que foi levada para a cozinha e ali, depois, extinta. Camborina estava nervosa. Afinal, ela ia se entregar pela primeira vez a Cristório. Ele já sabia como ela era. Trouxera na certeza de que aquilo não seria empecilho para esta união. Naquelas bandas, a virgindade era a única coisa que pesava quando havia casamento de padre. As outras uniões eram mais tolerantes, sem a tormenta do ciúme. Mas a virgindade era o troféu que o homem ostentava para glória de sua vida e, assim, iniciava a família. Cristório levou-a para o quarto. Ela estava esquiva e se mostrava como se não tivesse outro sentimento senão o da surpresa e do medo.

– Seu Cristório, eu preciso antes falar com a Germana. Mas peço ao senhor pra apagar a lamparina da cozinha.

– O que vai fazer?

– Vou falar com ela.

Foi uma eternidade. Cristório esperou sem saber o que se passava e teve algumas vezes vontade de ir buscá-la. "Será que ela fugiu?" Ela voltou, apenas via o vulto e disse:

– Aqui está comigo a Germana. Ela é virgem. Falei com ela pra se entregar a você no meu lugar. Assim, você nunca vai reclamar de mim, pois minha irmã deu o meu dote.

Cristório estremeceu.

– Não sou homem de me aproveitar dessas coisas. A Germana tem o direito de ter a vida dela e você a sua.

– Mas nós já acertamos. Deite com ela.

Houve um silêncio. Camborina saiu e Germana, como uma parte da escuridão, lentamente deitou-se na cama de meaçaba. Sua irmã tinha lhe untado as partes com óleo de copaíba. Ela cheirava a capim-limão. Cristório procurou-a sem dizer nada. Somente suas mãos tateando lhe indicavam a curva do corpo. Tudo era um silêncio de escuridão e surpresa. Sentou-se ao lado e perguntou:

– Você aceitou?

– Aceitei.

Era como se a noite não fosse noite. Era um tempo imenso. Ele não teve desejo. Teve medo. Germana ficou firme. Queixou-se de dores. Cristório sentiu-se um bandido, mas aceitou, na sua vaidade de homem daquelas praias, receber a cunhada. Camborina depois voltou.

– Germana?

– Sim – respondeu a irmã.

Levou-a de volta ao seu quarto. Beijou-lhe a face e rezou:

– Deus me deu você, como se eu fosse duas.

E então ocupou o seu lugar no quarto de Cristório. Despojou-se de todas as roupas. Veio de corpo perfumado e entregou-se a ele com todas as forças de sua vontade até o dia amanhecer. O amor fez-se amor, e só foi acalmado quando o último galo cantou dizendo que o dia estava fora. Germana também o ouviu cantar. E seus olhos não se fecharam. Esse dia foi o da chegada do pai de Camborina e sua gente. Eles nada mais encontrariam. Ela tornara-se mulher e Germana navegava naqueles mundos desconhecidos. Era sexta-feira.

CAPÍTULO 14

— Quem é essa tropa que salta aqui no Mojó? – perguntou Zezindo, vira-bosta do porto.

– Não sei. São oito, vêm de barco e têm cara de quem vem cobrar dívida – respondeu Quirino, também braçal daquelas lidas.

Saltaram os homens. Vinham baqueados da viagem, mas resolutos e com determinação de cumprir uma missão. Na frente, Arduto, pai de Camborina e Germana. Os outros eram os defensores do povoado que vinham mostrar que no Guarapirá ninguém podia tocar música sem dança. Zequido, noivo de Camborina, não vinha. Foi uma decisão de todos. Ele não devia fazer comissão.

– Moço – perguntou Duto a Zezindo –, o senhor conhece um tal de Cristório que mora nestas bandas?

– Conheço e não conheço. Conheço porque sempre sai daqui e é pescador do lugar, e não conheço porque não tenho intimidades com ele.

– Onde ele mora?

– Mora aqui, uma meia légua, e é homem tido como trabalhador e conhecedor das artes do mar. Mas do que se trata?

– Nada que não diga respeito a mim e ao povo do meu lugar.

– Questão de brigas?

– De muita honra.

– É missão de paz ou coisa pra arruaça?

– Pra nós, tanto faz. Esse homem foi no Guarapirá e roubou minhas duas filhas.

– Mas o Cristório não pode ter feito isso. Ele casou ontem, na igreja de Ribamar, com uma moça do Munim.

– Casou com quem?

– Não sei, sei que a moça não é daqui.

– Mas eu não dei consentimento nem aprovo.

– Não sei de nada, sei que isso não é comigo. Mas que casou, casou. E não sei se é sobre essa moça que o senhor fala.

– É minha filha.

– Pois o senhor tem o direito de procurar e de saber.

Eram umas três horas da tarde. O sol ainda estava quente e todos sentiam aquele abafado dessas horas, da estação das chuvas, quando não corre vento e param todas as árvores. O grupo ficou assim amuado, ouvindo aquele diálogo curto e cheio de novidades.

– Mas como esse sujeito casa com a minha filha se eu não dei consentimento e ela é de menor? Toma de conta pra ele e casa, como se ela fosse um traste, como rês de entrega com quem se faz o que quer? – disse Arduto aos seus acompanhantes.

– Mas e o Guarapirá, como vai ficar? – disse Zorolindo, um dos revoltados, com gosto de sangue na boca. – Não é o senhor, seu Duto, que a filha casou e foi lavada a honra, mas é o lugar, o povo. Nós vamos voltar chupando dedo e dizendo que chegamos e tudo estava acertado e voltamos como testemunha de casamento torto? Ora, seu Duto, isso não é coisa pra nós. Nós viemos matar esse homem e levar as moças, mais nada. Volta uma viúva e volta uma donzela.

– O Guarapirá é terra que não se desrespeita. Vamos na nossa missão – conveio Duto.

E o grupo começou a caminhar.

– Tem um bando de gente chegando no sítio, de cara amarrada – alertou Garatoso, com desconfiança e intuição das coisas.

– Virgem Maria, é meu pai com o pessoal do Guarapirá!

Cristório foi avisado. Ficou na porta e mandou os outros para dentro da casa. Já Garatoso arrebanhara os moradores da redondeza. E vinham mais homens, as mulheres e as crianças que acompanhavam, curiosos com a notícia de briga.

– É o pessoal do Munim que veio pra matar o Cristório! – gritou Garatoso. – Vamos acudir.

– Quem é seu Cristório? – indagou Duto, depois de bater aqui e ali, perguntando onde era a casa dele.

– Sou eu e diga o que quer.

– Sou o pai de Camborina e Germana. Vim buscar as meninas.

– Camborina é minha mulher, na lei de Deus e sagrada pelo Padre João, em Ribamar, desde ontem. Germana, ela decide, porque veio de sua própria vontade, convidada pra morar com a irmã.

– Sangra o homem – disse Zorolindo – e acaba com essa conversa.

– Aqui, só se for depois de morrer muita gente – disse Garatoso.

– Pois vai morrer. Esse canalha desmoralizou nosso povoado.

– Seu Arduto, não me faça lhe matar e desencontrar nossas vidas. Eu quero fazer de sua filha mulher de casa e parideira. Não sou homem de canalhice nem de aceitar esse trato.

– Mas foi. O que você fez não se faz.

– Eu tive ela apalavrada há três anos.

– Quem apalavrou?

– Foi Dona Geminiana.

– Velha sem-vergonha, rezadeira do Diabo, eu nunca entreguei a ela o destino das minhas filhas.

– Eu fui buscar o que o destino já me tinha entregado.

Os cacetes cortaram o ar. Era Garatoso, Cristório, Zeferino, Tabisco, Regão, Amirando, Zorolindo e outros mais. A pancadaria começou. De repente todo o povoado estava na briga e era cabeça quebrada de todo o lado. Zorolindo, o mais afoito, invadiu a casa e pegou Camborina. Germana correu para os fundos do quintal, gritando "não matem meu pai nem seu Cristório!"

– Você vai comigo – disse Zorolindo a Camborina, que estava segura nos seus braços.

Cristório evitava matar o velho, com quem estava agarrado. Já era gente demais na desgraça. Ele puxou sua faca de dois palmos e rumou na direção de Zorolindo.

– Essa mulher é minha. Tira a mão dela!

– Pois vai voltar pro Guarapirá.

– Não volta jamais.

– Pelo amor de Deus, não mata o Zorolindo, Cristório! – pediu Camborina.

Ele parou a faca no ar, fechou os dentes e esperou.

– Larga minha mulher!

– Não mancha de sangue nosso casamento, Cristório!

Zorolindo recuou e buscou a faca na cintura, largando Camborina e avançando para Cristório e gritando:

– Canalha, vou te matar como se mata porco!

– Pois vem, que eu te mato como se mata galinha!

As facas se cruzaram no ar. Cristório sentiu que a metade de seu braço não era mais dele. A faca entrara fundo. O sangue escorria e Zorolindo correu. Cristório evitou com o braço que a faca lhe varasse o peito.

– Valei-me, minha Nossa Senhora! – gritava Camborina.

Cristório recuou para casa, todo ensanguentado. Quase todos os moradores do Mojó, já chamados pela gritaria e pela luta, estavam cercando o grupo em ponto de quebrar todo mundo a cacete.

– Gente, não façam isso! – gritou Garatoso.

Mas era tarde. Zorolindo estava no chão e arquejava no caminho da morte.

Cristório, que sangrava muito, saiu de casa com a faca na mão. Gritou:

– Deixa pra mim que eu quero terminar esse serviço!

E avançou com seu facão. Espumava de ódio. Zorolindo estava quebrado pelas cacetadas dos moradores do Mojó. O pai de Camborina, caído, já pedia clemência. Cristório avançou. Sua faca ia direta para cravar-se no corpo de Zorolindo.

– Cristório, pare! Não mate!

Foi a primeira ordem que Camborina deu naquele lugar.

Sua voz foi tão forte e tão decidida que o tempo parou. Todos ficaram calados. Parados. Como se aqueles sons tivessem a força de imobilizar as pessoas e as almas.

Ele parou. Olhou para ela. Viu que tinha mulher. Voltou para a casa e mordeu os lábios com raiva. Os cajueiros começaram a sacudir os galhos jogando folhas e levantando uivos de todos os lados. Os cachorros pararam de latir e se deitaram.

CAPÍTULO 15

— Está ficando tudo escuro – disse Jerumenho.

– É a chuva que vem – tornou Cristório.

– Mas o mar está fervilhando. É um mundão de ventania que vem vindo e se espraiando.

– É o mar.

– O que é o mar? – perguntou o filho.

– São águas da terra. As do céu são chuvas – respondeu Cristório.

Chita Verde navegava veloz. O vento enchia o pano. Eles demandavam o mar fora, mar aberto, para poitar no Banco Feliz. Jerumenho pegava o binabô com todo o seu esforço. A corda estava esticada. O cangado funcionava. Ao longe aparecia uma canoa branca, toda branca, casco e pano, que corria, como se deslizasse no caminho das ondas, maré e vento, tudo junto. Era estranha, bem fina, bordas verdes, sem cambar, reta, veloz como a tempestade, diferente, que ora aparecia e ora sumia no meio das montanhas do mar.

– Cristório, eu já vi canoa igual àquela na enseada de Goa. É coisa de espantar. Vamos bordejar para alcançá-la – falou Querente.

– Que tipo de embarcação é ela? Parece montaria.

– Aproa atrás dela! – reagiu Querente.

E o pano foi largado, para que enchesse toda a vela e *Chita Verde* pudesse se aproximar da canoa branca. Foi a primeira vez que ela apareceu naqueles mares. Estava em frente da Barreira Vermelha e rumava na direção de Santana. Cristório continuava na perseguição. A canoa branca sumia e ressurgia nas ondas.

De longe, quando eles viram, ela começou a inchar, o pano ficou maior, cresceu e de logo transformou-se num barco e depois num navio, e as velas se multiplicaram e ela singrava cada vez mais longe e *Chita Verde* não acompanhava. Umas nuvens se formaram no céu. Eram escuras, mas eram brancas. A canoa branca ficou mais branca. Os ventos sopraram mais forte e o mar se encapelou. Cristório abriu os olhos para vê-la toda. Era bela, brilhava como estrela e ninguém sabia para onde navegava. Um bando de guarás voava baixo, passou por ela e rumou na direção sudeste. *Chita Verde* correu mais. Tentou aproximar-se. Chegou bem perto. A outra era uma canoa e uma embarcação de mistério. Estava sem ninguém no comando. Navegava com os ventos. Cristório ficou então meditando. Era o mesmo mistério e assombração. Rumou no prumo da aproximação e quis ver bem. O cavername e as tábuas eram brancas como a luz do sol e não se podiam ver.

– Quem é? – gritou.

– É o encanto das brancuras, que eu já vi muitas vezes. É a canoa da pureza – respondeu Querente.

– Deus seja louvado.

De repente, todos começaram a ficar azuis e um vento azul-claro invadiu a canoa, e *Chita Verde*, firme, corajosa e dura, galopava nas ondas, querendo abordar a outra canoa. Mestre Cristório sentiu que a sua não lhe atendia os desejos.

– Que é isso *Chita Verde*? Para de ter vontade só tua!

Não adiantava, a canoa era toda força e decisão. Jogava de um lado e do outro, caminho de baloiço, e tinha uma direção certa de perseguir a embarcação branca.

Ao chegar bem perto, abriu-se um buraco no mar e um bando de gaivotas pretas apareceu voando em círculo e descia do céu para mergulhar num baile de asas, enquanto a canoa branca desaparecia, afundando para os abismos eternos.

– Cristório... Huah!...

Era o som do vento. Bem perto nadava à flor da água um mero com as barbatanas de fora e um cardume cinzento de sardinhas.

Cristório estava sem sentir os braços, Jerumenho tremia. O vento sacudia firme e a canoa balançava de todos os lados. Querente, fogo nos olhos verdes, falou:

– Mais bonito do que ela só o Navio do Selo Vermelho de Agosto, que navega nos mares da China e do Japão.

– Vamos firme pra nossa pescaria – respondeu Cristório, atônito. – Monta a proa do Guarapiranga, lá na quebrada da Tabaiana, perto do farol de Santana. É lugar deserto, ninguém vai perguntar o que acontece no mar.

Chita Verde estava faceira e Cristório cheio de amor pela biana. Ela lhe inspirava confiança, sabia o que fazia. Era a canoa que sonhou ter e sabia agora que, além de ser canoa, tinha alma. Boleava, gingava, entrava e saía das ondas, jogava do lado e de frente, firme e confiante.

Voltou à sua cabeça, com a canoa branca, a lembrança de Quertide e dos monstros. Seus olhos, seu corpo, sua lembrança e sua fuga. Mas o pensamento passou. Foi só uma pancada de vento para não esquecer o encanto daquela mágoa, que não desaparecia.

– Jerumenho, vamos chegar no pesqueiro em cima da vazante. Montar a rede e começar o trabalho – falou Cristório.

– Esse vento grande dá notícia de que o tempo não está bom de peixe – respondeu Querente, acrescentando: – Vejo muito vento.

– Mas nós já sabemos como é peixe. Dia bom, dia mau. O principal é o mar. Dia e noite, com o sol e as estrelas. Esse cheiro de maresia dá sorte – sentenciou Cristório.

A noite começava a cair, vinha devagar, descendo de leve, ora mais branda, ora mais escura, mas sempre vindo. *Chita Verde* avançava. O banco do Guarapiranga já estava todo com a cabeça de fora, na maré baixa. A biana corria para o pesqueiro e em breve na maré baixa a areia apareceria, com as ondas recuando já mortas, cobras de fim de maré. A canoa, para passar a noite, ia fundear e então seriam soltas as redes e levantar das malhadeiras. Os peixes eram sempre mais fáceis de serem apanhados nas marés da noite.

– Deus fez o mar para os homens terem o que comer – acrescentou Jerumenho.

– Os homens foram feitos pra vida, menino – respondeu Cristório.

Nas ondas, ao longe, houve um estrondo de canhão. Eram os sinais da natureza e o grito das surpresas. Naquela noite ia acontecer o que nunca tinha acontecido. Os corpos ficaram arrepiados, a carne tremia e as cabeças tinham o sentimento do mundo nascendo. Querente brilhava. Apenas disse:

– Os navios não morrem, afundam!

O banco do Guarapiranga era uma elevação de terra no meio das águas. Quando a maré baixava, aquela maré grande do Maranhão, ele colocava a cabeça de fora. Se era dia, esquentava com o sol; se era noite, brilhava com a lua. Cristório e Jerumenho saltaram. Desdobraram a rede, enfiaram os paus e foram fixando-os, para depois suspendê-la e aguardar a maré encher e vazar, deixando os peixes presos, mortos, exaustos de lutar nas linhas das malhadeiras. Seguiram os ritos que já conheciam e esperaram anoitecer. Já a canoa estava no seco, trepada na croa. Fizeram fogo, botaram o peixe e o sal e cozinharam. Depois, o pirão de farinha, comido com a mão, e, por fim, deitar no banco da biana, olhar as estrelas e esperar a hora de despescar.

Era noite de lua pequena, começo do crescente. Jerumenho olhava a Constelação do Bode. Ele sabia os nomes que seus mestres lhe ensinaram na escola do mar. Ela tinha estrelas desencontradas e seus olhos identificavam os chifres e as barbas. Nas ondas que começavam a cobrir a borda da praia os tralhotos corriam de quatro em quatro, brincando com as bolhas d'água. Cristório começou a cantarolar. Uma cantiga de boi, dessas antigas, do boi de matraca:

O céu é o reinado das estrelas
onde a lua tem sua morada,
o orvalho é a lágrima da noite,
que chora pelas madrugadas...

– Boi de Tolentino, pai?

– Não, cantiga de Nazaré. Ninguém melhor do que ele pra tirar toada. Vai ter que ter muito Maranhão pra aparecer um cantador como Nazaré. Ele é o pai dessa cantora, uma tal de Alcione. Gente do Rio de Janeiro e Europas.

No meio da escuridão, Cristório sentiu um cheiro de lírio brabo, aquele do cemitério do Mojó. Levantou a cabeça. Olhou na direção do vento. Era noite, só a zoada do mar, mas na ponta da croa apareceu um pequeno vulto branco, assim como se fosse feito de incenso e nuvem. Cristório ficou arrepiado e todo teso.

– Tá sentindo o cheiro, Jerumenho?

– Não, pai.

– Nem vendo o vulto na ponta da croa?

– Não, pai.

– E você, Querente?

– Eu sei todos os cheiros do mar – falou e dormiu.

Cristório olhou de novo. Na proa da canoa estava uma criança. Branca, de olhos abertos e riso leve.

Era Batesta, sua filha, aquela que morreu sem fechar os olhos e foi levada no caixão azul dos anjos, forrado de branco, com os meninos atrás, todos cantando:

Bendito, o santo nome,
bendito, o santo nome.

E ninguém chorava porque não se chora criança naquelas terras, onde elas sempre morrem e vão servir de companhia para Nossa Senhora.

Cristório olhou firme. Jerumenho roncava. Dormia, também.

– Filha?

– Sou eu, pai.

– Que você está fazendo aqui, nesse mar perdido, sozinha nesta praia?

– Vim atrás do senhor. Tenho ciúmes até hoje, porque o senhor gostava mais de Varizina. Ela morreu de sezão, depois de mim.

– E teus irmãos? Estão no mangue? Tandito, Gertide, Mangura, Amadaceu, Barbicô, Janjar? E Maria do Céu?

– Ela é amiga de Santa Luzia. É quem lava seus olhos com água do rio Munim e chá de flores de estrela. Vim dizer pra levar a canoa de volta, não esperar a madrugada porque vai passar aqui o Navio dos Mortos, e ele pode rebocar vocês.

Ela estava branca como a madrugada chegando, vista de longe, saindo do mar. Os olhos abertos, como na hora da morte, quando os fechou. Ainda tinha no rosto aquele olhar de menina.

– Todas as meninas do Mojó estão mortas?

– Não todas.

– As que não morreram não são meninas. Só quando a gente morre menina é que se é sempre menina.

Cristório viu Batesta, que corria sobre o mar e não se via o mar e ela sempre corria e não deixava de correr.

– Jerumenho! Querente! – gritou Cristório um grito de lobo, tão forte e tão alto que se afundou no mar.

– Jerumenho! – tornou a gritar.

– Que houve, pai? Que grito é esse?

– Rápido, menino, vamos recolher a rede e ir embora.

– Pra onde? A maré está subindo, já está chegando na canoa e flutua logo. Ainda nem começou a pescaria, pai.

– Vamos embora. Se for preciso perder a rede, a gente perde.

– Que é isso, pai?

– Batesta esteve aqui e me disse pra não esperar a passagem do... – Parou, não quis completar o que sabia.

– Batesta? Quem é Batesta?

– Tua irmã, a que morreu há vinte anos de sarampo brabo.

– Está ficando doido, pai?

– Não, ele está ficando santo – interveio Querente, que acordou de um sono que não dormia.

– Não, Querente. Não podemos ficar mais. Eu sei quando as coisas não devem acontecer. Vamos.

– Eu também sei – respondeu.

E saltou da canoa e começou a arrancar com força e rapidez a rede que a água já começava a cobrir. A escuridão e a maré que vinha tornavam difícil desamarrar os paus onde ela estava fincada. Cristório lutava com a maré; e Jerumenho também, sem saber o que estava acontecendo, seguindo sem saber por que seguia as ordens do pai, contrárias às modas da pescaria. No último moirão, já com água no peito, eles ouviram o fervilhar do mar. Jerumenho olhou dessa vez e viu. Era uma mancha preta, mais preta que a noite, que dava para ser vista com a luz das estrelas. Querente via tudo, mas não saía da canoa, como se estivesse ausente.

– É um cardume de sardinha, nunca vi assim, de tão grande.

– É maior do que a croa.

A água fervilhava. Nem o vento nem as ondas davam para esconder a fervura. O cardume, redondo no princípio, depois foi ficando comprido, e depois redondo de novo, e ia e vinha. Cristório e Jerumenho voltaram para a canoa, que já flutuava, e começaram a percorrer o estirão, a fim de suspender e trazer a rede para bordo. A tarefa não era fácil. Seu ombro, de tanto fazer força, parecia ardido de sol, mas era noite. Os dois puxavam firme para salvar a rede e irem embora. Foi quando o cardume de sardinhas cercou a canoa envolvendo a todos num turbilhão de coisas e peixes. Jerumenho disse:

– Pai, vamos jogar a rede na água porque não temos força pra trazer toda. As sardinhas estão nela e não há jeito de carregar.

Jerumenho e o pai pegaram a rede com todos os músculos e jogaram fora da canoa. A rede caiu como se fosse uma tábua. Ouviu-se uma gargalhada, como se de alguém gostando da perda de mais de cem braças de rede que arrastava mil quilos de peixe.

– Valei-me, meu São José de Ribamar! – invocou Jerumenho.

Nesse instante Querente se levantou. De seus olhos saíram dois feixes de luz e se pôde ver como prateado era o lombo do tapete de sardinhas que cobria o mar. À sua frente uma outra mancha infinita de uritingas que levantavam as cabeças, de todas as cores, num ritmo que se repetia, como se nas águas houvesse um maestro que tocava.

– Quem ousa entrar nestas águas que são minhas, águas do Maranhão, que são de Portugal, onde minha alma repousa e meu corpo não morre? – perguntou Querente em transe.

Ele estava irreconhecível, mas logo fez-se gente e deitou-se no fundo da canoa, acordado como se dormisse.

Aí as sardinhas não eram mais sardinhas, eram uma luz, como estrelinhas de São João, que clareavam a croa toda do Guarapiranga, coberta por elas, como um manto grande que cegava e fervia, o mar todo de fogos. No fim da noite, longe entre a escuridão e a luz das sardinhas, no fundo negro e estufado, viram uma tocha de fogo amarela. E Cristório não duvidou:

– É o Navio dos Mortos. Jerumenho, levanta o pano. Acorda, Querente! Vamos navegar de volta.

– Pra onde, pai? Vamos ficar boiando? A maré ainda está enchendo, o vento é de proa e estamos longe de casa. A noite está apenas começando – falou Jerumenho, sem saber o que fazia e dizia.

– Não pergunta nada. Olha a estrela da Divina e ruma para a ponta do Curupu.

Chita Verde entendeu a ordem. A canoa começou a tremer como se fosse gente, e, firme na cana do leme, Cristório gritou:

– Vamos, *Chita Verde*, corre que lá vem chegando o Navio dos Mortos. Vai!

Era uma nau grande. Negra e roxa, e navegava envolvida em espumas. Tinha um castelo na proa e outro atrás. Brilhava como um sol e era escura como a noite. As velas, muitas velas, pareciam asas que batiam invisíveis para fazê-la caminhar.

Ouvia-se o movimento das pessoas que eram nada.

"*Vamos às bombas!*"

"*Puxa a escota de barravento da cevadeira!*"

E as luzes, indecisas, fogo de azeite, piscavam por todos os buracos daquelas tábuas que rangiam como gemidos.

"*Quem é que ousou entrar*
Nas minhas cavernas que não desvendo,
Meus tetos negros do fim do mundo?"

E a outra voz soturna, grossa, rouca, respondia, agarrada à roda:

"*El-Rei D. João Segundo!*"

Era um mar de visões. Luzes e vozes.

"*E roda nas trevas do fim do mundo.*
Manda a vontade que me ata ao leme,
De El-Rei, D. João Segundo!"

Cristório só ouvia os sons e o barulho do mar. A nau deslizava com todas as suas asas de vento, rangendo as tábuas e por todos os lados um cheiro de cravo-da-índia.

Cristório virou todo o leme e ouviu o rebojo que vinha derramando com violência e fúria, batendo de frente no casco frágil de sua biana.

Tratou de afastar-se. Mas ainda pareceu ouvir lamento de agonia:

"*Deixe-me! Capitão Cristório, vou com você.*"

E sumiu.

Um vento forte bateu. Encheu a vela, e de repente veio outro vento, viração de praia, lufada terreira. A canoa subiu, ele soltou a escota e o pano esticou. *Chita Verde*, cheia de tremor, parecia ir para o céu, tão grande era a onda que apareceu e ela enfrentou, cavalgando o camaleão de todas as maresias, no rumo que o leme dava. Mesmo de noite, Jerumenho, no cangado, segurava a corda com os braços fortes e fazia o balanço. E assim a canoa e a noite foram andando e para longe ficaram as estrelinhas que, na boca das sardinhas, pareciam velas acesas no meio do mar.

Era como se fosse já por cima da meia-noite, quando eles viram aquele vulto boiando. Parecia um corpo perdido no mar.

– É um alagado que está ali, bem perto da canoa, na crista daquela onda? – perguntou Cristório a Jerumenho.

– Parece, pai. Vamos puxar pra cá?

CAPÍTULO 16

O dia amanhecia. A praia do Curupu estava vazia, deserta, e *Chita Verde* foi chegando com vento brando e encostou no porto. Baixaram o pano. Jogaram a âncora. Cristório e Jerumenho deitaram no fundo da canoa, perto do alagado, e começaram a dormir um sono que mais parecia de morte. Ao lado deles Querente, que não se mexia, na letargia que o acompanhava nas noites das pescarias.

Só acordaram quando o sol estava alto e começava a fazer sombra nas folhas dos tucunzeiros, que contrastavam com a areia branca. Acostumados às madrugadas, eles não tinham olhos para ficarem fechados com o sol levantado.

O primeiro a despertar foi Cristório. O corpo era uma dor só em todos os movimentos dentro da alma. A noite tinha sido longa. Ele não se lembrava de quase nada e ignorava como tinham conseguido chegar à ponta do Curupu. Na sua cabeça, tudo era confuso: a noite profunda, as ondas, o balanço, a mão firme, a estrela Divina. Mas na realidade, não tinha noção da viagem. Tinham sido conduzidos pelo mistério. Recordava-se de que a canoa avançava, e a manobra era frouxa, ela comandava tudo e era como se estivesse abrindo de facão picadas no mato denso. Com força, com coragem, sem medo. *Chita Verde* tinha coisa de gente.

– Jerumenho! – gritou Cristório. – Acorda. Estou com o corpo esfaqueado.

– Que é isso, pai – espantou-se Jerumenho, e num pulo rápido, foi direto examinar o corpo dele.

Estava ileso. Nenhum ferimento.

– Sinto punhais me atravessando a carne. Foi o trabalho da noite. Nós nos salvamos pelo milagre de Querente e a ajuda da canoa. Ela é boa.

– E forte – respondeu Jerumenho.

– É coisa dos encantos. Você viu como ela nos guiou. Foi ela, Jerumenho. Eles queriam nos pegar. E eu não sabia se era obra de Querente. Muitas canoas sumiram e não se sabe porquê. É isso que acontece.

– *Chita Verde*! – exclamou Cristório, batendo no casco. – *Chita Verde*!

Saltou e começou a examinar a biana. Ela estava assentada na areia. O mar liso. Pequenas ondas leves batendo de leve na praia. Cristório fez a volta dos olhos em torno da canoa procurando indagar sua opinião sobre a noite que tinham vivido. Viu-lhe a proa arrebitada e estava certo que ela tinha dirigido a rota. Tinha já um grande amor pela sua embarcação. Debruçou-se sobre a proa e começou, sem saber por quê, a chorar. As lágrimas do velho pescador, agarrado ao casco, caíam devagar, porque, na sua cabeça, fora ela quem os livrara da morte.

E começou a falar sozinho:

– *Chita Verde*, as assombrações não conseguem te amedrontar, nem o Navio dos Mortos...

E começou a ficar triste, tendo na alma um vento de banzo. Coisas de paixão de homem.

Jerumenho disse para si mesmo: "O pai tá meio de moleira mole."

Cristório subiu à praia e caminhou para o mato. Ali sentou e ficou um bom tempo matutando. *Chita Verde*, parada, esperava maré. No fundo da canoa, Querente não se mexia. Era um segredo e Cristório não queria começar a desvendá-lo. Algo lhe dizia que era uma surpresa para não ser provocada.

Logo Querente levantou-se.

– Cristório, já estamos perto do Mojó. Eu quero ficar, hoje, aqui na ilha do Curupu, com Júlio e Valbinho, jogando damas. Na próxima pescaria você me apanha.

Cristório ficou intrigado, mas concordou:

– Tá bem, Querente. Amanhã temos nova pescaria.

Querente evitava fitar o alagado, que estava no fundo da canoa. Ele não seria um mistério e Querente sabia? Era melhor não mexer. Assim como chegou, podia desaparecer.

A ilha do Curupu era o ponto de espera dos barqueiros. Eles ali paravam na faina de aguardar as marés, no caminho dos pontos de pescaria, na busca de água doce para beber e abastecer-se ou de refúgio para as noites, fugindo de ficar boiando no mar, como cisco, esperando a hora de retirar o espinhel.

Cristório olhou no alto as gaivotas que passavam na arribação, e dirigiu-se a Jerumenho:

– Que vamos fazer, filho? Eu nunca tinha visto o Navio dos Mortos. E as coisas eram de assombrar mesmo. A visão entra no corpo da gente como coisa-feita. Será que ele queria de agarrar a canoa?

– Nada disso, pai. O que a gente vê no mar não se fala. É lição do senhor. É só da gente.

– Você sabe por que Deus fez o mar, podendo fazer tudo terra?

– Porque podia fazer tudo mar, e não fazer nada de terra.

– E nós, como íamos viver?

– Seríamos peixes. Era só Deus querer. Peixe não sabe olhar nem cheirar. Mas tem ouvidos que nem cachorro tem.

– Mas não tinha barco. Onde o barco ia atracar?

– O barco é o mar. O mar foi feito para o barco.

– Conversa, filho. É um pro outro e nós pra eles.

– Eu tenho para mim que um dia o mundo já foi todo mar.

– E um dia vai ser tudo terra? Terá água na terra? Não, tem mar na terra. Eu quero que seja tudo mar. Água salgada, que não apodrece. Água de peixe igual a gente – falou Cristório.

– Como pode, pai? Não estou entendendo nada. As coisas estão embaralhadas na sua cabeça.

– Pode ser. Mas no mar vão crescer florestas, assim como o mangue, e vão andar pra cá e pra lá, ao toque do vento.

– E nós, onde estaremos?

– No mar. No mar verde, aquele do Manuel Luís. Com as conchas no fundo, as estrelas do salgado, os cavalos-marinhos e as pescadas nadando, amarelas, de barriga branca, rodopiando na clareza dos fundos.

– É, um dia nós vamos descobrir esses mistérios da gente ganhar coisas que não são da nossa entrega.

Cristório saiu do delírio para a realidade:

– O que vamos fazer, Jerumenho? Dá teu palpite. Estou com a cabeça ardendo. Às vezes eu penso que Querente é coisa do Diabo. Mas outras vezes eu fico a pensar que é uma alma que São José mandou pra nos acompanhar.

– É de Deus – disse Jerumenho, continuando: – Nada temos que fazer. Chegamos aqui quase no fim da maré, perdemos a rede e não dá agora pra voltar pro Mojó. A maré está seca.

– Daqui a pouco nós vamos ver se pegamos uma boia no igarapé do Mujijaia. E descansar um pouco. Foram tantas as coisas que aconteceram esta noite...

Nessa hora, o homem alagado bufou. Foi um bufo longo, que era como num resto de sono de bebedeira.

A maré subia, hora da largada, já estava chegando na ponta do Curupu, perto dos tucunzeiros. Querente ficara. Não queria saber de nada. Cristório gostou de tê-lo deixado.

– Eu conheço bem esta Ilha – disse Cristório. – Uma vez eu cheguei no Canto, um lugar que fica na ponta do mar, e a filha do Camaleão, um pescador, a Doralice, tinha sido possuída por um caboclo do Guaíba que fez um rancho no Carimã. A menina tinha doze anos, estava só em casa, todos na pescaria, quando o homem invadiu a casa. Se chamava Josafá. A menina gritou, esperneou e ele fez um serviço que faria qualquer cristão virar soldado. Eu cheguei no dia seguinte. As partes da menina estavam uma postema só. E a bichinha ainda nem tinha cabelo. Tava arrebentada, de perna aberta, a mãe passando banha de sucuriju. Quando eu vi, me deu um ódio tão grande que eu disse pro pai dela: "Vamos lá no rancho, matar esse caboclo?" E saímos. Eu e o Camaleão. Andamos mais de hora. Lá estava o rancho. Eu peguei minha peixeira e já cheguei com raiva. Reviramos tudo e não tinha ninguém. Uns anzóis velhos, uma rede suja e uma trempe com cinzas já frias. Procurei os rastros. Vi que ele tinha ido no rumo da praia, e lá não encontramos ninguém. Longe, vimos um homem que caminhava na nossa direção com um cofo enfiado num pau. " Compadre, lá vem o homem!", eu gritei. "Você dá uma paulada na cabeça e eu meto a faca. Fazer uma coisa dessa com uma menina não se faz." Lá veio o homem, mas era um velho. Perguntei se ele conhecia Josafá. Ele disse que sim. "Onde ele está?" "Não sei", respondeu. "Ontem", acrescentou, "tava tarrafeando no alagado." Nós voltamos pra casa. A menina gemia. A mãe dela chorava. " Um homem que faz uma coisa dessa não merece nem perdão de Deus!", disse ela. No dia seguinte, madrugada, cedo, Pinga-Fogo bateu na casa, e disse: "Camaleão, tem um homem morto na praia." Achamos o corpo do Josafá, inchado, a cara toda em bolhas pelo batido das ondas, rolando nos altos e baixos da areia. Estava nu, o barrigão comido. Era um estrago de tintureira que tinha arrancado as partes todas e a metade da barriga. "A polícia daqui é o mar", eu disse, sabendo das coisas. "Pois é: o mar tem suas leis", respondeu Camaleão. Voltamos para casa. Camaleão contou tudo à mulher. Quando olhou para a filha, seus olhos estavam secos. As partes sem inchaço e a banha de cobra sucuriju seca. Coisas de como são mesmo.

E fechou a narrativa:

– Não se pergunta como essas coisas acontecem. Mas a verdade é que o mar tem sua polícia.

Depois dessas lembranças, Cristório voltou a falar do que iam fazer:

– Jerumenho, vamos voltar pra casa. Eu não tenho vontade de pescar. Não temos rede e não me gosta pescar só com anzol, com tudo isso que aconteceu, ainda mais com o traste desse homem na canoa, com cara de encantado e capelobo.

– É, pai, então vamos.

– *Chita Verde* – gritou para a canoa –, te prepara, vamos de volta ao mar, a maré já chegou, é hora de rumar para o Mojó.

Levantaram o ferro, ergueram o pano e partiram. O vento de popa era bom e a canoa iniciou uma corrida só. Duas horas depois, olhavam a entrada do Mojó, com a casa e o coqueiro do porto. Atracaram.

– Que é isso, Cristório, o que vocês pescaram? Um cara de beato, feio que nem lobisomen – disse Berto, barraqueiro dali.

– Cristório não: capitão Cristório! A partir de hoje, quero este tratamento: capitão, capitão Cristório. Tomei a patente esta noite, no mar.

– Pois bem, capitão Cristório. Vá descansar, porque você tá com cara de doente. Deve ter sido a luta. E o peixe?

– Nada, nem um timbira. Perdi a rede e tudo. Se não fosse essa canoa, eu já estava na corrente dos perdidos. Mas trouxe um alagado.

– O quê?

– Um alagado.

Não se sabe por que artes, quando chegaram ao porto do Mojó, Querente, que haviam deixado em Curupu, ali já estava, vindo em outra canoa ou por seus próprios encantos. O tempo passava e ele não envelhecia. Era o mesmo rapaz que fora encontrado na Risca, naquele fim de tarde, em época que não era mais lembrada, de tão remota.

– Que bicho é esse que você pescou, Cristório? – perguntou Quebrado.

– É um mero com jeito de gente – respondeu Cristório.

A embarcação atracou.

Os da praia chegaram-se à canoa para ver o alagado. Ele estava num sono profundo. Tinha longa barba e vestes fora de moda. Calção, meias e camisa larga de mangas fofas.

– Esse homem nós pegamos no meio da tempestade. Deve ser de uma canoa que alagou – disse Cristório.

– Eu não vi. Estava dormindo e fiquei no Curupu – disse Querente.

A luz do dia facilitava distinguir as feições e a massa do corpo do salvado. Querente encostou na canoa, fixou os olhos no náufrago e saíram faíscas. Ninguém entendeu o seu ar de espanto e o fogo que surgiu de seu corpo quando ele pôde reconhecer de quem se tratava:

– É Diogo Lopes Baião!

– Barão de quê? – indagou Quebrado.

– É Diogo Lopes Baião. Ele estava comigo no naufrágio da nau *São Tomé*.

– Que diabo de alagação foi essa?

– Você não pode entender. Eu não gosto de falar dessas coisas. Saímos de Coxim para Lisboa e tomamos o rumo da ilha de Diogo Rodrigues, para dobrar o Cabo. Na saída, a nave começou a fazer água pela botecadura. O calafate era ruim. Também o fundo apodrecia pela quentura da pimenta da Índia, nossa carga. Muitas naus se perderam pela podridão da estopa. A *São Tomé* trazia mais de trezentas pessoas. Soldados, mercadores, nobres, padres e gente que desejava voltar ao Reino. Todos nos precipitamos no batel quando percebemos que a nau ia afundar. Foi aí que os oficiais de bordo resolveram, na maior crueldade do mundo, jogar ao mar várias pessoas, para aliviar a carga.

"Os primeiros foram os muitos escravos. Logo escolheram Diogo Lopes Baião, homem de péssimo conceito, que vagara muito tempo nas Índias e tinha fama de herege. Os soldados o sujigaram, aos berros: 'Velho bandido!' Ele chorava e clamava, num lamento de cortar o coração, implorando que o deixassem chegar ao Reino. Os oficiais, insensíveis, prosseguiram na sua tarefa, de espada na mão. Ele, em desespero, rogou que, antes de o lançarem ao mar, permitissem que entregasse a um frade que ali estava um bisalho cheio de diamantes e safiras que levava consigo.

"'Frei Nicolau, entregue estas pedras, a fortuna que consegui acumular na Índia ao longo do meu sofrimento, ao meu procurador, se Vossa Reverendíssima chegar a Goa, ou aos meus herdeiros, se voltar a ver terras de Portugal.'

"Em seguida, porque eu estava bem perto de Diogo, pensaram que éramos amigos, fui agarrado. Eu gritava, pedindo que não me atirassem ao mar, e eles, sem alma nem piedade, arremessaram-me fora do escaler."

Querente olhava o velho salvo na tempestade, náufrago nos mares do Maranhão. Lembrava-se da crueldade daquele dia, há séculos, quando foram jogados ao mar. Os que tentavam voltar ao batel eram trespassados com as espadas.

Querente transformou-se. Todos os encantos do seu corpo vieram fora. Com olhos verdes de fogo e uma postura de espanto, cheio do ódio, com jeito de diabo, perguntou:

– Diogo Baião?

O náufrago acordou.

– Quem me chama?

– Sou eu, o soldado Diogo de Seixas, da nau *São Tomé*.

– Onde está Frei Nicolau com meus diamantes e safiras?

– Não sei. E por que tu vieste atrás de mim? Por tua causa fui lançado ao mar.

– Eu quero minhas pedras. Mandei arrancar os olhos do Idalxá, para tomar-lhe o reino e voltar com suas riquezas a Portugal. Onde está Frei Nicolau, a quem entreguei o bisalho?

– Eu não sei de nada. Como tu sobreviveste estes anos e chegaste aqui?

– Atrás das minhas pedras.

Cristório não sabia de que estavam a falar.

Querente, de repente, estava vestido de soldado, arcabuzeiro, com aquela roupa com que foi encontrado, e com uma alabarda na mão.

– Diogo Baião, nós morremos pelos teus e mais os pecados dos que estavam embarcados na *São Tomé*. Tu mataste tantos e roubaste a tantos, mandaste furar os olhos do rei e roubaste as pedras que Frei Nicolau levou para o fundo dos oceanos.

Em seguida, avançou e lanceou-lhe o peito.

– Morre mais uma vez!

Diogo Baião abriu os olhos incandescentes e disse:

– Soldado, vou denunciar-te ao Vice-Rei de Goa, Manuel de Sousa Coutinho.

E por encanto sumiu. Quando deram por si, Querente estava só, com a lança que ia se desfazendo em água, e suas vestes desapareciam como se fossem de vento.

– Cadê o náufrago? – perguntou Cristório.

– Está vagando seus pecados – respondeu Querente.

CAPÍTULO 17

Cristório e Querente navegavam. Era um dia de mar calmo. O céu um azul de agosto, sem uma nuvem, podendo-se ver o contorno da costa do outro lado da baía de São José de Ribamar, as ilhas distantes e o imenso caminho aberto. O caminho do oceano grande, onde as águas não se acabam, sem terra, nem céu, nem ilhas, só mar.

Eles iam pescar muito além, para os lados de Santana, mais ao largo, nos pesqueiros da Tabaiana, que vão até a Barra do Tubarão.

Depois do assassínio de Jerumenho, Cristório nunca mais teve notícias de Carideno. Uma vez por outra, lhe falavam que ele fugira do Mojó para os lados de Primeira Cruz, onde tinha canoa e continuava no ofício da pescaria. Cristório ouvia e não falava nada.

Nesse dia, Querente contava essas histórias bestas que ele não entendia, coisas de alma do outro mundo, de suas viagens e do mar.

– Capitão Cristório, eu já vivi muitas vidas.

Uma vez, navegando com Jorge de Albuquerque, fomos abordados, no mar oceano, por um corsário francês. Nossa nau era zorreira, como quase todos os navios portugueses. Só tinhamos um falcão e um berço. Eles entraram pela popa com adagas, espadas, pistolas, alabardas, pistoletes e arcabuzes. Só pudemos dar umas bombardadas, sem ninguém para bornear o canhão. Tinham até grevas nas pernas e o nosso navio era sem xareta. Quem nos salvou foi a tempestade. Vi os destroços de morte que era abordar navios para piratear.

Cristório já nem dava atenção a essas histórias, mas não podia deixar de ouvi-las. Querente continuou:

– Eu aprendi a abordar. É uma luta de coragem. Certa vez fomos nós que abordamos uns cafres, perto de Samatra, após estarmos perdidos, por teimosia do piloto de outra nau, a *São Paulo*. Eu estava no batel quando vimos a jilavento uma zabra, pequena embarcação, com uns pretos que iam levando arroz e farinha. Nos aproximamos dela e fomos recebidos com um chuveiro de setas. Porém, não recuamos e os abordamos. Eu me lembro que, na hora de pular na zabra, na frente estavam Bernardo da Fonseca e João Gonçalves, dois que iam para Goa. Gente valente. Pulamos, e os pretos, com armas brancas, mataram muitos dos nossos e fizeram cruzeiro em todos. Você sabe o que é cruzeiro?

– Sei, tem muitos em terra. É aquela cruz que se enfia na porta da igreja.

– Não é essa, não. São os cortes de faca que os pretos fazem em forma de cruz. Pois é. Depois os dominamos e de manhã só restavam cinco deles. O nosso capitão não hesitou, pensando apenas em vingar os nossos mortos. Deixou somente um vivo, o piloto, para nos guiar na navegação daquelas costas. Mas os outros quatro ele pegou, mandou segurar a cabeça na borda da fusta e largou o machado. Degolou a todos e jogou suas cabeças no mar.

– Rapaz, você estava nessa brutaria?

– Estava, e fizemos a justiça da lei do mar.

Avistaram um barco de pano marrom bem longe, e *Chita Verde* quis se aproximar dele. Cristório, conhecedor das manhas de sua canoa, adivinhou-lhe a vontade. Queria forçar na orça, mas ela não atendia, tinha o leme duro e ia cada vez mais na direção da outra embarcação. Cristório cismou: "Que diabo quer essa canoa?" E quando deu por si, já estava bem perto da outra embarcação, que subia e descia na serra das ondas.

– Essa canoa não é destas bandas – disse Cristório. – Parece gente de Primeira Cruz.

O seu coração passou a bater com tanta força que sentia o latejar no peito, que nem cavalo desembestado a pinotear.

Lá na outra embarcação estavam Carideno e um velho no leme. Cristório avisou:

– Querente, é Carideno que está naquela embarcação, aquele que matou Jerumenho. Vamos abordar.

Os olhos de Querente brilharam:

– Pega o meu broquel, minha adaga e minha espada.

E gritou:

– Por Santiago!

Chita Verde avançava. Na outra embarcação, perceberam a perseguição, e Carideno viu de quem se tratava. *Chita Verde* chegou bem próximo. Carideno, do outro lado, pegou o mará e esperava conter a canoa para não abalroar a sua. Esperava empurrá-la para longe. As duas se emparelhavam. As ondas faziam com que as bordas se batessem e se afastassem. Cristório permanecia firme no leme e só pensava em afundar a outra embarcação.

Numa dessas aproximações, Querente, a mão esquerda como se segurasse um escudo, e o facão na mão direita, pulou dentro da outra canoa e foi direto agarrar-se com Carideno. Num instante, subjugou-o. Com fúria, lançou-o no fundo da canoa e foi puxando-o para a borda. Firmou-lhe o pescoço nas tábuas e, com a mão direita no facão, decepou-lhe a cabeça, que caiu nas ondas e ficou boiando como cabaça. Partiu, então, para o velho, que nem teve como se defender. Zuniu de novo o facão e, a cutiladas, cortou-lhe o corpo e a cabeça. Para Cristório, estarrecido, Querente era um demônio a saltar de um lado para o outro. A cabeça de Carideno, flutuando, aparecia no mar, e a do velho rolava dentro da canoa, que, desgovernada, entrava e saía das ondas, fazia água. Querente, usando o facão, começou a tirar o calafate da embarcação, para que afundasse. A lâmina não entrava nas frestas. Ele bateu com o porrete de matar peixe. Um jorro d'água bem grande começou a subir.

– Cristório, encosta mais, que eu vou voltar – disse Querente. – As pimentas da Índia apodreciam mais as estopas do que estas facas cortam os calafates.

Pulou nas ondas e começou a nadar para embarcar em *Chita Verde*. Chegou, pôs as mãos nas bordas, forçou até o peito e deixou o corpo curvar-se para cair no bojo da canoa. Só então lembrou-se de que deixara o facão na outra embarcação, que já estava morta, cheia d'água, sem governo, caminhando para os abismos. Só nesse momento viu o seu nome: *Rosa Cruz*.

Cristório nada disse. Querente voltava ao normal.

– Onde estamos? No baixio da Judia ou na Terra dos Fumos? Temos de fazer a justiça do mar.

Cristório matutou: "É como eu penso, o mar é do Diabo."

Começou a cair uma bruegazinha junto com o sol.

– Chuva com sol, seu Querente, casa raposa com rouxinol.

Da *Rosa Cruz* não se via mais nada. Só o horizonte.

Cristório resmungou:

– Moleque, me pagaste a desgraça de Jerumenho. Vai pras profundezas do inferno!

CAPÍTULO 18

Deusoline tinha vinte e oito anos. Ainda não encontrara casamento. Filha mais velha, dois anos aprendendo a ler, lavava peixe, costurava rede e ia nas festas de moças donzelas. Mas de uns anos para cá, oito noivados fracassados, ela começava a ficar com medo. Medo de virar titia. Não era feia; também não era bonita. Quando entrava no banheiro de palha, na beira do rio, costumava se examinar, percorrendo o corpo com a vista, e depois com a mão, sentindo o boleado das coxas, o recheio de baixo, os seios rijos de pontas grandes, os cabelos lisos estirados no pescoço e os pés grandes.

“Será que eu não caso por causa dos meus pés?”, ela indagava de si para si. “Ou por causa da sorte? Sou mulher bem-feita, não tenho barriga, minhas pernas são grossas, tenho as partes bonitas, os quadris largos, do jeito que todos os homens daqui apreciam. Por que ainda não casei?”

E ficava a pensar no banheiro, a passar as mãos acariciando todo o corpo, segurando os seios e se olhando.

Foi nesse tempo que lhe surgiu o Zé Donga. Pescador que trabalhava em canoas de zangaria, era da sua idade, moreno de cor aberta, falava pouco e tinha um olhar encabulado. O namoro começou numa ladainha de São Gonçalo, o das Moças, venerado nas redondezas. Coisa de gente nova, mas não tão nova, já conhecida das coisas. Os muitos namoros e noivados desfeitos davam a Deusoline a experiência dessas situações. Agora, mais madura, era ela que estimulava as intimidades. Não se fazia de muito rogada. Dirigindo-o para os escuros, encostava-se nele, apertando-lhe as mãos. Punha a cabeça nos ombros do rapaz, bem perto dos lábios dele, e perguntava-lhe coisas de afagos, espremendo-se para a frente, como se quisesse se aninhar. No entanto, era donzela. Ali, mulher nenhuma casava sem ser donzela. Ultimamente, vinha pedindo a Deus que a fizesse casar. Tinha receio de não encontrar marido, de ficar solteirona, sem filhos, fora da lei da natureza de juntar-se ao companheiro, como todos os bichos e todos os viventes. Às noites, passava horas acordada, sonhando. Eram sonhos de ajuntamentos. Coisas de homem com mulher. A primeira vez que tivera um desejo mais forte de juntar-se a alguém foi quando tinha quinze anos. Um parente menino, Alexave, foi passar uns dias em sua casa e com ela se deitava, quando os outros dormiam. Passava a mão no seu corpo e se mexia em cima dela, mas nunca passou disso, suscitando saudades e ânsias que não mais a abandonaram. Foi, portanto, um dia de grande alegria quando Zé Donga lhe disse, com decisão:

– Eu quero te pedir a mão e casar.

Foram palavras secas, sem grandes demonstrações.

– A hora em que quiseres.

– No mês de junho, nas festas de São João, o casamento.

– Mas quero que me tenhas antes como tua mulher.

– De jeito nenhum. Sou homem de respeito e jamais iria desrespeitar a casa do capitão Cristório.

– Não! – pediu Deusoline. – Eu quero te conhecer.

Zé Donga começou a suar e disse que não esperava tal proposta e que não tinha jeito de faltar com o respeito à família do capitão Cristório. Deusoline entrou a chorar e no seu choro sua mão buscava o corpo do companheiro, descobrindo-o todo no carinho e no desejo. Os dois saíram agarrados no rumo do mato fechado, em busca de lugar para o acasalamento, como as surulinas e os nhambus.

Debaixo de um pé de jaca, o chão coberto de folhas, ela deitou-se, retirou a calcinha. Seu coração se alegrava. Ia ser mulher, fugir da condenação. Não era só desejo, era também a curiosidade de descobrir as coisas que as outras mulheres já conheciam. Era o sonho e era a realidade.

– Vem, Zé Donga!

– Estou com medo de chegar gente, de sermos encontrados aqui. Tu és moça e eu nunca fiz isso com moça.

– Faça do jeito que você quiser. Eu não tenho medo.

Ouviu-se um barulho na estrada. Zé Donga recuou e tratou de correr. Depois, a terrível surpresa do acontecido.

Deusoline vestiu-se apressada. Colocou a calça de morim branco, sacudiu os cabelos, limpou-os dos pedaços de folha pegados neles, ajeitou-se e, recomposta, tomou o caminho de casa. Zé Donga há muito sumira, tremendo de medo, certo de ter sido visto. Deusoline, desencantada e frustrada, tinha sentimentos de ódio ao namorado.

– Deusoline, o que você está fazendo aqui? – a voz de Cristório era autoritária.

Ela saiu do mato, sem jeito, e disse:

– Vim apanhar caju e murici.

– E aquele homem que correu, não estava contigo?

– Estava.

– Quem era ele?

– Zé Donga.

– Aquele moleque com você no mato, sua sem-vergonha!

– Mas não fiz nada, sou moça.

Irado, o pai pegou num pedaço de pau e começou a surrá-la. Ela gritava por socorro e corria, perseguida pelo velho. Os vizinhos saíam de suas casas na estrada, surpresos com a cena.

– Que é isso, seu Cristório, surrando a Deusoline assim como se surra cavalo? – disse sua vizinha, Tudinha.

– Falta de vergonha, comadre.

Deusoline entrou pelo mato, fugindo. Cristório foi para casa.

– Camborina, temos uma filha puta debaixo de nosso telhado. Estava no mato mais o Zé Donga.

– Não insulte nem difame sua filha, Cristório. Que história é essa de ofender a menina como se ela fosse rapariga?

Cristório tremia de cólera e repetia sem controlar as palavras:

– É puta, e puta não mora na minha casa.

Anoiteceu. Camborina chorava. Já procurara a filha pelas redondezas e não a encontrara. Ficou com medo de que estivesse morta. O pai não dizia nada. Aos resmungos, procedia como se não tomasse conhecimento da agonia da mulher.

Assim passou-se a noite e amanheceu sem que ninguém dormisse. Camborina, aos prantos, pedia a todos os vizinhos que chegavam para procurar a filha. Não havia notícias delas. Foram atrás de Zé Donga. Também não foi encontrado. Sumira, e o escândalo tomou conta do arruado. Deusoline estava falada para sempre.

– Já estão ajuntados, Camborina. Deixa que pra mim ela já morreu, e morreu pra sempre. Desonrando meu nome...

Camborina não tirou os olhos dele. Ficou calada, mas interiormente tomou uma decisão:

"Vou me entregar a Querente, coisa que eu sempre quis fazer e não fiz. Deitarei com ele só para mostrar ao capitão Cristório que tem gente que sabe quebrar sua fuça."

Camborina era toda lágrimas. Seus outros filhos, também. Germana compartilhava da dor da irmã.

Nessa manhã, ela pediu a Querente.

– Querente, não vá hoje na pescaria. Fique aqui pra me ajudar a procurar Deusoline. Vá comigo na Maioba. Lá eles devem dar alguma notícia, porque todos os nossos caminhos passam pela Maioba e uma moça como ela não pode deixar de ter sido vista. Também não há notícia de Zé Donga, e Cristório não quer saber mais do assunto.

– Pois eu vou falar com Cristório e pedir pra ele arranjar um companheiro para amanhã ir em meu lugar.

E assim foi.

– Cristório – disse Querente –, eu vou ficar pra ajudar a Camborina na procura da Deusoline.

– Você não tem nada com isso!

– Como não tenho? Vi esses meninos nascerem todos.

– Ela tava com putaria com esse moleque. Se fosse coisa séria, devia casar. Ir pro mato é que eu não tolero.

– Mas eu vou ajudar Camborina.

– Pois vá, se é seu gosto.

– Amanhã, na sua saída, estarei aqui para ajudar você a levar os apetrechos para o mar.

Em cima das duas da madrugada, Querente já estava chamando Cristório, na hora da maré. Os dois foram para o Mojó. O substituto era Tucídio, ali mesmo do porto onde *Chita Verde* balançava. Colocaram a rede, o pote de água, os remos, o varal, a vela, e saíram. Querente voltou. Mesmo naquela hora, Camborina já o esperava na porta da casa.

– Entra, Querente, vem tomar um café.

– É muito cedo, Camborina.

– Pois é, mas é cedo que eu quero lhe falar.

– Pois diga.

– Quero me entregar pra você.

A coisa foi tão súbita e tão violenta que Querente ficou engasgado e foi com dificuldade que falou:

– Que desejo é esse, mulher, que nem bem teu marido saiu e tu já estás querendo fornicar?

– Você sabe que eu não sou mais criança. Sei o que quero e não tenho tempo de esperar.

Puxou Querente para dentro de casa, e foi levando-o para o quarto, num fogo que ele jamais pensara que ela tivesse.

– Eu não sei fazer essas coisas, Camborina.

– Pois eu sei.

– Olhe as pessoas da casa, Dona Germana e os outros, podem acordar.

– Mas vai ser hoje.

Era escuro, o dia ainda não começara a abrir de todo. Camborina logo estava nua, arrancando o vestido. Ela possuiu Querente. Ele desmaiou e ficou suspirando, como fazia nas canoas. Parecia o defunto que Maria das Águas vira no fundo da embarcação. Seu corpo foi esfriando, foi morrendo e por fim deu um suspiro mais forte. Camborina sentia o mesmo gosto do seu primo, o primeiro homem que conhecera. Depois, fora Cristório e mais ninguém. Agora, dominava-a um sentimento de vingança, um desejo reprimido que ela deixava fluir entre ressentimento e a redescoberta de um mundo que julgara estivesse morto. Querente tinha as partes quentes de um calor que lhe penetrava o corpo todo e ela sentia o vento, a estorcer os galhos dos cajueiros e o cheiro da castanha queimada, numa festa de odores e de saudade.

Querente morria.

Quando ressuscitou, saiu devagar e, lá fora, acusou-se:

– Diogo Lopes, tu és um canalha. Os soldados que te jogaram ao mar fizeram justiça.

Camborina estava feliz. Depois, quando os chicholas batiam as asas em sua rede, nas ausências do marido, ela fechava os olhos, sentia o vento fresco do bater das asas e se entregava, entre suspiros e desejos, ao gozo dos morcegos que visitam as mulheres dos pescadores que estão no mar.

CAPÍTULO 19

Cristório retomava as pescarias. Na canoa estavam quatro. Ele, Querente, Aquimundo e Zediga. Levavam bastante gelo e redes para estada longa. Uma maré até a ilha do Curupu, esperar a preamar, levantar o pano e demandar Cararaí, com vento norte brando. Se sobreviesse o vento leste, só restaria ir para Cinambutiua, no rumo do Mamuna. Quem não quiser ir para baixo é rumar para o pesqueiro do Guimorna, sul da barra do Anajatuba. No inverno o peixe pequeno vai embora e chega o xaréu, a gurijuba, a pescada, o uritinga e o camurim. É tempo, então, de esperá-los e ganhar uns bons trocados, já que no verão grande é forte o vento, grande o mar que castiga demais e o peixe vai para fora e as pescarias não rendem muito.

– Vamos na viagem, que é grande. *Chita Verde* está no ponto e toda equipada. Nosso caminho é firme e a água do Curupu é boa. Lá vamos encher o pote – disse Zediga.

– Minha sorte é que nessas viagens a gente nunca sabe quando a água é boa ou é ruim, depende dos apertos. Comigo sempre apodrecia e a metade das gentes embarcadas morria de disenteria – respondeu Querente. – Eu sei o que é água; vocês, não.

– Eu por mim já bebo pouca água e, se é inverno, sempre cai alguma do céu e a gente molha a boca – falou Aquimundo.

– Eu me lembro – voltou Querente.

O pano foi levantado e *Chita Verde* deslizava nas águas do igarapé do Timbuba, cruzando o Panaquatira e rumando para o Curupu, com muito bordejar. Na praia viram um moleque brincando de pegar siri. Tinha as pernas tortas e bateu com a mão, ao passarem. Zediga era forte, negro atarracado, de bunda larga e de mãos grossas e grandes. A cabeça ficava enterrada nos ombros e quando puxava a corda do pano era uma força só. Desenvolvera os braços e os músculos cortando mangue para vender para as caldeiras da Ulen, empresa que fornecia energia para a cidade de São Luís.

– Tirei tanto mangue na ilha dos Caranguejos e vi tanta assombração que já não sei onde é fogo ou onde é curacanga.

– Pois saiba, seu Zediga, porque eu por mim já vi muito fogo no mar, mas sei que curacanga vem zoando e o fogo fica parado sem correr atrás da gente – contrapôs Cristório.

– Fogo no mar, sempre é sinal – disse Querente. – Não sei se você se lembra, Aquimundo, que, quando Dom João III mandou fazer cinco naus para ir à India, a *Santa Maria da Barca* naufragou subitamente porque o arcebispo, tio de D. Luís Fernandes de Vasconcelos, fidalgo armador da nau, proibiu as festas que os pescadores da Alfama, em Lisboa, celebravam todo ano, para o santo do fogo do mar.

– Pois é – concordou Aquimundo. – Eram as festas em louvor de S. Pero Gonçalves, protetor dos navegantes e que socorria os mercantes na hora dos naufrágios. Se aparecia um fogo no mastro, lá em cima, era sinal de boa viagem, mas, se era embaixo, podia-se ter certeza de que vinha afundamento. Eu até participei de uma procissão para

Enxobregas, com muita festa, nas oitavas de Páscoa, com a imagem de S. Pero. A veneração era grande. Mas o arcebispo proibiu.

– Uma vez, quando eu estava na embarcação *S. Paulo*, perto de Costa da Guiné, apareceu um fogo no mastro do traquete e logo subiu um tripulante na gávea, para ver a cera verde, a marujada veio para o convés e gritava "Salva, corpo santo" – disse Querente.

– Fora de Portugal, S. Pero é Santo Anselmo. Essa presença de fogo no mar é velha. Vem desde os princípios na navegação dos abismos, dos antigos, dos argonautas – concluiu Aquimundo.

– Pois foi depois que eu fiquei cego com um fogo desses que ficam na proa da canoa, lá nos Caranguejos, e passei dez dias sem enxergar que eu conheci o que era ser bondade de gente – disse Zediga.

– De gente eu não sei, ou melhor, eu sei sempre, seu Zediga, mas de bicho e de peixe já achei muita. Os botos lá da croa do Canto são mansos de coração. Os bichos ficam parados e fazem graça só para a gente ver – afirmou Cristório, e acrescentou: – Que história é essa de fogo que vocês estão falando, Querente?

– Os botos também são gente boa. Ficam bufando e mergulhando, a gente fica parada e muitas vezes, se é alagado, eles empurram até a beira da praia, salvando do afogamento.

– Outra coisa que eu acho que não convém afugentar, e que é coisa mansa, é ave que chega e pousa na canoa. Não estranha a gente e serve pra fazer companhia. Se quiser comer peixe, deve-se deixar e não mexer com ela. A gente não sabe a missão que traz. Conheci um caboclo que deu uma pancada numa, matou e depenou. Deu uma febre nele, levou seis meses tiritando. Quando abriu os olhos, só enxergava o pássaro, parecido com um gavião, que abria o bico e vinha lhe furar os olhos. Sofrimento danado, seu Querente. Coisa de coisa que vive no mar. Aqui é melhor a gente não mexer com nada. Apareceu, olhou, esqueceu – sentenciou Cristório.

– Pois eu já nem alagados sei ver. Aconteceu, eu esqueço – declarou Querente. – Mas já comi muitos pássaros que pousavam nas naus que viajei, como manjar do céu. Eles chegavam anunciando terra perto ou estavam errantes no mar. Quando eu estava na nau *Garça,* pousaram por vários dias muitos garajaus, tinhosas e alcatrazes, que vinham das Maldivas. Nós os pegamos e por alguns dias foi a nossa comida. Nessa viagem muita gente morreu de escorbuto e disenteria. A água apodrecia. Tudo fedia. Havia bosta, ratos e pulgas em toda parte.

– Querente – interrompeu Aquimundo –, não me fale dessas coisas. Essas tribulações eram o sacrifício que os homens precisavam fazer para combater os hereges, levar Deus a essas almas malditas, dos sarracenos, cafres e turcos. Nós, portugueses, dominamos o mar. Conhecemos a cor das águas, descobrimos os ventos e as chuvas, as aves, as plantas do mar, os aparelhos de navegação, os mapas, as caravelas, carracas, fustas e fragatas, que possibilitaram descobrir o mundo.

– Mas era uma desgraça e eu ainda estou vagando por estes mares. Não consigo morrer e envelhecer. Você pelo menos envelheceu.

– Não é verdade. Morri velho. Eu era o piloto Aires Fernandes, seu Querente, o mais velho piloto das Índias, atravessei trinta e quatro vezes o Cabo da Boa Esperança e fui apontado por Dom Constantino de Bragança para acompanhar João Rodrigues de Carvalho na viagem de Francisco Barreto de volta a Lisboa.

– Eu também – afirmou Querente – viajei muito para as Índias e vi os holandeses chegarem, nos afastarem dos mares, porque tinham melhores barcos e já possuíam as nossas cartas. Só nos restaram Goa, Macau e Timor.

– Fomos da Terra Nova, no Ocidente, a Nagasáqui, no Oriente. O português era a língua dos navegantes, fomos os descobridores da Terra, de um polo a outro.

– Piloto Aires Fernandes, aqui o soldado arcabuzeiro Diogo de Seixas. Vamos chorar juntos as desventuras dos portugueses nos oceanos – convidou Querente.

– Eu choro Afonso de Albuquerque, na sua armada de dezoito barcos e vinte e cinco bustos para socorrer Malaca. Eu vi o navio *Amacau*, negro como a noite, a Nau do Trato, o *Goi-Shuin-Sen*, brilhando mais do que a louça da China, saindo para o Japão, com nossos padres para propagar a fé de Cristo e vender sedas e cravos – delirava Aquimundo, acrescentando: – Aqui também nós chegamos e trouxemos a bandeira de Cristo nas caravelas portuguesas. Vimos atrás de Dom Sebastião, encantado, aqui, nas praias dos Lençóis, terras do Maranhão.

– Só restou o Brasil e o açúcar, com o terror dos navios negreiros, tráfico que os ingleses nos ensinaram a fazer. Meu arcabuz nunca foi usado para caçar negros. Não quero ver mais navios de escravos – encerrou Querente.

Chita Verde navegava. O céu e o mar já estavam juntos e a terra estava longe. Foi assim um dia inteiro. A canoa era boa e aceitava a cana do leme com leveza e mão branda. Ficava melhor quando Cristório comandava. Aí ela ficava faceira. Entrava no rebojo da água e saía com a proa estourando espuma e água em todas as direções. É verdade que, como era bojuda, balançava e bolinava mais, toda se requebrando, ora encostando as bordas de um lado, ora de outro, metendo água, e obrigando os homens a esvaziá-la. A tarde foi morrendo com eles já passando perto da ponta do Itaúna, ao largo da ilha das Pacas e embicando para a ilha dos Caranguejos.

– Nós temos que fundear do lado de terra, porque não se pode dormir na ilha dos Caranguejos, onde há risco de assombrações. Ali é lugar de alma penada.

– Também não se pode pernoitar em igarapé, é perigoso. Tem muito fogo de visagem perdida que não faz outra coisa senão brincar com a noite. E muito pescador já encontrou a morte nessas paragens.

Cristório resolveu rumar para a boca do rio Aurá e ali passar a maré, para no dia seguinte pescar na ilha dos Caranguejos.

Com a chegada da noite, fundearam. Prepararam uma peixada e se deitaram.

– O dia foi comprido, e o mar não estava tão ruim. O vento já quebrou.

Cristório já dormia. Roncava, enrolado no fundo, perto da popa, a vencer a noite até o sol aparecer. Ninguém sabia que Zediga era puxador de diamba. Passou um ventinho cheiroso e ele, na proa, tirava seu trago.

– Rapaz, eu não sabia que tu gostavas da filha da velha Zamba – disse Querente.

– É só pra espantar o frio.

E logo se acomodou. A noite avançava. Era escura. A maré vazava. Dominados pelo cansaço e pelo sono, todos dormiam. O vento soprava leve, o cheiro de lama vinha de longe e os manguezais balançavam na costa. *Chita Verde* estava no seco, maré baixamar.

– Valei-me, meu Deus Pai!

Foi um grito tão grande no meio da noite que varreu a baía de São Marcos e se espraiou nas quatro direções.

– O que foi? – perguntou Querente, assombrado com o grito.

Cristório acordou.

– Zé do Casco!

– Zé do Casco?

– Olha ele ali.

Na proa da canoa estava um vulto preto retinto, de lombo brilhoso, meio sombra e meio gente.

– Quem está aí? – perguntou Cristório.

O vulto sumiu.

– O bicho ia me pegar, se eu não fosse ligeiro. Joguei-me no fundo da canoa e gritei. Ele já estava pronto.

Zé do Casco era o preto assombração que perseguia os pescadores, tentando violentá-los. Era seu vício quando vivo; e morto a facadas numa pescaria, reaparecia para saciá-lo. Muitos pescadores tinham sido vítimas dele.

– Rapaz, você teve sorte. Esse Zé do Casco não deixa ninguém escapar. Eu não sabia é que ele surgia por estas bandas e não somente na baía de São José de Ribamar – disse Cristório.

Ao longe, na baía de São Marcos, passava um navio iluminado.

CAPÍTULO 20

Havia muitos anos que *Chita Verde* era a sua canoa. Cristório tinha a embarcação como parte de sua vida. Ela já conhecia o seu braço. Com ela atravessara muitos dias e muito trabalhara. Com ela viajara em muitas baías, noite e dia. A lembrança mais triste fora a da ilha dos Caranguejos. Eram três os tripulantes. Crisanto, Crisantino e ele. Iam tirar mangue para vender no Filipinho, em São Luís. A pesca estava ruim, havia muito vento e a maresia estava maltratando demais.

Na ilha dos Caranguejos, não vivem macacos nem guachelos. Só pássaros: guarás, garças, gaviões. Ali dormem, certos de que não serão incomodados pelos homens. A ilha, também, tem a fama dos seus mistérios. Sempre foi um lugar perigoso, onde não é bom passar a noite e ninguém pode tocar num bicho. Aparecem assombrações e muitos canoeiros lá morreram. Cristório, sabendo disso, chegando no fim da tarde, fundeou a *Chita Verde* do lado do continente, em terras do Cajapió. E se apresentaram para o pernoite. Sendo um lugar conhecido dos pescadores, encontraram umas quatro canoas, de gente que arrastava camarão, botava rancharia para torrar e fazia base para ir no dia seguinte à ilha dos Caranguejos, rica em peixe e crustáceos. Só não se podia era dormir nela.

Eles fundearam num igarapé bem junto. Crisanto e Crisantino logo dormiram e Cristório ficou ruminando: "Germana é mais mulher do que Camborina. Ela não se manifesta, mas eu com o tempo tenho me afeiçoado mais ao seu jeito. Os dois filhos que eu tenho com ela são homens de trabalho e sempre me dão muita consideração. Manuel e Manuel João são homens de mão cheia. Foram para a cidade e têm seus empregos. Quando vêm em casa trazem sempre presentes para a mãe. Mas Germana anda muito calada, mais do que antes, e outro dia me pediu pra voltar pro Guarapirá. Eu ainda me lembro do cheiro do óleo de copaíba que Camborina lhe untou entre as pernas, na noite do meu casamento. Ela só disse uma frase: 'Seu Cristório, não diga nunca a ninguém que eu me deitei com o senhor.' Mas depois, quando ela emprenhou, como esconder? Se todos já falavam e diziam: 'Cristório é como xexéu, no ninho tem que ter duas fêmeas.'"

Ele cumpriu o pedido dela. Jamais declarou que tinha deitado com ela. Os outros que soubessem de outro jeito. Pela sua boca, não. Antão Cristório era homem de palavra. Quando ela apareceu de barriga, Camborina lhe disse:

– Você aprendeu bem o caminho.

Cristório não respondeu. Ela voltou:

– Mas eu gosto muito de Germana. É como se fosse eu. Às vezes penso que nós duas somos uma só pessoa.

Esta frase ficou para sempre na sua cabeça.

Lembrava-se muito bem de uma certa manhã já distante, começando a nascer. Levantou-se bem cedo. Vestiu o calção e saiu do quarto. Foi ao quintal. No taipá fez suas necessidades. Retornou à cozinha. Lá estava Germana, acendendo o fogo. Há dois anos ela chegara com sua irmã e dali não se afastou nem teve outra vida senão a vida da casa. Cristório sempre a olhava e ela baixava os olhos, sem fitá-lo.

– Bom dia, Germana.

– Bom dia, seu Cristório.

– Germana, eu já estou pensando, desde que você chegou, que você tem de ser também minha mulher.

– Pois sua eu já fui.

– Tá arrependida?

– Não estou não, seu Cristório. Era meu destino.

– Pois comigo não foi só destino, eu me ajunto mais de você do que da Camborina.

– Não diga isso, seu Cristório, senão eu vou embora.

– Pois digo. Eu sou assim mesmo. Quando navego não vejo mar. Você tem de ser minha.

– Sua eu já fui, seu Cristório. E eu jamais farei qualquer coisa na vida sem dizer pra minha irmã. Nós somos duas, mas sempre fomos uma.

– Pois diga, Germana, e diga o que eu lhe disse…

Cristório foi pegar os apetrechos de mar. Voltou para tomar o café e passou a mão nos cabelos da cunhada.

– Você tem cheiro de incenso.

Cristório também recordava um entardecer em que foi até o saco onde guardava suas roupas. O calção de pescaria, as camisas de trabalho, o dólmã de visitar a Vila do Ribamar, nas festas do santo, domingos e feriados. Sentiu nelas um aroma bom de água seca e de patchuli.

– Quem está lavando minhas roupas, Camborina?

– É Germana.

Cristório ficou matutando e foi direto procurar a cunhada. Ela estava no jirau da cozinha, enxugando as panelas.

– Germana, melhor do que o cheiro das roupas é teu cheiro.

Ela apenas baixou os olhos. Anoitecia.

Depois, soube o que acontecera entre as duas. Germana tinha ido a Camborina:

– Minha irmã, quero te contar uma coisa. Tu sabes que eu jamais faria qualquer coisa que tu não soubesses. Seu Cristório veio me dizer que quer deitar comigo.

– Contigo ele já deitou.

– Foi o que eu disse pra ele.

– Pois, se for do teu gosto, deita. Da primeira vez, foi do meu gosto, desta vez é do teu.

– Pois eu estou com gosto, mas, se tu não quiseres, me diz, que eu vou embora. Não posso ficar é com ele querendo, eu dizendo que não e tu sem saberes de nada. Não faço isso contigo.

– Pois faz, minha irmã. Nós sempre fomos uma só. Se o homem é meu, é teu também.

– Mas tu não tens tremorços?

– Não, não tenho, não.

Naquela noite, Cristório voltou da pescaria, altas horas. Tomou o seu banho na cacimba do quintal. Olhou o céu e as estrelas, foi à cozinha, pegou o abano e atiçou o fogo. A panela com o peixe, uritinga de carne branca, já estava temperada com cheiro-verde, cebolinha e tomate. Pôs sal. Colocou no fogo, puxou um cigarro, acendeu-o e começou a esperar pela comida. Foi ao armário de caixão velho, abriu o saco de farinha-d'água e colocou umas três mãos num velho prato de ágata, já desbotado e machucado pelos anos. Destampou a panela. Começou a tirar o caldo quente, para fazer o pirão. Pouco a pouco, a farinha embolava. Depois, foi tirando um pedaço daqui, outro dali e por fim a cabeça. Gostava de chupar cabeça de bagre. Lentamente, jantou. A casa era um silêncio. Os dois filhos dormiam, e também a última, Varizina, há pouco nascida. Lavou as mãos. Foi para o quarto.

– Camborina, já cheguei.

– Já ouvi, Cristório, desde o barulho da tua entrada.

Deitou-se na rede dela. Passou-lhe a mão nos seios e quis levantar-lhe a saia.

– Cristório, eu pari há pouco tempo. Isso pode me fazer mal e me apostemar.

– Você já tem mais de mês da parição e isso não faz mal. Você não vê as éguas, que numa semana já têm cavalo em cima? A natureza é assim. As pessoas é que botam essas coisas na cabeça.

– Não é, não, Cristório. Ainda não fiz quarenta dias. Vá deitar mais a Germana.

– Que conversa é essa, Camborina?

– Ela já me contou e eu estou de acordo. Somos duas, mas somos uma só e ela já deitou com você.

Cristório levantou-se. Deixou um beijo na testa de Camborina e foi ao quarto de Germana. Ela dormia. Sacudiu-lhe os pés. Ela acordou e no escuro perguntou: "Camborina?"

– Não, sou eu, Cristório.

– Seu Cristório?

– Sim.

– Meu Deus, o que o senhor veio fazer?

– Você já sabe e Camborina me mandou.

– Eu disse aquilo, mas não tenho coragem.

– Germana, aquela noite eu naveguei como se numa canoa que não fosse minha. Eu hoje vou navegar com uma rede nova, um remo pintado e um pano azul, numa canoa em que sempre desejei pescar.

– Não me toque, seu Cristório.

Suas mãos já deslizavam naquele corpo rijo, com os seios duros e as pontas longas. Suas coxas eram tateadas com o óleo do escuro e lentamente o mar foi crescendo, e as ondas, subindo. Um mar revolto em que tudo balançava, desde a alma até os pés. O odor do pé de estrelas que crescia junto à janela penetrou no quarto.

– Seu Cristório, há dois anos eu só penso naquela noite em que me entreguei e fui mulher e não fui. Eu, hoje, quero que você me faça os agrados que não me fez. Me ataque, seu Cristório. Eu e minha irmã.

As mãos de Cristório sentiram o macio dos seus cabelos, a dureza de manga-rosa de sua pele, que ele amaciava como se pegasse o vento. A madrugada continuava e só terminou quando a luz do dia começou a mostrar as linhas daqueles quadris jovens e a cor daquela borboleta de asas negras que voava parada com a força de todos os desejos. Era um campo macio, de plumagens cheias, capim de marreca, pena de surulina.

Cristório não disse adeus:

– Amanhã, me espera na maré da noite. É maré grande de agosto e lua nova.

Quantas noites voltara a sua rede, nessa posse da vida inteira? Agora, após tantos anos, a lembrança daqueles tempos lhe queimava a consciência. Julgava-se com deveres para com a cunhada, cuja vida tinha sido toda de uma família só. Por isso, cogitava:

"Estou pensando em fazer uma casa perto da nossa pra Germana. Pois ela é uma santa, mas e eu morrendo não sei se ela quer ficar naquela zoadeira dos meninos e netos. Afinal, velha quer sossego. Ela só me deu alegria a vida toda. Nunca me negou nada, nunca me cobrou nada, nem me perguntou por nada. Foi minha mulher sem ser e foi mais minha do que Camborina. Germana é uma pessoa diferente. Quando pariu, me perguntou: 'Seu Cristório, como é o nome do menino?' 'Manuel', respondi. 'Pois, Camborina, traz o Manuel pra mamar.' Germana deve ter uma casa. Eu vou comprar um sítio pra ela. Mas será que Camborina deixa ela ter casa? Elas nunca se separaram, de manhã até de noite ela só faz dar ordens à irmã. 'Faz o café, recolhe a rede, limpa o terreiro.' E de noite: 'Arma a rede, coloca querosene nas lamparinas.' Quando ela ainda era mais nova, foi ao Guarapirá visitar os parentes. De Camborina eu não tenho ciúmes. De Germana eu fiquei todo cabreiro. 'Você não deve demorar.' 'Eu volto com Camborina.' 'Mas se ela ficar, você deve voltar. Você sabe que a casa precisa mais de você do que dela.' "

Cristório pensava assim e o tempo corria. Uma lua pequena se refletia no igarapé. Os companheiros já roncavam e iam longe no campo do sono. Ele continuava acordado. Foi quando viu um padre em pé, bem na proa da canoa. Estava de batina preta, era alto e magro. Seu rosto podia ser visto no reflexo da luz da lua e era de um amarelo macilento e oleoso.

– Crisantino – chamou Cristório –, acorda.

Puxou a cabeça dele, que estava a meio lance de sua mão. "Olha ali." Crisantino acordou meio tonto ainda. "Olha um padre na proa!"

– Padre? Cadê o padre?

– Ali. Olha, está parado e olhando para nós.

– O que eu tenho com padre? Já sou batizado.

– Fala baixo. Acorda, Crisanto. Crisanto, olha o padre.

– Que história de padre?

Era perto da meia-noite. Ouviu-se um estrondo no mangue, como se uma árvore grande tombasse abrindo vereda no meio do mato fechado. Cristório gingou o corpo para fora, pensando que ia cair da canoa.

– Esse pau, se caísse na embarcação, matava e afundava. Caiu bem perto. Pelo estrondo deve ter sido bem grande – disse Crisantino.

O padre não se mexeu. Como estava permaneceu.

– Aqui não tem ninguém pra batizar – disse a ele Crisanto. – Vai embora.

Incontinente, deu um grito forte:

– Ai, que dor horrível na cabeça! Minha cabeça está arrebentando! Socorro, Cristório!

– É o padre de quem você mangou – disse Crisantino, acrescentando: – Eu também não tenho medo.

Mal acabara de falar, gritou:

– Ai!, socorro, Cristório, socorro! Minha cabeça também está arrebentando.

E se jogou no fundo de *Chita Verde*. A canoa balançou. Cristório já a conhecia. Ela queria dizer alguma coisa. O padre desapareceu. Cristório foi à frente, puxou o ferro e manejou a voga para tirar a canoa dali. Não conseguiu. Encheu-se de pavor. Os dois companheiros estavam caídos no fundo e ele não sabia o que estava ocorrendo. Só havia uma solução: esperar a chegada do dia e ver o que se passara com os amigos.

Cristório deixou a claridade do sol chegar e examinou Crisanto e Crisantino. Pelo jeito, estavam mortos. Caminhou até o mangue, onde ouvira cair o pau e não encontrou nenhuma árvore derrubada. Era o mistério.

Apanhou de novo a voga e remou no rumo da boca do rio. Deu uns gritos, para atrair a atenção dos outros barcos que estavam na rancharia. Ninguém respondeu. Continuou remando até que conseguiu ser avistado e pediu ajuda. Encostou uma igarité de nome *Bate-Banha*, da área do Coqueiro, no estreito dos Mosquitos.

– Que que há?

– Os meus companheiros morreram de assombração.

– O quê?

– Estão aqui e eu não sei o que fazer.

– Homem, conta essa história direito.

Os tripulantes da igarité o olharam desconfiados.

– Como foi mesmo essa história?

– Foi a visagem de um padre. Apareceu na canoa e eles mangaram dizendo "aqui não tem ninguém pra batizar". Na mesma hora tiveram uma dor de cabeça grande e morreram, gritando por socorro.

– Olha, como é teu nome? Cristório? Olha, Cristório, nós vamos ter de ir para a cidade e chamar a polícia. Afinal, dois homens mortos na tua canoa é caso de polícia.

– Não é esse o caso.

– É que você é o responsável por essa história. Nós não vamos botar os corpos na água para peixe comer, vamos é levar eles e entregar à polícia. Ela é que sabe o que vai fazer.

– Mas o senhor não está achando que eu tenho culpa nesse assunto? Eu sou conhecido como capitão Cristório, homem de muita palavra.

– Esse não é o caso. O senhor vai ter de explicar à polícia.

Cristório ficou triste. Olhou Crisanto e Crisantino. Estavam com a boca aberta. Ele foi fechá-las. Os olhos estavam inchados, mas cerrados.

– Como foram essas mortes?

– Foi assim...

Cristório começou a relatar a história do padre e tudo o mais. O delegado indagou:

– Foi o padre quem matou os homens?

– Não, foi o engonço!

– Que engonço?

– Não sei.

– Recolham o homem ao xadrez e mandem os corpos para o Instituto Médico Legal. Os doutores Crisanto Azevedo e Pedro Neiva é que vão dizer de que morreram.

Os guardas conduziram Cristório para a cela. Ele entrou e se sentou no chão. Havia mais duas pessoas: um ladrão de cavalos e um rapaz que tinha esfaqueado a mulher.

– O que é que você fez? – perguntou o ladrão de cavalos.

– Nada – respondeu Cristório. – Fui tirar mangue e meus companheiros de barco morreram.

– Está de conversa, velho? Você matou eles.

– Eu? Por que ia matar eles? Eu só mato peixe.

– E como eles morreram?

– Foi um padre!

– Um padre? E esse padre não veio pra cá?

– Era encantado.

– Alma não mata ninguém. Essa história não está bem contada.

Cristório não dormiu. Às cinco horas da manhã chegou o comissário. Levou-o para o pátio e ordenou.

– Tira a roupa.

Cristório obedeceu. Em seguida, pegou uma lata d'água e ameaçou:

– Confessa o que tu fizeste com teus companheiros, senão eu te dou um banho de água fria.

Esse era o método usual de interrogar. Com água fria de madrugada todos confessavam.

– Moço, eu não matei ninguém.

E aí veio a lata de água. Cristório tiritou e repetiu:

– Eu não matei ninguém. Foi o padre.

– Como o padre?

À falta de confissão, o delegado soltou as serpentes e os jacarés. Abriram as caixas e os bichos começaram a andar no pátio. Estavam muito tempo presos e acostumados àquele cerimonial, do qual não sentiam medo.

– Este jacaré só come ovo de preso! Teus colhões estão gordos. Se você não fala, ele vai ter comida.

Cristório ficou pensando: "Em que diabo de desgraça eu me meti." Mas não teve medo. Estava nu, ajoelhou-se e encostou-se na parede:

– Comissário, eu não matei ninguém. Sou o Capitão Cristório, homem de palavra.

O comissário não estava com disposição para muito trabalho. Encerrou a encenação e disse:

– Pode se vestir. Vamos esperar a palavra do Dr. Pedro Neiva, capitão de nada.

"É", pensou Cristório, "eu não tenho sorte com esse negócio de lenha. É a segunda vez que eu me estrepo. Da primeira vez foi aquela alagação danada."

Lembrou-se de uma outra viagem em que foram cortar mangue. Saíram do porto do Bonfim. O mestre do barco era um rapaz do Araçagi e chamava-se Betibo.

Jogaram o lastro fora e saíram com a canoa vazia. Na volta, vinham carregados, cheios de mangue. A canoa se chamava *Costeira*. Eram, mais ou menos, dez horas da noite, quando passaram no Boqueirão. Numa correnteza passante, a maré vazava. Escutaram, surpresos, no meio da escuridão, um resto de voz a pedir socorro.

– Tem alguém alagado!

– Olha aí!

Estava perto da beira do barco.

– Joga a corda, Cristório.

Jogaram. Na escuridão, a corda esticou. Alguém tinha segurado firme.

– Aguenta que nós vamos rebocar.

– Baixa o pano, Baixinho, pra canoa parar e tirarmos o alagado.

Trouxeram um homem preto, sessentão, nu, e o acomodaram na canoa. A sina de pescador é de sempre achar alagado ou de ser salvo como alagado.

– Eu me afoguei na maré da tarde, já fui levado por ela até quase o Tauá Redondo e agora na noite ela me trouxe de volta até aqui. Eu e outro companheiro, Berinheiro, que eu não sei por onde anda. Nós estávamos pescando perto da ilha do Rochedo e a maresia nos pegou de tranca e não houve jeito, virou a canoa.

– Vamos dar um calção para ele vestir e um café bem forte – disse Cristório. – O negro tiritava de frio. Já estava com a cara inchada do baque das ondas. E o diabo foi quando nós chegamos na Ulen, em São Luís. Jogamos o mangue em terra, conferimos com o anotador para receber o dinheirão no dia seguinte e fomos levar o desgraçado em casa. Quando chegou lá, entrou, e nós já íamos saindo quando se ouviu o grito.

– Que vergonha! Vou te matar!

O homem encontrou a mulher dormindo com outro homem, que espirrou nu pela porta da frente e o preto alagado atrás dele com um pedaço de pau. O dia amanhecia, a mulher também espirrou e o homem perdeu a roupa e a mulher. Voltamos para o barco.

– Eu não tenho sorte com negócio de madeira. Nunca mais vou mexer com isso, pois mexi e não deu certo.

Cristório recordava essa aventura no xadrez. Dez dias depois foi liberado. O corpo de delito não apresentava nada de suspeito. Nenhum indício de violência: os dois pescadores tinham morrido de derrame cerebral. Na saída, o delegado ainda lhe perguntou:

– O senhor não tem nada a acrescentar? Os homens morreram de sangue derramado na cabeça.

– Foi o padre.

– Que história de padre é essa, rapaz. Você meteu esse padre na cabeça e não tira.

Por muitos anos, ainda houve quem pensasse, ao ver Cristório passar:

– Aquele homem matou os companheiros de pescaria.

Com os tempos, porém, esse fato foi esquecido.

De regresso ao Mojó, Camborina o avisou:

– Maria do Céu saiu de casa. Fugiu mais o Armindeu.

– E você não foi atrás dela?

– Fui e dei parte ao delegado do Paço do Lumiar. Vai casar na outra semana. Está na casa do pai dele.

– Não quero nunca mais ver ela.

– Conversa, Cristório. Você não me roubou e à Germana? Ela segue o que as moças daqui fazem. Falei com ela e me disse que já está prenha. Antes que descobríssemos, ele a roubou pra casar logo.

Cristório entrou no seu quarto. Em um dos cantos estava, de cócoras, Batesta, que já morrera. Branca como a lua. Os olhos grandes abertos:

– Pai, deixa a Maria do Céu em paz. Pior fui eu, que fiquei menina eterna.

Cristório viu que a filha era feita de vento. Lembrava-se do seu caixão branco carregado na procissão das crianças que acompanhavam os defuntos crianças nas praias. Enterro de criança não se chora. Elas nascem aqui para morrer.

– Filha, você tem visto Jerumenho?

– Ele está no sítio de São Francisco, perto da Lagoa da Jansen. Ajuda a dar comida aos passarinhos.

Camborina entrou no quarto. Batesta sumiu.

– Que é que você está fazendo, com essa cara de bagre, parado aí no meio do quarto?

– Estou conversando com Batesta.

– Você está é ficando doido! Será que na prisão você ficou de moleira mole?

Germana também veio.

– Seu Cristório, o que houve com você, mesmo? Eu estava tão preocupada que há uma semana não durmo. Mas eu sabia que a Virgem Maria traria você de volta a nossa casa.

Duas lágrimas escorriam em seu rosto queimado.

CAPÍTULO 21

Dias depois da prisão, Cristório foi ao mar. Chamou Querente e Aquimundo:

– Vamos ao mar oceano. Uma semana de pescaria. Deixar o pano cheio, a canoa correr, recuperar o tempo que passei na cadeia.

Embarcaram. *Chita Verde* estava ficando velha. O calafate já tinha de ser mudado de poucos em poucos meses. As tábuas exibiam as ranhuras do tempo. Velhos também os bancos castigados pelas águas salgadas e pelo sol. Não era mais aquela canoa que, fogosa, dominava todas as condições da água e do vento.

Querente era o mesmo. Mantinha os seus vinte e cinco anos, e Cristório, mais novo do que ele, no dia em que surgiu na Risca, estava velho e cansado. Velho permanecia Aquimundo: a barba branca e longa e o rosto encolhido e caraquento igual a pele de calango. Partiram barra afora. O mar estava forte, era agosto, mês em que as marés são as maiores do ano e fazem a lua maior ainda. Largaram a linha de terra. Nada se via a não ser o mundão das águas. *Chita Verde* encardeava para estibordo, forçada pelo vento. Os três viviam o prazer das águas. Aquimundo, que guardava o linguajar antigo dos marinheiros, quando começava a anoitecer, estabeleceu:

– À prima, dorme Cristório; à madorna, durmo eu; e à alva dorme Querente.

Os outros não discordaram.

– Cristório – disse Querente –, vou embarcar qualquer dia destes em um navio que aparecer. Quero voltar aos mares índicos. Quero ver a Goa Dourada, as muralhas de Diu. Não quero voltar a Portugal. Sou um português do mundo português. Trabalhei em Mafra, quando Dom João III transformou o ouro do Brasil em pedras de um convento.

– Eu também não saí do mundo português. Eu estou no tempo do perigo das navegações. Eu durmo pensando em retomar Malaca dos holandeses – disse Aquimundo.

– Vocês continuam nessa conversa besta. Vamos na nossa pescaria, gente.

– Eu sei do lugar onde passam esses navios antigos – disse Aquimundo. – Você não quer ir conosco para atravessar o Cabo em busca do Ceilão, Cristório?

– Que diabo de história é essa? Sair daqui? Eu não saio do Maranhão. Se a minha alma tiver vergonha, ficará aqui para sempre. Em lugar nenhum do mundo existe este vento azul, essa terra de fartura.

Chita Verde avançava, e avançava a noite. Querente no binabô e Aquimundo sentado no banco do mastro.

Aos poucos começaram a surgir luzes, no princípio isoladas, como lâmpadas acesas na escuridão, depois foram se juntando e formaram uma fileira imensa que parecia não acabar. Cristório já não se espantava com as visões. Era um mar de navios dentro do mar. Foi-se aproximando uma caravela que se desviou das outras, com todos os panos abertos, enfunados, com uma moneta no papa-figo. *Chita Verde* estava enfim de roda.

O navio ficara rente à canoa. Seu nome pôde ser lido: *Vitória*. O trato das horas foi interrompido. Cristório acordou Aquimundo, ele que sabia de tudo, para saber daquele barco.

– Como é o nome desse navio? – perguntou Cristório.

– Já disse: *Vitória*. É o único que restou da expedição de Fernando Magalhães, que morreu na ilha Mactau, nas Filipinas. Elcano, um marinheiro sem expressão, continuou a viagem e, após três anos, com apenas seis homens, entrou de volta na baía de Sanlúcar. Viajou quase vinte mil léguas, contornando a Terra, e confirmou que ela era redonda. A nave estava destroçada, cheia de tragédias, doenças e letargia!

– É um navio eterno – disse Querente, acrescentando: – Aquele cadáver pendurado na proa é o de Mendonça, que teve medo de continuar a viagem. Magalhães matou-o, degolou seu comparsa, Quesada, e deixou-os à mostra, para pavor dos marinheiros e para evitar motins.

O mar estava cheio de luzes baças. Havia outro navio de fogos, soturno, de velas negras, de que saíam ranger de correntes, sons de chicote e de gemidos. Aquimundo levantou-se e gritou:

– Essa é a miséria que os ingleses nos ensinaram: o sofrimento dos pretos, a venda das almas, o navio da desgraça, o navio negreiro. São as vergonhas do mar. O cheiro de podridão vem da maldade dos homens. Nossos navios eram a beleza das águas, e nosso rei, Dom Manuel, foi o primeiro monarca da Europa a ter elefantes. Quatro machos e uma fêmea. Deu um de presente ao papa Leão X.

O navio negreiro passava. Gemendo como se na eternidade continuassem os seus pecados.

Passava outra caravela, pequena. Na proa, um velho de cabelos longos, com a mão protegendo os olhos, buscando divisar o infinito. Tem uma expressão de loucura e desejo. Vai emprenhar as índias e cobrar na eternidade, dos reis de Espanha, suas descobertas.

– É Colombo, na sua alucinação de encontrar as Índias – disse Aquimundo.

A procissão das luzes continuava. A noite e o mar se entrecruzavam de sombras, tochas, lampiões e fogos azuis. Proas se levantavam, velas de ventos zumbiam, escutavam-se gemidos e roncos de monstros e homens. Bem perto uma esquadra, de vinte e seis navios, e, na capitânia, um homem com todas as suas roupas de gala, espada na cintura.

– Essa esquadra é de Francis Drake, que está no comando. Vai saquear Cartagena. Esse homem passou a vida navegando em todos os oceanos. Morreu no mar. Seu corpo está nos fundos dos oceanos. Deu um tiro de canhão para derrubar a torre da catedral de Cartagena das Índias porque lhe chamaram pirata – disse Aquimundo.

– E era pirata – confirmou Querente.

– Pirata era Lorde Cochrane, que pilhou São Luís do Maranhão, levando joias, ouro e prata – respondeu Aquimundo.

– Atrás deles, vêm outros navios. Veja, Querente, não são bojudos, como as carracas portugesas, são finos e velozes. São barcos holandeses. É Janzoon e Tasman. Gente cruel, navegaram por todos os mares e destruíram as colônias portuguesas. Viveram saqueando. Andaram nos mares gelados. Seus navios são frios e suas velas têm o cheiro de baleias mortas – prosseguiu Aquimundo.

E as assombrações passavam. Aquimundo, excitado, olhos em todas as direções, a todos procurava na magia de descobrir velas.

– É o navio de Dampier que pisou na Austrália, com a alma de corsário e o espírito das descobertas. Junto a ele vem o *Centurion*, do almirante inglês Anson, gente que soube até aonde ia a Terra – continuava Aquimundo na sua possessão.

– Querente, olha lá o *Endeavour*. É James Cook, que recusou a comida dos deuses do Havaí e foi assassinado pelos nativos. Mas aí está seu barco, com pintores e botânicos. Cruza todas as direções, do Alasca até o cabo Horn, em busca do oceano austral – disse Aquimundo, acrescentando com visível alegria: – Aquela outra caravela vem do fundo do mar. É do francês Lapérouse. Até hoje ninguém a encontrou. É *La Bussole*. Afundou, ninguém sabe onde nem como.

O mar era uma noite de luzes. Milhares de barcos singravam nas sombras. A alma de todos os marinheiros. Saudades de portos, restos de tempestades, naufrágios e o gosto de não mais voltar. Todos passaram. No horizonte aberto, de novo uma vela.

– O Grande Navegador, maior de todos do mundo, ali vem. É Vasco da Gama! E Fernando de Magalhães também era português e roubou todas as cartas náuticas e os instrumentos que eram nossos. Esse é um mundo em que ninguém mais viverá. Ouvir os monstros que guardavam os oceanos e dominá-los, enfrentar as bocas de inferno dos ventos e das tempestades.

Aquimundo chorou, levantou-se, parecia subir aos céus. Era a imagem de um tribuno possuído pelo tempo. As barbas e o rosto iluminados na noite pelos olhos de todos os dragões do mar. Suspendeu os pés e os braços e gritou:

– Salve, grande Vasco da Gama!

A nau passa. Na gávea, como um Deus, no traquete maior, um velho de barbas aparadas em redondo, chapéu preto de abas quadradas, com as condecorações e o bastão, tendo na mão o globo. Ao seu lado, o infante Dom Henrique, com seu chapéu negro, e um lenço caído no ombro, Dona Joana e São Vicente.

– Veja – disse Querente – como é fantástica a procissão dos navegantes. Eu quero voltar e descobrir novas aventuras e terras. Deixei um amor em Coxim. É uma indiana de cabelos longos e olhos de cabra.

Querente fez a grande descoberta. Longe, majestoso, tranquilo, um navio de casco negro, com três mastros grandes, belas enxárcias de cordas multicores. Na proa, três carrancas de dragões do Oriente. O castelo de proa é muito alto. Dispõe de cinco lances com arcadas de madeira abertas para o mar. Nos dois bordos, grandes e trabalhados paus de giba que avançam para fora. A gávea da frente é dourada e, na ponta, uma cruz. Sentado no camarote de proa, de costas para o mar, olhos no traquete, está o capitão-mor da Nau do Trato, de sandálias brancas, meias pretas e roupa de seda com motivos de flores e dragões, dourados e azuis, calças fofas, camisa larga com golas de plissado e colete de cetim vermelho. Marinheiros o abanam com grandes leques. No castelo de popa erguem-se cinco níveis onde estão os padres e os mercadores. Carrega prata, louça da China, sedas de todos os tipos e vai atrás de cristãos, especiarias e prata. Sai de Macau uma viagem a cada três anos. Foi nele que São Francisco Xavier transformou a água salgada em água doce.

Nada há mais belo sobre o mar que o Navio do Selo Vermelho de Agosto que navega eterno, o *Amacau*. Ele é uma luz e não é. Dourado e prateado. Suas velas são de seda e seus marinheiros vestem-se de cetim. Não navega… levita… Esse navio era o sonho do mar.

– Chegou nosso dia, Querente! – gritou Aquimundo. – É o *Amacau*!

– Vamos embarcar e incorporar-nos a sua tripulação. Passaremos o Cabo, o estreito de Malaca. Navegaremos pelo mar de Macau, China, e Nagasáqui.

Deliravam. Os dois arrojaram-se ao mar e desapareceram nas trevas das águas, e logo estavam na gávea do *Amacau*, vestidos de ouro e cetim.

Cristório estirou-se no fundo da canoa e dormiu. Só acordou uma semana depois, e à noite. Ao largo um navio se movia, calmo e triste. É o de Dom Sebastião que sempre aparece nas costas do Maranhão. O Rei encantou-se na praia dos Lençóis e de lá sai nas sextas-feiras de lua, deixa a praia brilhando de pedras preciosas e embarca, na figura de um touro, para navegar e aparecer. Este, Cristório conhece. Ouve sua voz:

> – *Que importa o areal e a morte e a desventura*
> *Se com Deus me guardei?*

E mais:

> *E roda nas trevas do fim do mundo,*
> *manda a vontade que ata ao leme,*
> *De El-Rei D. João Segundo.*

Nas noites de janeiro, todos os terreiros de mina do Maranhão lembram a lenda do Rei:

> – *Vem São Sebastião, vem São Sebastião,*
> *Rei guerreiro, no fundo do mar,*
> *meu São Sebastião,*
> *se desencantar Lençóis, acaba o Maranhão.*

Cristório volta a dormir. Sonha com os mortos. Com Batesta, com Jerumenho, com Basio, Valentim. Acorda. Estava na boca do igarapé do Timbuba. *Chita Verde* é quem se governava. Atirou a rede de pescar. Ela foi afundando, devagar, os chumbos pesando nas orlas, até ficarem só os punhos fora d'água presos na mão segura de Cristório. Ele conhecia como muitos o peso do peixe nas malhas, sabendo antes de ver, pelo socavão, a espécie e o tamanho. A rede pesou. Foi puxando e sentiu-a diferente, meio agarrada. Atribuiu isso ao fato de estar debilitado e velho. Mas continuou puxando. O peso aumentou: "Que diabo de peixe é esse?", indagou-se. Veio trazendo, devagar, como se faz, nesses casos, a fim de jogar a rede dentro da canoa, levantar e bater para tirar a água e o sujo e soltar os peixes das malhas. Surpreendeu-se. Na rede nenhum peixe, só uma bola que brilhava como fogo.

– Que diabo eu apanhei?

Foi retirar a coisa. Pesava como chumbo. Fez força para desembaraçá-la. Ela não se mexia. Era uma bola e viu que dela escorriam uns cabelos misturados com lama e salsugem.

– Meu Deus, será que tive a felicidade de antes de morrer pescar um pedaço de pioco, esses miseráveis que levaram a Quertide?

O pensamento lhe deu forças para desembaralhar a rede, separar os gomos, debulhá-los com a mão, como fez a vida inteira, em gesto brusco de afastar. Segurou a bola com as duas mãos e levantou-a. Recuou assustado e quase caiu dentro do barco. Aproximou do rosto o achado estranho. Abriu bem os olhos e recuou atônito. Era a cabeça de Carideno. Estava como Querente a decepara na canoa. Os olhos abertos, os lábios suspensos, brancos do sal do mar aparecendo os dentes alvos. Mas, em vez de água, o que escorria dos seus cabelos era sangue, que começou a descer nos braços de Cristório.

– Miserável, assassino de meu filho, volta para as profundezas do mar.

Arremessou aquela cabeça longe, e viu que ela flutuava nas ondas que se sucediam como conchas se desenrolando na areia. De seus olhos ainda brotava o ódio antigo que o tempo não envelheceu.

– Carideno? Vive pra morrer de novo! – gritou.

Em seguida, pegou a rede e as chumbadas e também jogou no mar:

– Rede podre, pescando sujeira velha...

Caiu na canoa desmaiado e dormiu. Só deu conta de si quando lhe chamaram no porto do Mojó, no fundo da canoa que chegava como um fantasma:

– Capitão Cristório?

– Estou vivo? – perguntou.

Quebrado disse-lhe que todos o acreditvam morto. *Chita Verde* tinha o pano rasgado, o casco empenado, o leme frouxo.

– Onde estão Querente e Aquimundo?

– Viajaram no Navio do Selo Vermelho de Agosto, de apelido *Amacau*.

– Variou de vez – comentou Quebrado.

Cristório recuperou-se, apanhou o remo, e com ele nas costas foi para casa.

– Que dia é hoje, Quebrado?

– Domingo da Quaresma, capitão Cristório.

– Capitão, patente que recebi do mar…

CAPÍTULO 22

— Capitão Cristório! – desesperado, Balbuíno gritou e repetiu: – Capitão Cristório! Capitão Cristório! Capitão Cristório!...

A noite era grande, passava das onze e havia um silêncio e um deserto que começava nas árvores e batia no tempo.

– Capitão Cristório!

– Quem me chama? – curioso, ele respondeu de dentro de casa.

– Venha urgente... Uma desgraça!

Cristório levantou-se meio bêbado de sono, vestiu-se, abriu a porta e perguntou:

– O que está acontecendo?

Balbuíno, nervoso, as palavras atrapalhando a boca, quase não pôde falar:

– Fogo na canoa!

– Que fogo e que canoa?

– Vamos logo, capitão, só o senhor pode apagar. É coisa de ninguém entender.

Cristório não sabia do que ele falava e voltou a perguntar:

– Que canoa, que diabo de fogo é esse que vocês não apagaram e vêm me acordar esta hora da noite?

– O senhor não sabe o que está acontecendo no Mojó.

– Pois diga, Balbuíno. Tire a língua da boca e fale o que tem de falar.

– Capitão Cristório, a *Chita Verde*...

– Tocaram fogo nela? Quem foi?

– Não é nada disso, Capitão, é coisa mais de artes da natureza que ninguém pode saber como acontece.

– Deixe de frescura, Balbuíno. Conte a coisa como a coisa é.

– Fomos todos acordados pelo clarão. Zé Biando me mandou correndo até aqui para lhe chamar. Parece que a canoa tá pedindo sua presença.

– Como pedindo minha presença?

– É coisa como já lhe disse, nem se pode explicar.

– Pois vamos lá – disse Cristório.

Dirigiu-se para a praia, com pressa. Na véspera, trazendo-o de regresso, *Chita Verde* navegou por ela mesma. Já estava velha, as tábuas apodrecendo, necessitando com frequência de carenagem, o casco empenado, o pano mudado muitas vezes e agora era daquele azul, bem aberto, da cor do céu de agosto. Mais de trinta anos viveram juntos no mar, com querências e encantos. *Chita Verde* era cheia de vontades. Quando não queria ir para um lugar, ele sabia logo: ela emperrava, não avançava e se tornava igual a uma caixa de sapato dentro da água. Desde que a recebera do velho Alencajur, tinha certeza de que a canoa tinha alma, a alma da Quertide, feita de tábua e dos apetrechos de navegar. Muitas vozes ele ouvira no mar a lhe dar conselhos. Mas a canoa nunca lhe falara nada. Ele, sim, conversava com ela em todas as viagens, passava a mão nas suas bordas, acariciando as tábuas e dando demonstrações de amor. Quantas vezes não o salvara de perigos? Quantas vezes não navegara sozinha, cortando os banzeiros e vencendo as tempestades?

– *Chita Verde*, eu desejava ter um filho contigo. Ele seria como nós. Canoa e gente.

Num fim de tarde, chegara a abraçar-se com o banco traseiro e ali ficou a pensar, com a cabeça arriada, como se pensasse em amor e abraçasse um corpo feminino, que era *Chita Verde*.

Na véspera, fora ela que o trouxera, depois da noite dos navios fantasmas.

"Canoa é como mulher, a gente vive com ela e tem que aguentar seu jeito." Assim ele sempre pensou. Ela tinha vontades e ciúmes. Certa feita, ele lembrava bem, saiu numa canoa de Binga, porque era uma pescaria longa e a canoa era nova. Quando voltou, *Chita Verde* estava no seco e não saiu, presa na maré vazante.

– Quem botou essa canoa no seco?

Ninguém respondeu, nem apareceu responsável. Cristório desconfiou que era amuação, porque ele havia saído na outra embarcação. Foi até ela, passou-lhe a mão nas bordas e disse:

– Deixa de ciúme, você sabe que não há canoa como *Chita Verde*. Eu fui apenas experimentar a embarcação nova do Binga.

Alisou o casco e sentiu como se ela tremesse de raiva.

– Está bem, amanhã nós falamos – foi o que pôde dizer.

Chita Verde já estava no fim, como ele. Contudo, nunca pensou em vendê-la. Se fosse outra canoa, ele já o teria feito, mas ela, não.

"O que teria acontecido? Alguém colocou fogo de propósito?", interrogava-se Cristório, no caminho do Mojó.

"O que foi que aconteceu e está acontecendo?"

Chita Verde pegava fogo. Não era fogo colocado. Ardia por inteiro, como se estivesse embebida de querosene, e o fogo já lhe havia consumido o mastro, o pano, os bancos, e começava a queimar o cavername, em labaredas grossas. Tentaram jogar água e era como se fosse carbureto. O fogo aumentava e subia. Quando Antão Cristório viu o que viu, seu coração quase rachou e foi grande a dor que sentiu no peito. Entrou na água e pediu:

– Por amor de Deus, *Chita Verde*, não faz isso. Você tomou veneno. O que eu te fiz?

A canoa ardia e ele aproximou-se. O fogo começou a chorar, um choro tão forte e dolorido que todos choravam também sem saber por que choravam. Cristório jogou-se em cima da canoa que já tinha apenas as bordas que flutuavam e queimavam. Ouviu, pela única vez, a voz da embarcação que era um pedaço de sua vida.

– Adeus.

Cerrou os olhos e aguentou no fundo da garganta o soco da lágrima. Fervilhava a água, e as labaredas morriam; mas a canoa desaparecia sem deixar nem cinzas na superfície da maré, que já batia alta nas encostas do porto. No fundo da alma, enfrentou a realidade: "Ela não aguentou a velhice e matou-se."

Cristório voltou para casa, andando com seus pés de pato.

– Capitão Cristório – disse-lhe Balbuíno –, nunca se viu coisa igual. Esse fogo era de engonço.

– Que dia é hoje? Sexta-feira?

– É sim, senhor. É sexta-feira.

– Pois vá à puta que pariu, seu Balbuíno, eu já disse que nunca mais me chame capitão nas sextas-feiras. Esse não é dia que eu aguente a miséria de viver. Repito que não me chame capitão nas sextas-feiras!

Outra vez, num dia de sexta-feira, o chamavam para comunicar uma desgraça: a chegada do pai de Camborina, a morte de Jerumenho, o incêndio da canoa. Tornando a casa sozinho, pensou: "Agora, velho, sem canoa, vou voltar a ser pescador de aluguel." Sentiu que não eram as águas do mar que corriam em seu rosto, mas outras águas, as da vida.

– Pai, *Chita Verde* chegou aqui. Ela está no Banco Feliz comigo. Disse que você não gostava mais dela e que no dia seguinte ia morrer.

Era a voz de Jerumenho.

– Mas ela sabe que eu sempre amei ela. Que não podia me afastar dela. Agora sou um homem desgraçado. Em que leme vou pegar? Em que escota? Eu sabia como ela era. Não tenho mais tempo de ter outra embarcação. Eu na vida só tinha o dia, a noite, o mar e minha canoa. Estou só.

– Ela está triste, mas disse que tinha de morrer antes que você abandonasse ela. A biana não tinha mais as forças do tempo antigo. A última viagem foi terrível para ela.

– Jerumenho, diz pra ela voltar pra casa.

– Ela já morreu, pai, como eu. Mas me disse que deixou o leme. Quando a maré secar, você vai apanhar e guardar em casa. Me pediu pra lhe dizer isso.

Cristório voltou na mesma hora para o Mojó, a fim de esperar a maré descer. Às cinco horas da manhã, apanhou o leme chamuscado de *Chita Verde* e o levou para casa.

– Camborina, acorda.

– O que aconteceu?

– *Chita Verde* matou-se. Só restou este pedaço.

– Você já viu canoa se matar, Cristório? Depois da cadeia que você levou, ficou com o miolo mais mole.

Cristório pôs o leme em cima da mesa, acendeu uma vela e ficou em pé, calado. Nesse dia não deu palavra a ninguém nem foi ao Mojó.

CAPÍTULO 23

— Antão Cristório, você vive?

– Não sei. Vivo da vida.

– Pois se assente aí. Vamos saber de nossas vidas – disse Camborina.

Uma lamparina estava acesa sobre a mesa. A casa de palha, dividida por paredes de meia, deixava a descoberto os caibros e as cumeeiras. Nela moravam desde aquela viagem do Guarapirá quando ela veio com a irmã Germana.

– Melhor se você tivesse casado com o primo Zequido.

– Olha, Cristório, eu não sei, porque não casei com o primo e não posso saber como ia ser a vida com ele. Mas nós dois tivemos muitos filhos. Uns morreram, outros estão aí, outros saíram e foram construir suas famílias. De você mesmo, só encontrei a espera de suas viagens ao mar. Noites e dias esperando a sua chegada, o peixe, o descamar, o limpar e o salgar, nessa vida que é a vida de todas nós, as desgraçadas destas praias.

– Nós quem?

– As mulheres destas baías.

– Camborina, nós só vivemos para o sustento. Somos bichos viventes. Essa é a vida que Deus nos deu. Tem que ter o de-comer e deixar os dias passarem.

– Mas você nunca soube o que era o dia passar. Eu tinha sempre a espera. O você chegar. Os filhos. A casa. As plantas que eu plantei e as saudades do Guarapirá, de todos os meus que eu abandonei.

– Mas a vida do pescador é isso. Vive de matar. Matar os peixes, enganar, fingir. Coloca a rede e não é rede, é uma armadilha pra ele cair. Coloca a isca e não é comida para eles viverem, é o meio de apanhar eles pra eles morrerem. Matar, vender, comer, viver. Camborina, nós vivemos disso. Você sabe o que é o mundo? Eu não sei. Aqui, nós do Mojó, somos o centro da Terra. Deus está aqui e o Diabo também. Ele cai com o espírito mau possuindo as pessoas.

– Cristório, eu tenho pensado muito em voltar. Quero morrer no Guarapirá. Você toma conta dos filhos e netos junto com Germana e eu vou pra lá. Meu pai e mãe morreram e você não deixou que eu fosse lá. Estou velha, quero ir pra ficar.

– Camborina, chegamos a novembro, já temos as chuvas. As aves de arribação já chegaram. As praias do Curupu estão cheias das gaivotinhas pequenas, baixinhas, correndo na areia, em milhares, deixando as linhas e as riscas no chão. Viajaram do norte, dizem que de terras distantes, onde tem o frio, e vieram pra nosso calor. As garças pequenas, estas de canelas curtas, também chegaram, vieram, dizem, de uma terra onde moravam os pretos. Chegam aos bandos, ficam nos mangues. Os maçaricos-reais, os pirupirus, os guarás, todos estão chegando. Em janeiro chegam as marrecas. É hora de chegarem os pássaros, não é hora de sair! As aves de arribação estão vindo. Você quer sair? – perguntou-lhe, à luz amarelada da lamparina.

– Não, eu quero é chegar. Aqui eu ainda não cheguei, Cristório. Foi o Diabo quem me trouxe e eu só fiz parir.

– Camborina, eu te confesso que te trouxe porque você estava destinada.

– O que é o amor? Você me teve amor?

– Não tive e não sei o que ele é. Tive você como minha.

– Você gosta mais de Germana que de mim.

– Eu gosto de Germana.

– Tenha coragem de dizer.

– Não tenho.

– Pois eu quero ir para o Guarapirá.

– E os teus filhos e eu? E a nossa casa? O nosso ajuntado, quarenta anos… Você está velha. As pernas cheias de veias, pela força de andar nessas areias. Eu estou com a pele encolhida, parecendo sola. É o tempo. O que nós fizemos do tempo? Só Querente não envelheceu e saiu como chegou.

– Cristório, vamos acabar com o tempo. Aqui ele não existe e nós ficamos a contá-lo. Vamos tirar os dias e as noites, os meses e os anos, e deixar tudo como se fosse a lua e o sol. O tempo é uma coisa que a gente põe na cabeça e inventa. Onde ele está? Quantos anos você tem?

– Tenho sessenta e seis.

– Quem te disse?

– Meu pai.

– Pois eu tenho cinquenta e oito e não sei o que é isso. Há quarenta anos vim pra este inferno.

– Como inferno?

– Minha vida. Quem me aguenta é o Diabo.

– Que diabo?

– Ele me visita nas suas ausências.

– Credo, não fala besteira, mulher.

– Pois falo. É o chichola. Ele vem como pássaro, abana minha rede com suas asas grandes e quer deitar comigo.

– Você nunca me falou disso.

– Porque não podia falar. Eu era nova. Agora sou velha e o Diabo não vem mais. Ele não gosta de velha.

– Camborina, e eu? Já estou velho. Sem canoa, depois do incêndio de *Chita Verde*. Jerumenho está morto. Batesta e Amadeu, Barbicô e Janjar, também Deusoline e Anisete casadas, Tudinha solteira trabalhando na cidade, e nós aqui esperando a morte.

Os dois ficaram parados. Seus olhos não tinham forças para se olharem. A lamparina se apagava, com sua chama de morrão velho.

Outra sombra, carregada também pela vida: era Germana. Sentou--se e perguntou:

– Seu Cristório, qual é o peixe que está dando nestas águas?

– Xaréu, Germana.

– Eu quero salgar um paneiro pra mandar pro Guarapirá, presente pra minha prima Criotinda.

– Pois vai ser amanhã, Germana. Você é feliz?

– O que é ser feliz, seu Cristório? Não é mercadoria destas bandas.

– É ser feliz, Germana.

– Pois eu sou. Não sei o que é, mas eu sou. Tenho minha irmã, tenho a casa, tenho o respeito do senhor e tenho Deus comigo e os filhos que tive.

– Você tem vontade de voltar para o Guarapirá?

– Eu não posso voltar. De lá eu já saí. Meu lugar é aqui.

– Camborina, você já está velha para ser ave de arribação – disse Cristório. – Nós vamos continuar aqui, até o fim da vida.

Cristório levantou-se. As duas foram para seus quartos. Ele dirigiu--se para o de Camborina.

– Cristório, eu estou enfadada. Vá deitar com Germana.

Cristório não discutiu e entrou no quarto de Germana. O corpo, passado pelos anos, ela estava na rede, esperando de olhos fechados, aquele destino que a fazia feliz. Sua pele tinha um cheiro de estrela-branca e seus cabelos, já antigos, cheiravam a sebo-de-holanda e erva de mato.

– Germana, você já foi visitada pelo chichola?

– Nunca na vida, seu Cristório.

Cristório soprou a lamparina, deitou-se, fungou no despenhadeiro dos seus seios e esperou que a maré chiasse na enchente, para fazer-se ao mar.

CAPÍTULO 24

Antão Cristório sentia cada vez mais o peso dos dias. Os braços, quando se deitava, vindo do mar, estendiam-se com uma sensação de fadiga. O mesmo acontecia com o pescoço. As pernas estavam curvas, de tanto se equilibrarem no balanço das águas. Em sua casa, velhas já estavam as árvores que plantara. Velha também a cueira, com seus galhos encarquilhados. Não produzia mais. As jaqueiras tinham o tronco preto e sujo da poeira dos anos, e com a marca de copiosas chuvas. As cercas, apodrecidas e cambaleantes de sucessivas reformas e restauros. De novo, só as duas gaiolas. Numa, vazia, a portinhola aberta, mofava um cheiro de ausência. O corrupião que anunciava o sol perdera a voz e fora comido por uma coruja. Na outra havia um vinvim, pequeno e cantador, amarelo, com as pontas das peninhas pretas nos lugares certos para dar seu toque. Capturado no alçapão, há poucos anos, nunca soube o que fora voar. Já estava maduro e o trabalho era só colocar sementes de capim e água. Cristório foi lá, abriu a gaiola. Ele não saiu. Não sabia mais cantar adeus.

Velha já estava Camborina, ali sentada, no banco de couro, as saias entre as pernas, mostrando as canelas de varizes e os pés rachados das andanças na areia. Os filhos cresceram, filharam e fizeram outras casas. Só restava Marzuela, sem marido, que fugira meio aluado, numa noite de chuva, e nunca mais voltara. Mas sua vida não estava terminada, ainda havia um chamamento do mar, uma missão que teria de cumprir. Camborina não esqueceu as conversas de saudades do Guarapirá. Falava sempre que devia terminar seus dias naquela praia de onde saíra num encantamento. Cristório não resistia mais a essa conversa. A casa ia esvaziando e ele já começava a perder o amor pelos encantos de viver.

– A gente perde as pessoas, por que então esse amor pelas coisas? – costumava dizer.

Germana era uma grande falta. A desgraça do acontecido jamais se apagava da sua memória. Todos os dias lembrava-se dela. Ela morrera de repente: caiu no poço e somente souberam quando foram apanhar água. Havia sido a única mulher pela qual tivera um sentimento diferente do que lhe inspirava Camborina. "Será que ela sabe disso?", indagava-se sempre. Depois do suicídio de *Chita Verde*, ele passara sete dias em casa, como se guardasse luto. Não falava com ninguém, comia pouco e não dormia. Seus olhos eram vermelhos da luz da tardezinha. Por dentro havia um aperto de dor.

– *Chita Verde* não era uma coisa! – gritou irritado para Camborina, quando ela lhe cobrou a razão da tristeza.

– Vá trabalhar, homem. Que história é essa de ficar aí com esse ar de lobisomem? Não é você que diz que não se deve ter amor pelas coisas? – respondeu ela.

Ele precisava, agora, trabalhar mais. Estava sem canoa. Seus haveres eram uns dois contos de réis, apurados com a venda de peixe entregue ao Quitido, quitandeiro onde se aviava, e isso não bastava para comprar uma outra embarcação. Também, ele não teria coragem de possuir outra canoa. Quem tinha tido *Chita Verde* não podia jamais ter outra biana. Passava os dias em casa, a pensar no que faria. Iria tornar-se alugado, como mestre de outras canoas? Quem não quereria ter Antão Cristório no leme de sua embarcação? Trabalho não lhe faltaria. Mas seria possível, igualmente, arrendar de meia, pois todos conheciam sua integridade e a sua palavra. Além do mais, ele sabia onde existiam os melhores pesqueiros, a época de cada tipo de peixe, as iscas preferidas, os rumos dos cardumes, e todos os segredos do mar.

– Camborina, se eu morrer primeiro, tu pegas os trocados que temos no Quitido, vende a casa e vai para o Guarapirá. Enterra os teus ossos na terra dos teus pais.

Não se afastara de sua lembrança, queimando como brasa, o dia em que Germana lhe disse "Não posso mais ser sua mulher". Por que ela tomara aquela decisão? Nunca lhe confessou. Foi o único dia em que de seus lábios ouviu uma negativa ou uma palavra atravessada, embora sem discussão ou mágoa. "Seu Antão Cristório, isto não tem mais gosto." Ela não disse mais. E calou-se por inteiro. A atitude dela deixou-o meio indeciso, sem saber como proceder. Mesmo assim, deitou-se ao seu lado. "Germana, você não quer?" Ela continuou muda. Tentou abrir-lhe as pernas. Ela fechou-as com decisão. O episódio teimava em permanecer na sua recordação. Mais terrível foi o que lhe assaltou o pensamento, em seguida. "Será que ela se matou?" Tinha um vazio de resposta. A dúvida queimava-lhe os miolos, como o fogo em que se incendiara *Chita Verde.*

Apesar de amargar a falta de Germana, atravessara os anos sem abandonar o Mojó. Jerumenho lhe aparecia nos sonhos. Há uns quatro anos que sonhava a noite toda com defuntos. Os mortos da ilha dos Caranguejos lhe apareciam, cobrando: "Antão Cristório, acorda, o dia já vem chegando, toma o café, vamos cortar mangue." E os sonhos eram tão vivos que parecia que ninguém tinha morrido. Depois, o primo Garatoso e sua voz rouca: "Capitão Cristório, capitão Cristório, aconteceu uma desgraça… Mataram Jerumenho." De dia, quando ele chegava ao porto para a pescaria, era uma vontade danada de contar os sonhos. E contou tantos que os companheiros se viram obrigados a lhe pedir: "Capitão Cristório, pare de contar essas histórias de sonhar com gente que já morreu." E foi parando de contar, mas os sonhos continuavam.

Segunda-feira, uma semana e três dias depois do incêndio de *Chita Verde*, Cristório tomou uma decisão. Antes, chamou Camborina e perguntou:

– Como você acha que eu devo viver agora?

– Compra uma canoa nova. Aqui ninguém te nega vender uma embarcação, porque sabe que tua palavra vale dinheiro. De que nós vamos ter sustento, se tu não sabes fazer outra coisa senão viver amasiado com o mar? – ela respondeu.

– Todo mundo vai, também, me querer como mestre e arrendador de canoa, não vai?

– Tu, nessa idade, sendo pescador alugado? O capitão Cristório, de patente de mar, que não bebe, não fuma, só trepa em casa e não tem ninguém que lhe cobre um tostão, vai viver alugado? Homem, se dê ao respeito! – foi a contestação firme da mulher.

– Mas eu não posso ter outra canoa, porque tive a melhor canoa destas baías. E agora eu vou trair *Chita Verde*?

– Tu falas dessa canoa como se fosse tua mulher de cama. Esses pedaços de pau pregados em cavernames. Além disso, ela já estava imprestável…

– Não diz isso. Para! – alterou-se na voz e nos olhos, as mãos levantadas, e com uma indignação que poucas vezes, ou nenhuma, tinham visto nele, acrescentou: – Alto lá! *Chita Verde* era a biana de maior serventia destas praias e você não fale dela!…

– Cristório, estou te desconhecendo. Você nunca gritou comigo desse jeito.

– Pois grito agora!

– Pois não torne a gritar.

Pela primeira vez, Camborina viu aqueles olhos pequenos, acostumados a se fecharem para se defender das maresias e dos ventos, se abrirem como se fossem olhos de pargo, retirados de água funda, vermelhos e parados. Deles jorraram grossas lágrimas que escorriam como derramadas de um copo de água, descendo pelo nariz e pingando do queixo, sem parar, sem contração nem convulso.

– Cristório, que está acontecendo contigo, homem? Vai morrer!

Camborina, desesperada, começou a bradar:

– Socorro! Socorro!

E também ela começou a chorar um choro de pavor. Antão Cristório permanecia parado, imóvel, ausente. Não caía, não vergava, mas seus olhos continuavam a chorar e três toalhas que trouxeram para enxugar seu sofrimento ficaram encharcadas.

Ele continuava longe, chorando com olhos de garoupa. Assim permaneceu longo tempo.

Depois, sem dizer nada, pegou o chapéu velho e saiu andando, no rumo do Porto do Mojó. Tinha uma decisão tomada. Marzuela quis acompanhá-lo.

– Pai, vou contigo.

– Não – respondeu seco. E mais firmes se tornaram seus passos.

Camborina ficou pensando e confessou à filha:

– Teu pai não está certo da cabeça. A queima dessa canoa, a prisão, a velhice, quebraram o juízo dele. Vai ver que foi coisa-feita. É capaz de ter sido obra de algum inimigo invejoso, que botou gasolina no casco. Ele, na loucura em que ficou, nem o cheiro cheirou. Teve um ataque agora, e depois desses dias todos trancado, me sai com essa de chorar com olho de peixe. Ele nunca foi disso.

– Então é preciso a gente ter cuidado com ele. A senhora não acha que eu devo ir atrás, até o porto?

– Não. Teu pai te compreenderia, mas o capitão Cristório, não. Está ficando velho e rabugento, cheio de rezingas.

– Bom dia, capitão Cristório, como a gente fica em festa com os olhos no senhor, depois de tantos dias – falou Quebrado, o quitandeiro, seu amigo, ao vê-lo chegar com o passo firme e os pés largos.

– Estava mareado do coração com o que aconteceu com a minha canoa. Artes do Diabo ou do que seja, mas a verdade é que não tive mais coragem pra nada. Hoje fiz das tripas coração e vim pra cá.

– Vamos comprar uma canoa nova, não é, capitão? E continuar no nosso trabalho, que Deus fez a gente foi pra trabalhar e morrer – replicou o quitandeiro.

– Não, o capitão Cristório nunca mais terá canoa. Resolvi. Está decidido dentro de mim. Não sou homem de duas vontades, nem de duas bondades. Como *Chita Verde*, não há mais canoa que corra nessas águas. Tinha ciência de tudo. Sabia como as coisas deviam ser feitas, conhecia o mar, os bancos de areia e o resto. Vai ficar na história deste porto, seu Quebrado. Todos sabiam que ela nunca deixava o porto do Mojó sem o ferro, na hora da maré. Para ela não tinha tempo. Chegava sempre, inverno e verão.

Aparecem outros amigos: Zaqueu, Deudiro, Quetrino e Mané-pé e foram saudando: "O que é isso, capitão Cristório, o mar sem o senhor não é a nossa baía".

– Pois é – repetiu Cristório. – Eu agora aqui estou de novo, mas não quero ser dono de canoa, vou trabalhar alugado.

– Quem tem coragem de alugar o capitão Cristório, capitão? Isso é conversa. Aonde você chegar é o mestre – respondeu Mané-pé.

– Mas não quero ter mais canoa. Eu sonhei, ontem. Era o Batupaco, aquele velho que morreu comido de mero, no curral do Canto. Ele estava todo enfeitado, como se fosse brincar carnaval, e sua cara era uma caveira de burro e foi me dizendo...

– Capitão Cristório – interrompeu Deudiro –, pare com essa história de sonhar com defunto.

– Pois então eu paro. Mas não quero mais ser dono de canoa... Vocês não querem ouvir meus sonhos e eu não quero ter mais embarcação.

– Vai deixar de ser pescador?

– Isso não vou deixar nunca, até fechar os dentes e formiga comer meus beiços.

E desviou a história.

– Como tem sido a maré? Boa de peixe?

– Mais ou menos, tem dado até bastante serra e o preço está bom – acrescentou Zaqueu.

O vento sacudia os manguezais. Estava chegando forte. Cristório arrematou:

– Bem, gente, boa-nova. A maré já deu de enchente.

CAPÍTULO 25

É novembro, sopra um vento forte e a maresia desafia as canoas. As aves de arribação vêm chegando. Passam em bandos, em busca de refúgio. Consertam-se as redes e todos mostram felicidade com a volta do capitão Cristório. É verdade que ainda só se falava no fogo na *Chita Verde* como coisa-feita, uma parte do velho com o Diabo, e ninguém entendia isso, porque incêndio não podia ser da maneira em que a canoa queimou-se dentro d'água. Uma aliança da água e do fogo. Nas praias, correram explicações, mas todas traziam uma mistura de mistério e feitiço. Houve quem achasse que tinha sido a inveja do preto Serafim, que Cristório tinha expulsado da sua biana, e morrera alagado na boca do rio Aranani, quando, em dia de chuva, não se sabe por que ele ficou em pé na canoa, berrando que nem boi brabo, até que a embarcação virou e só restou o rebojo. No dia seguinte, seu corpo estava enganchado na raiz do mangue, sem os dois braços.

Todos diziam que o que aconteceu ao Serafim fora praga do capitão Cristório, que não gostava dele e sempre o chamava de preguiçoso e rabugento. Morto, ele começou a fazer visagem nas noites de lua cheia, quando o viam vagar pulando nas raízes do mangue. Afugentavam-no com o esconjuro: "Vai para o descanso de Deus, Serafim!" Ele sumia, embora reaparecesse adiante. Outra versão era de que o fogo de *Chita Verde* fora colocado por Nicolau, chefe de terreiro do Iguaíba, fazedor de despacho de macumba, a mando do genro de Cristório, Anafrido, em quem o capitão tinha dado uma surra e expulsado de casa, porque faltara com o respeito à moradia, tentando seduzir a irmã da mulher.

– Seu Cristório – lhe disse Jonas –, já que você ainda não tem canoa e não decidiu a vida...

– Decidir, já decidi... Vou ser alugado.

– Bem, mas eu quero lhe convidar para ir comigo amanhã no Munim, levar uns aviamentos. Meu barco vai ficar muito orgulhoso do capitão Cristório na cana do leme. É uma igarité boa e nova.

– Pois aceito, eu não posso ficar fora do mar muito tempo e já faz dez dias que só faço cheirar poeira de chão.

– Pois então vamos na viagem, pra matar o tempo e o banzo.

No dia seguinte, às seis da manhã, Cristório e Jonas se encontraram no porto. A embarcação era uma igarité de toldo. Seu nome, *Proteção da Virgem*, mas tinha o apelido de *Costeira*. Cristório examinou as cordas e o pano, o moitão, e vistoriou os demais apetrechos. Viu as cuias de tirar água e os remos. Fez o que costumava fazer em seu próprio barco. A carga já estava embarcada. Uns paneiros de sal, outros de farinha, querosene, caixas de sabão, sacos de café, umas malas velhas e sacos de roupa. O porão estava cheio, a carga, bem distribuída. Levava de passageiros uma mulher e três filhos, dois meninos e uma menina, o avô delas, pai da mulher. Os outros tripulantes eram um ajudante de nome Rujero, lastreiro, e Benuil, contramestre. Botaram o barril de água, peixe salpreso, farinha e esperaram a maré começar a vazar para sair. Às oito horas, a água puxou e Jonas perguntou:

– Capitão, podemos sair? Estamos em cima da maré.

A mulher embarcou com os três filhos e o pai. Ficou embaixo do toldo com os meninos e o velho acomodou-se à frente, nos sacos de café, cobertos pelas esteiras. Rujero assumiu sua função de ajudante e Jonas disse:

– Capitão Cristório, pegue a cana do leme, dê as ordens.

– Vamos saindo devagar, Jonas. Empurra no mará a canoa mais para fora. Rujero, vai puxando a corda para retirar o ferro. Jonas e Benuil, segurem a escota e vamos levantar mais adiante o pano.

A igarité movimentou-se, o ferro já dentro da embarcação. Jonas foi puxando a corda e a vela subiu. O vento estava bom, embora soprando na direção contrária. Era necessário ir bordejando, cambando e fazendo zigue-zague para poder avançar. Não foi preciso muito tempo para sair do igarapé e atingirem o Timbuba. O rio estava cheio, maré alta, tornando mais longo o bordejo. Um dos meninos desatou a chorar. Cristório resmungou:

– Jonas, vamos ter cantoria na viagem.

– É que essa gente é lá da Cachoeira e o João Testa, dono da carga, me pediu para levar.

– É assim mesmo, eu tenho que estranhar. Há muito tempo que não viajo com passageiro, só sei ouvir a zoada do silêncio do mar.

As horas foram indo e a viagem avançando aos poucos, navegando de bordejo até chegarem à ponta do Panaquatira. Lá pelo meio-dia, a maré já estava bem seca. Os bancos de areia botavam a cabeça de fora e o lavado até a ponta do Curupu se estendia a perder de vista. Nessas condições tiveram de mudar o rumo, contornar as croas e montar o lado de Icatu, para atravessar pela direita toda a baía do Panaquatira e a baía de São José, até a boca do rio Munim. O estirão era longo. Esperavam chegar no fim da outra enchente, lá pelas oito horas da noite.

Jonas gostava de conversar e Cristório, triste e calado, estava com a alma mais voltada para as remembranças do mar.

– Cristório, mira essa barra do Panaquatira, é ruim de peixe como o quê. Barra boa é a do Canto, é o Raspador, quanto mais raspa mais peixe tem, tanto na seca como no inverno.

– Jonas, pescaria é questão de sorte. Eu, por mim, tive a mão abençoada, não posso me queixar, nunca deixei de botar dois lances, um de enchente e outro de vazante, e em tempo nenhum voltei para casa que não levasse boia para a família.

– Pois eu também. Quando cheguei no Mojó, já tinha passado por quase todas essas praias. Comecei, seu Cristório, construindo um mutá, você sabe o que é, uma geringonça…

– Eu também já fiz…

– Uma geringonça, seu Cristório, naquelas croas deixadas pela maré e ali ficava lanceando de tarrafa e arpão, arrodeando cação.

– Pois eu, Jonas, me lembro também. Eu tinha um mutá montado na croa do Carimã, onde arpoava muita arraia e uritinga, mas um dia fisguei um tubarão que me deu um trabalho danado.

– Eu também arpoei muita arraia, só que lá no Remansinho, aquela croa em que tinha até lagoa, árvores e morava gente. Hoje, ela sumiu. A maré e o mar cobriram. Ouvi sempre dizer que mar não gosta de fogo, e ali eles começaram a botar fogo, e tanto fizeram que o mar apagou com eles. Mas, seu Cristório, eu lhe cortei a língua. Como é que foi a história do tubarão?

– Eu estava no mutá, assim umas quatro horas da tarde, jogando tarrafa, a maré já estava grande a um meio metro do tablado, eu com a rede só atirando e enchendo o cofo de tainha. Era inverno, e você sabe como fevereiro é bom pra tainha. Foi aí que vi as galhas do bicho riscando na crista da onda, vindo atrás do cardume. Foi ver e lutar. Larguei a rede de lado, e peguei o arpão. Não deu outra, Jonas, era uma tintureira panã-panã, dessas que latem que nem cachorro, aquilo é animal que canta feio debaixo d'água, naquela saraquitagem de perseguir cardume. Peguei o arpão e me preparei. Era olho na onda e olho dentro d'água, buscando enxergar o bicho. Quando dei fé, ela disparou junto do mutá, correndo na borda, e eu mandei o arpão com vontade. Quando eu vi, Jonas, num relâmpago a bicha comeu toda a corda e eu me acuei. Ela me arrastou, me derrubou do mutá e lá fui pra água, ela me puxando e eu correndo que nem tralhoto na praia. Arpoada, ela tentou sair pra mar fora e me levar, mas não conseguiu. Eu aguentei e a força dela foi se acabando. Aí ela se desnorteou na luta e acabou encalhando no seco. Quando procurei pé, a água ainda me dava no peito. Então, enrolei a corda na cintura e firmei. A bicha forçava um pouco e parava. Eu senti que ela já estava no papo. Fui andando, fui andando devagar pro lado da terra, perna pra frente, perna pra trás, água puxando, a maresia me batendo e eu chegando na beira, sempre puxando a corda. Então vi uma tintureira velha, dessas que vão ficando cinzento-escuro, e continuei puxando, aproveitando a correnteza, até que trouxe a fera pra beira d'água. Amarrei a corda numa estaca que enfiei na praia e fui atrás de companheiro, pra tirar a bicha de dendágua. Já estava escuro. Voltei com dois rapazes, um mulatinho de nome Zé Tigo e outro, meio sarará, Bonate. Era um peixe de mais de três metros de comprimento, que nós levamos pro seco e passamos a noite esquartejando. Foi muita carne. Deu pra muita gente.

O barco prosseguia, sereno. Cristório estava na cana do leme, os meninos choravam debaixo do toldo, onde a mulher dava o peito para o menor e angu para os outros dois. O velho cantarolava baixinho. Jonas estava no banco de trás perto do leme, e Rujero na frente, com Benuil, recebendo a maresia. As ondas não estavam tão fortes porque a maré ia de vazante, mas dava para espraiar água na igarité inteira.

– Jonas, você sabe que tubarão, quando está com fome, vai atrás de tainha até na beirada? É por isso que de vez em quando nessas praias ele come gente. Vem o peixe e ele vai atrás. E as tainhas, como gostam de entrar nas águas rasas, eles acompanham. Principalmente a panã-panã. Tem delas que se acostumam e não saem do banhado, pra comer arraia. Aliás, todo tipo de cação faz o mesmo. Você sabe que aqui tem muito deles. É o urumaru, o sacuri, o espadarte, o piriritinga, o de venta redonda, que fareja e se a gente bobear, ele vem buscar no raso. Só corta de baixo pra cima.

– Olha, Cristório – disse Jonas –, tubarão vem na beirada até para comer siri, se está com fome.

O vento agora batia mais forte e tinham chegado ao mar aberto, sem fim para a vista, aparecendo apenas uma sombra distante, que eram os contornos das ilhas do arquipélago de Santana.

– Compadre, vamos deixar essa história de tubarão e falar de mulher – provocou Jonas.

– De mulher, Jonas, nós já velhos?

Cristório deteve-se um pouco e acrescentou:

– Eu acho que no mundo sempre teve trapalhada entre o homem e a mulher, desde o princípio da Terra. O homem pensa que é só ele que falseja a mulher, mas a mulher também falseja o homem. Essa coisa vem desde que Deus fez o mundo.

– Seu Cristório, mulher é como chita. Uns acham feia e outros acham bonita.

A palavra *chita* foi como uma punhalada em Cristório. Associou imediatamente a *Chita Verde*. Sentiu um nó na garganta e um aperto na cabeça, que o deixaram teso. Olhou para o mar e avistou um bicho preto, cabeludo, saindo da profundeza, no meio do entrançado da maresia, a balançar a cabeça para os lados, espadanando a água como se estivesse abrindo caminho no mar.

– Jonas, o pioco!...

– Que diabo de pioco, Cristório?!

– Olha ele ali...

– Não vejo nada.

E o mestre, a cana do leme na mão e a escota no pé, governando como um maestro, sentindo o vento e as ondas. A baía do Panaquatira é muito perigosa, porque possui muitos arrecifes, principalmente na baixa da maré, quando eles se descobrem. Cristório os conhecia a todos. Quantas vezes ali não passara, de maré alta, por cima do baixo, de maré vazia e de meia maré.

Os vagalhões subiam e subiam, e se despencavam na carreira infinita do mar. O vento crescia, forte e constante. A água verde branquejava com as espumas, ao abalroar a proa da igarité. A *Proteção da Virgem* balançava, sem nada que a pudesse segurar. A água banhava o barco de proa a popa.

– Rujero e Benuil, peguem a lata para esvaziar a canoa. A maresia tá forte. É assim, quando se sai barra fora e a coisa não tá de brincadeira.

O pai da mulher recolheu-se ao pavor de um silêncio que invadia todos. A igarité jogava solta, desprotegida e indomada. Os meninos choravam, agarrados à mãe, que implorava por Deus e por todos os santos.

– Jonas – insistiu Cristório, desvairado –, é o pioco. É o pioco, e eu vou pegar ele!

Possesso, num gesto brusco, deu a orça com vigor, correu a cana do leme totalmente para bombordo, pensando virar o barco na direção do monstro. A orça, com vento de cima, cruzada na maresia, empurrava a canoa para dentro da onda, de onde jamais escaparia: era o naufrágio. Cristório sabia de tudo isso. Mas, delirante, cometeu o primeiro e único erro de sua vida, na cana do leme.

– Ele tem a Quertide no braço... Olha lá o pioco! – bradava Cristório, já em pé, possuído pela visão.

Jonas, sentindo a desgraça, pulou para a popa e engalfinhou-se com o mestre.

– Cristório, tome juízo. Não tem pioco nenhum. Se continuar assim, vamos alagar.

A *Proteção da Virgem,* desgovernada, o pano frouxo a vibrar, a espicha indo e vindo de lés a lés, a escota enrolada na caçadeira, as águas invadindo, enchendo a embarcação, que entrava desgovernada nas ondas.

– Dá no cheio! – gritou Jonas.

Fora de si, instintivamente, sem sentir que era ele mesmo, Cristório perdia o comando do barco. O pano voltou a afrouxar, a espicha solta, liberada da sustentação da vela, fez a canoa caminhar trôpega e cega, no meio da maresia que invadia tudo e dominava o pequeno animal de tábuas. Num vaivém, rolando como pião, o pano molhado a fazer peso, o barco soçobrava. Jonas estava enfurecido. A igarité inundava-se e as ondas, dominando a canoa, desbaratavam a carga e jogavam fora sacos, paneiros, malas e bancos. A *Proteção da Virgem* tentava, em seus estertores, flutuar. Os meninos que estavam embaixo, no beliche, já não choravam, ninguém os via, a água enchera tudo, e a mulher, num grande desespero, invocava a Deus, aos gritos, com a filha apertada nos braços.

– Não tem jeito, vamos alagar! – gritou Rujero.

Jonas passou a fazer o que faziam os alagados: arrancar a espicha e os restos do beliche para fazer salva-vidas e cordas para amarrar a espicha, na esperança de encontrar alguma coisa para salvar-se. A carga fora despejada n'água pela tripulação ou pelo balanceio. As ondas não iriam parar nunca mais, continuariam em seu movimento incessante, sem trégua. Não havia como esgotar a canoa que entrava morta e desgovernada nas ondas. Cristório era todo possessão.

– Pioco, miserável! O teu tá no rabo da mãe!

Jonas conseguiu tirar a espicha, mas nada adiantou. O mastro partiu--se com o peso do pano molhado e da força do mar. O freio da proa e a deriça desapareceram. A embarcação adernou e foi aos tropeços marchando para a tragédia. Uma onda maior atirou-a na direção dos arrecifes e ela se partiu de vez. O mar, com sua mão invisível, quebrava tudo e, do que restava, jogava contra as pedras pretas. Flutuavam destroços. Benuil sumiu.

Cristório esbravejava:

– Pioco filho de uma égua…

A espicha era a esperança de salvação. Com a morte iminente, todos sabiam que, para viver, precisavam recuperá-la e atravessá-la nos restos das tábuas da canoa, para fazer uma balsa.

Jonas e Rujero estavam agarrados aos destroços. A mulher se debatia com a filha presa ao pescoço. Submergiam e flutuavam, sumiam e reapareciam. A mãe ainda ouvia os gritos dos meninos que se afogaram, sem poder sair do beliche.

– A primeira lei do alagado é ficar nu.

Era Cristório que, acordando do seu delírio, gritava:

– Jonas!…

Cristório começou a mostrar sua velha experiência do mar. Foi rápido arrumar paus e cordas na espicha, feita de pindaíba, madeira leve que não afunda. Determinou à mulher:

– Segura também na espicha.

Ela obedeceu e o velho fez o mesmo.

As ondas, desencontradas, castigavam com firmeza, berrando como vacas loucas em boiadas intermináveis que se sucediam e iam adiante num sem-fim de águas, na repetição do que é a maresia. O vento era grosso, batia na superfície como chicote. Os náufragos eram como peixe morto rolando, boiando, subindo e descendo sem governo nem vida.

Era a hora mais difícil dos alagados. Os restos da canoa desapareciam, deixando em cima da água destroços, caixas, paus, panos e mortos.

Cristório voltava à possessão…

– Lá está ele, ali se escondeu debaixo da onda, surgiu, sumiu… Pioco filho da puta, larga a Quertide!… Vou te matar!…

Tinha olhos de sangue, de desespero, de ódio. Nem enxergou as pedras diante dele, escuras, caraquentas, açoitadas pelo mar que explodia. Perigos que ele conhecia como a palma da mão, na baía do Panaquatira. Mas alternava a loucura com instantes de lucidez:

– As ondas vão na direção da terra. Tenham coragem. Se não for comido por peixe, alagado vive até seis dias. Vai passar alguma canoa pra nos socorrer.

Pouco a pouco os primeiros momentos de pânico passavam. Agora, era iniciar o salvamento, encontrar os menores fiapos da sobrevivência.

Ninguém sabia do tempo. Perderam a conta da maré, que já devia estar enchendo. Apenas flutuavam. As horas não contavam mais.

Não havia como falar. Só se ouvia o rugir do mar. As vagas já não encontravam resistência na fragilidade daqueles corpos soltos. A mulher soluçava, e, pelos suspiros que se ouviam dela, a menina já estava sem forças. O velho avô arfava:

– Vou morrer.

– Tenha fé, velho.

– Seu Cristório – disse Jonas –, a maré está nos levando pra fora.

– É verdade, mas depois ela volta e nos leva pra terra. Meu medo é peixe. Alagado, mexendo as pernas, é isca viva.

Já estavam todos despidos. As roupas tinham sido levadas pelo mar. A mulher ficou apenas com uma sunga e a menina também. Ao lado, como coisa mandada, os corpos dos meninos acompanhavam a balsa. Apareceu boiando o cadáver de Benuil, que tinha sido esmagado nas pedras.

– Ninguém pode ficar fraco. O peixe sabe quando tem gente fraca e ataca – alertou Cristório.

A noite chegava.

– Morreu a menina – disse Cristório, segurando no pescoço dela. O corpo estava mole, não comandava os braços e as pernas.

Era, talvez, meia-noite. Cristório amarrou o corpo da menina na espicha, pelo braço, para rebocá-lo. A mulher chorava mais e o velho repetia:

– Vou morrrer!

– Para de morrer, velho! – disse Cristório.

– Vou morrer…

E o velho se lançou nas costas da filha. Suas mãos estavam dormentes e não atendiam mais à vontade de agarrar-se à espicha.

– Não deixa o velho te agarrar, senão tu morres com ele. Empurra esse velho pra longe, moça. Deixa ele morrer…

– Meu pai…

– Não faz mal. Deixa ele morrer. Empurra pra lá, senão ele te afoga. Chegou a hora dele.

A mulher chorava, mas a água salgada não deixava seus olhos lacrimejarem. Eles ardiam e seu rosto já estava inchado, com os baques da maresia. Cristório nadou até o seu lado e ajudou a moça a se desembaraçar do velho e o empurrou para a outra ponta da espicha.

– Segura, velho. Segura.

Já a voz do velho era fina, quase desaparecendo.

– Vou morrer.

E engolia água.

Cristório puxou mais uma vez o velho, a fim de evitar que ele segurasse o pescoço da filha, que se debatia tentando livrar-se de suas mãos. Mas ele retornava para perto dela. Essa luta durou até raiar a madrugada.

O velho já não gemia nem falava. O corpo já estava desmanchando. De repente, Cristório sentiu enrolar-se no pescoço uma camisa. Reconheceu ser a mesma que lançara ao mar, quando de sua primeira viagem, menino ainda, trazida de volta pelos mistérios. Cristório desfez-se dela e arremessou-a longe. Jonas gritou:

– Cristório, está ouvindo?

Era a cantoria do panã-panã. Parecia um cachorro: Tá-tá-tátátá, trac-trac, tátátá-trac.

– Estamos condenados. É o peixe que nos acompanha na perseguição.

A noite entrava no romper do dia. Algumas estrelas deixavam o mar. Vislumbrava-se, apenas, no arrebentar de algumas ondas, o brilho delas.

– Mexam as pernas pouco. Esse bicho só corta de baixo pra cima, eu já falei. Gente é isca viva. Se ele olhar, vem logo. Não come morto, só come vivo. Está nos perseguindo e não temos como fugir.

"Ta-tá-tá", ouviu Cristório, de novo.

"É o peixe nos acompanhando", pensou.

– O velho já morreu.

Cristório, de ouvido na panã-panã, nem pensou em amarrar o corpo na espicha. O velho, morto, boiava ao lado deles, escoltando os náufragos que se reuniam no centro da balsa cruzada na espicha, em volta da mulher desesperada, que chorava, com o cadáver da menina amarrado ao lado.

– Tá ouvindo, também?

– Sim – respondeu o lastreiro Rujero, com uma voz de medo –, é o bicho na nossa perseguição.

Todos conheciam o que era a panã-panã corre-costa. Ela não dorme, corre a costa e de noite caça melhor. E os acompanhava naquela rota da morte.

Cristório ficou alerta. De imediato, viu a galha de fora, riscando a superfície, deixando um rastro refletido no brilho das águas, uma risca prateada brilhando com a luz da madrugada.

– Está ouvindo, Jonas?

E eles só viram passar o rodeador e sentiram o cheiro, a catinga do peixe.

"Tátá-tá-tá..."

– Olha o bicho batendo os dentes – dizia Cristório.

Avistavam a galha riscando a corrente das ondas, em redor da balsa, deixando sua marca na carreira do mar.

Flutuando, aquele bando de desesperados consumiu a manhã e a tarde. Os cadáveres do velho e de Bernuil não abandonavam o grupo, seguiam ao lado, na procissão da desgraça. E também os dos meninos. Sobrevinha outra noite.

Cristório via Querente e Aquimundo subindo na Nau do Selo Vermelho de Agosto, a cabeça de Carideno, Jerumenho e Garatoso.

"Germana, não me abandona! Por que não tem gosto mais?" "Ela cheirava a alecrim, seu corpo era rijo e nele eu repousei no gozo de quem está no mar."

Todos os seus mortos passavam na corrente do delírio. Batesta, com os olhos abertos. Varizina? Basio?

Um cardume de xaréus os seguia. Mantinham a metade do corpo fora d'água, e os cavalos-marinhos galopando com os corpos aos pulos, brilhavam em todas as cores. Relinchando e correndo. Até os calangos e camaleões estavam ali, nadando, dando rabanadas com as caudas longas.

Cristório viu sua casa. Camborina sentada no banco debaixo do cajueiro. Tinha no colo o neto menor, filho de Maria do Céu. Seus cabelos eram da cor dos de Querente. Fitou seus olhos: eram azuis e ficavam verdes, nunca tinha notado isso. Eram os olhos de Querente.

Os cupins subiam os galhos, frenéticos, levando barro, e as saúvas cortavam folhas. Os cachorros dormiam e não podiam latir. No Curupu, os bois desembestavam no tanque do Urubu e se afogavam nas areias movediças. Cristório delirava, voltando a sonhar com seus mortos. Agora, eram os filhos que tinham morrido. Mas o cadáver de Germana surgia, subindo, amarrado, do fundo do poço. "Será que ela se matou ou teve uma congestão quando foi retirar água?" Alisava os seus cabelos, cheirava os seus olhos, amaciava os seus seios, mesmo depois de eles amolecerem com a idade.

"Cristório?"

"Não me chame Cristório, seu Quebrado, eu sou o capitão Cristório, patente que conquistei no mar."

A tarde morria. Quando olharam para o céu, a noite chegava. Era um pano preto que cobria a Terra. Viram, e não era a noite. Era um bando de mergulhões, como uma nuvem parada em cima deles. Embaixo a panã-panã rodeava no acompanhamento dos corpos.

– Cristório, só estamos esperando a hora. É só esperar. Nos persegue e vem vindo. Não nos deixa desde ontem. Está no arrodeador.

A mulher continuava a gemer. Todos ouviam, o tempo inteiro, o choro dos meninos que o mar tinha afogado. Um choro de criança, longo, como miar de gato, e vinha em cada onda que passava.

De repente, Rujero deu um grito que irrompeu como um raio e o rebojo da água trouxe uma mancha de sangue. O peixe levava pedaços de seu corpo. Só ficou resto de perna e barriga.

– Um já foi, Cristório... Agora vai chegar nossa vez – disse Jonas.

Cristório sentiu o pescoço estrangulado e era de novo a camisa que voltava e se enrolava no seu gogó, a mesma camisa que lançara ao mar, na aliança antiga que com ele fez.

– Desgraça, vai pra lá – reagia Cristório. – Ainda vem essa camisa para me afogar antes da boca do peixe me comer.

E jogou de novo a roupa para longe, concluindo:

– Alagado não gosta de roupa…

A panã-panã sumiu.

– Jonas, a bicha já encheu o bucho, é capaz de ter ido embora.

Voltou a calma, foram embora a ansiedade e o medo. Mas a mulher não cansava de chorar, vendo o corpo do velho que acompanhava a espicha, onde a filha morta estava amarrada.

– Ouve, Jonas, a bicha tá cantando de novo. Ouve…

Era o tatá-tatá-pi-pi-pi-tará-rãrã-rã…

– Tá latindo como cachorro, continua a perseguição nos cercando no rodeio das águas.

– Lá vem, Jonas…

E só se via de longe a carreira da bicha, que se acercava.

– Camborina, traz a vela para a sepultura de Jerumenho. Pioco, filho de uma égua, me larga, olha ele aí. Querente, me diz como é o mar da Goa Dourada e os pretos que vocês degolaram? Camborina? Germana, me dá outro filho de tua barriga… Camborina, essa filha é de Querente?

Cristório delirava. Os náufragos avançavam, sem noção de tempo e lugar.

– Jonas, Jonas, olha o pioco!

Jonas não respondia mais, morto enrolado na corda da escota. A panã-panã latia como cachorro. Ninguém mais sabia se era dia ou se era noite.

As ondas iam levando e a maré puxando.

Cristório abriu os olhos. A camisa voltava a se enrolar no seu corpo. Restavam-lhe forças para arrancá-la e levantou a mão para arremessá-la bem longe. Foi quando viu aquele vagalhão imenso, negro, gigante do tamanho do Morro Branco que levantava os restos dos paus e no meio daquele tumulto de águas um bicho preto e grande, vindo direto como um tiro, firme em carreira, em sua direção. A boca estava aberta, uma fileira de dentes e o latido de cachorro: "tatá, tatá, au, tatá"... Corria firme, grande, aumentando de tamanho, a boca escancarada para engoli-lo. Era um dragão, era o peixe. Cristório jogou a camisa que teimava em não o deixar, e ela caiu direto na cabeça da panã, que desnorteou-se e rodopiou na crista do vagalhão, com aquele pano cegando seus olhos frios, deixando-a sem orientação e rumo.

Outra vaga gigante avançou e veio rolando, rolando, rolando com todos em cima: Jonas morto, a mulher com uma voz de viola baixa, gemendo como gato morrendo, o corpo da menina amarrado, Benuil despedaçado, o velho morto boiando, Rujero, com o bucho furado e as pernas cortadas pela tintureira, e o lamento dos meninos afogados. Cristório, com os sovacos sangrando de tanto abraçar a espicha para não afundar, tinha a cara de uma lua inchada, os cabelos desciam esfrangalhados, socados pelo martírio daquela viagem.

– Querente, onde está a nau do fogo de Santelmo? Camborina, você vive? Batesta, fecha os olhos da morte. Pioco filho de uma égua, larga Quertide!

Cristório falava para dentro de sua alma e sonhava com os mortos. Ali estavam Crisanto, Crisantino, Serafim, Garatoso, Jerumenho, Carideno...

– *Chita Verde,* não faz isso, não se mate!

E as labaredas subiam, no seu delírio.

A onda grande disparava, a toda velocidade. Também arrastava o tubarão com a camisa nos olhos, para encalhá-lo na praia, onde todos foram arrojados. Aqueles corpos eram frangalhos jogados na areia com sangue e tábuas.

Cristório sentiu um baque no peito. E saiu rolando no chão de areia, quando o vagalhão se desfez. Sua viagem tinha chegado ao fim. Era a praia do Carimã, na ilha do Curupu.

Que horas?

Não havia mais o tempo. Os corpos ardiam e apodreciam.

Cristório quis abrir os olhos. A escuridão era maior do que a da noite. Tudo negro. As coisas e o mundo das trevas não tinham formas.

– Cristório? Cristório?

Divisou um clarão sobre as águas, que se abriam para deixar passar uma estrada onde navegava uma canoa, arrebitada, pano novo, rasgando as ondas: era *Chita Verde*. Na frente, milhões de cavalos-marinhos, os corpos fora d'água, relinchando, loucos no cio que nascia das éguas do mar.

– Cristório? Cristório?

A canoa aproximou-se. A noite era cada vez mais profunda, mas um clarão a tudo iluminava. Mãos de mulher o levantaram.

– Cristório, estou liberta para sempre de meu mistério.

Era, na biana, Quertide, nos seus jovens anos, pousada no desejo, com a sua saia de chita, sua calcinha de flores, sua gaivota preta, com o peito macio dos ventos de outubro, pousada no seu sexo, e uma pena de guará, vermelha como sangue, na coxa morena.

– Minha espera foi longa e triste, por todos estes abismos.

Cristório voltou-se para ver o espelho do seu próprio corpo. Regressara nos anos. Estava moço, forte, o pescador das mãos milagrosas. Era o marinheiro rijo do Tucunandiba.

– Cristório, me escuta! Sou eu, Germana. Vim pra navegar ao teu lado.

Seus olhos eram os mesmos olhos tristes que saíram do Guarapirá. Seu rosto, jovem. O corpo cheirando os amores daquela primeira noite, entre patchuli e desejo.

Os três na canoa, que balançava e tremia como se dançasse uma festa de ressurreição e aleluia.

– Que dia é hoje, Germana?

– Sexta-feira, seu Cristório.

– *Chita Verde* ganha as águas de todos os mares. Eu sou um navio eterno.

– Cristório? – chamou Quertide, com uma voz de quem emudeceu durante séculos nas profundezas marinhas, que mais parecia uma canção de acasalamento dos mistérios.

– Cristório, não! Capitão Cristório!

Patente do mar sem fim, navio eterno, dono dos abismos de todos os oceanos, fantasma da noite neste mundão das águas.

E navegou para sempre.

O CENÁRIO

O Golfão Maranhense, complexo geográfico de variadas características e fauna e flora diversificadas, reino das bianas e igarités dos pescadores do Maranhão. As baías de São Marcos, São José, Panaquatira e arquipélago de Santana.

São pontas, praias, parcéis, ilhas, rios, atóis, mangues, barreiras, baías, croas, bancos, lavados, igarapés, quebradas... Araçagi, Atins, Aurá, Banco Feliz, Barreira Vermelha, Boqueirão, Canto, Cararaí, Caranguejos, Carimã, Croa das Ânsias, Cinambutiua, Cumã, Curupu, Guaíba, Guarapirá, Guarapiranga, Guimorna, Iguaíba, Itacolomi, Itapari, Itaúna, Lampadosa, Lençóis, Mamuna, Manuel Luís, Mojó, Mujijaia, Munim, Panaquatira, Pau-Deitado, Raposa, Raspador, Ribamar, Risca, Rochedo, Santana, São José, São Marcos, Tabaiana, Tauá, Timbuba, Tubarão, Tucunandiba, Vieira...

...Terras e mares onde viveu, amou, morreu e encantou-se o Capitão Antão Cristório.

A TÁBUA DE PERSONAGENS

Alencajur: Construtor de bianas, de São José de Ribamar, que fez *Chita Verde,* a biana de Antão Cristório.

Alexave: Sobrinho de Antão Cristório.

Amadaceu: Filho de Antão Cristório.

Amadeu: Filho de Antão Cristório.

Amirando: Morador do Mojó.

Anafrido: Genro de Cristório, expulso de casa pelo sogro.

Anisete: Filha de Cristório.

Antão Cristório: Pescador de Mojó, o *Capitão Cristório*, patente conquistada no mar, com o qual tinha ele um trato que o fazia senhor das artes da pesca e do navegar.

Aquimundo: Personagem secular, que personificava o Tempo e fazia o relato das histórias antigas.

Arduto: Pai de Camborina.

Armindeu: Marido de Maria do Céu.

Antônio: Pescador de São José de Ribamar.

Baduco: Trabalhador de salga de peixe.

Baixinho: Pescador da canoa *Costeira*.

Balbuíno: Morador do Mojó, portador da notícia do fogo em *Chita Verde*.

Barbicô: Velho pescador alagado, salvo por Antão Cristório.

Basio: Pescador amigo de Demétrio.

Bastião: Companheiro de Cristório em pescarias.

Batesta: Filha de Antão Cristório, a que morrcu anjo, de olhos abertos, e que aparecia sempre como elemento de moderação.

Batupaco: Velho que moreu comido por mero.

Benuil: Contramestre da igarité *Proteção da Virgem*, também morto na alagação.

Berinheiro: Companheiro desaparecido e alagado, recolhido pela canoa *Costeira*.

Berto: Barraqueiro do Mojó.

Bertolino: Pescador do Mojó.

Betibo: Mestre da canoa *Costeira*, do Araçagi.

Binga: Veja **João Binga**.

Bonate: Pescador do morro Branco, na Raposa.

Braulino: Dono do barco *Flor de São José*, corredor veloz.

Buzaga: Veja **Manuel Buzaga**.

Camaleão: Pescador da praia do Carimã, que teve a filha violentada por Josafá.

Camborina: Esposa de Antão Cristório, por ele roubada do Guarapirá.

Carideno: O marido de Maria Dina, assassino de Jerumenho.

Cazumbá: Personagem do auto popular do bumba meu boi.

Criotinda: Prima de Camborina e de Germana, do Guarapirá.

Crisantino: Pescador do Mojó, morto de derrame.

Crisanto: Pescador do Mojó, morto de derrame.

Criseu: Dono de casa de mantimentos, no Iguaíba.

Curvino: Barbeiro do Mojó.

Damásia: Mulher de Zé Teju.

Demétrio: Pescador morto afogado na Croa das Ânsias.

Deudiro: Pescador amigo de Cristório.

Deusoline: Filha mais velha de Cristório.

Doralice: Filha de Camaleão, pescador da ilha de Curupu.

Dresdena: Mulher de Garatoso.

Duto: Forma reduzida de **Arduto**.

Faustino: Promotor de bailes e festas no Mojó.

Garatoso: Primo e amigo de Antão Cristório.

Geminiana: Tia de Camborina e Germana, rezadeira que prometeu a primeira a Cristório e que lançou mão de seus poderes para desfazer o noivado dela com Zequido.

Germana: Irmã de Camborina, que a acompanhou quando esta foi roubada por Cristório, com o qual "se afamilhou" sob o mesmo teto da irmã.

Gertide: Filha de Antão Cristório.

Gertrudes: Preta velha que encomendava os defuntos nos enterros.

Gueguê: Amante de Damásia, esfaqueado por Zé Teju.

Isidoro Quibau: Pai de Antão Cristório.

Janjar: Filho de Antão Cristório.

Jerôncio: Habitante do Mojó, que fazia o papel de Cazumbá, no bumba meu boi.

Jerumenho: Filho mais velho de Cristório, seu companheiro de pesca e marear, assassinado pelo Carideno.

Jesutino: Primeiro marido de Dona Turinda, parteira do Mojó.

João: Empregado da ilha do Curupu.

João Binga: Pescador do Mojó.

João dos Siribas: Informante sobre os piocos.

João Testa: Comerciante do Munim.

Joaquim Olho de Bagre: Proprietário de canoa que Cristório alugava no Pau-Deitado.

Jonas: Pescador dono da igarité *Proteção da Virgem*, de apelido *Costeira*, a quem Cristório se alugou de mestre na sua última viagem e única alagação.

Josafá: Pescador que invadiu a casa de Camaleão e violentou a filha deste.

José Aires: Empregado da ilha do Curupu.

Júlio (Velho): Encarregado da ilha do Curupu.

Ladislau: Pescador do Mojó, tido por valente e bêbado.

Lorentino: Dono de boteco no Guarapirá.

Mané-Pé: Pescador amigo de Cristório.

Manguara: Filho de Antão Cristório.

Manuel: Filho de Antão Cristório, trabalhador na cidade.

Manuel Buzaga: Pescador de muitas viagens, de Tucunandiba, com quem Cristório trabalhou.

Manuel do Rio: Filho do primeiro casamento de Dresdena.

Manuel João: Filho de Antão Cristório, trabalhador na cidade.

Maria das Águas: Ente que se declarava prostituta do Iguaíba, que desaparecia das vistas de Cristório.

Maria das Crenças: Filha de Garatoso com Dresdena.

Maria Dina: Mulher de Carideno, por causa de quem Jerumenho foi assassinado.

Maria do Céu: Filha de Antão Cristório.

Maria Quertide: Noiva por quem Cristório gastou mais de três anos em sua busca depois que um pioco a raptou e levou para o fundo do mar.

Maria Rita: Filha de Antão Cristório.

Marzuela: Filha de Antão Cristório.

Matildes: Mãe de Zeferino.

Natividade: Mãe de Antão Cristório

Nazaré: Tirador de toada de bumba meu boi.

Nicolau: 1) O segundo marido de Turinda. 2) Chefe de terreiro do Iguaíba.

Pestana: Empregado da ilha do Curupu.

Quebrado: Dono de venda no Mojó, amigo de Cristório.

Querente: Companheiro de Antão Cristório, encarnação de Diogo de Seixas, soldado lançado ao mar da nau *São Tomé*, nas costas da Terra dos Fumos, em 1589.

Quertide: Veja **Maria Quertide**.

Quetrino: Pescador amigo de Cristório.

Quincas Barriga: Morador do Mojó.

Quinzinho: Mestre de biana.

Quirino: Trabalhador braçal do porto do Mojó.

Quitido: Quitandeiro do Mojó, amigo de Cristório.

Regão: Morador do Mojó.

Rujero: Canoeiro da *Proteção da Virgem*, que morreu cortado pela panã-panã na alagação da igarité.

Santidade: Primo de Camborina, namorado dela na adolescência.

Sarporite: Dono de boteco no Mojó.

Serafim: Preto que morreu afogado e que aparecia em assombração nos mangues.

Setembrada: Mãe de Camborina e Germana.

Tabisco: Morador do Mojó.

Tandito: Filho de Antão Cristório.

Teju: Veja **Zé Teju**.

Terêncio: Tio de Jerumenho.

Terentino: Dono do sítio que Cristório comprou.

Tolentino: Dono de grupo de bumba meu boi.

Tucídio: Pescador do Mojó.

Tudinha: Vizinha de Cristório no Mojó.

Turinda: Parteira que assistiu o parto de Natividade.

Valbinho: Empregado da ilha do Curupu.

Valentim: Pescador do Mojó.

Varizina: Irmã de Jerumenho, morta em criança.

Velho Júlio: Veja **Júlio (Velho)**

Virtobil: Pescador do Mojó, pai de Ladislau.

Zaqueu: Pescador amigo de Cristório.

Zé Barriga: Pescador do Mojó.

Zé Biando: Morador do Mojó.

Zedico: Trabalhador de salga de peixe.

Zediga: Pescador do Mojó.

Zé do Casco: Ente fantástico, habitante do mar, que sodomiza os pescadores.

Zé Donga: Namorado de Deusoline.

Zeferina: Sitiante do Mojó, mãe de Tandito.

Zeferino: Filho da velha Matildes, pescador.

Zelão: Morador do Guarapirá.

Zequido: Noivo de Camborina, perdida para Cristório.

Zé Teju: Quitandeiro de São José de Ribamar.

Zé Tigo: Pescador do Morro Branco, na Raposa.

Zezindo: Vira-bosta do porto do Mojó.

Zimbório: Pescador da praia de Tucunandiba.

Zito: Neto de Garatoso.

Zorolindo: Morador do Guarapirá, morto na briga quando da tentativa de resgate de Camborina, no Mojó.

O VOCABULÁRIO

A

Alagação *S.f.* **1.** Ato, ação de alagar. **2.** Naufrágio.

Alagado *Adj.* **1.** Que se alagou. *S. m.* **2.** Vítima de naufrágio; náufrago. **3.** Sucessão de poças deixadas na praia pela maré que vazou.

Alagar *V.* **1.** Inundar. **2.** Submergir, afundar, naufragar.

Amassado *Adj.* Sofrido, amargurado.

Arrebentação da água *Loc. s.* Rompimento da bolsa de água que protege o feto, e que é sinal de parto iminente.

Arvorado *Adj.* Diz-se de embarcação (canoa, biana, etc.) que tem acentuada para cima sua linha de proa.

B

Bagre-catinga *S. m.* Peixe da família dos bagres, o maior deles. Tem cheiro desagradável.

Barbatão *S. m.* **1.** Novilho forte. **2.** Peixe grande e lutador.

Biana *S. f.* Embarcação de pequeno porte, dotada de vela, usada em pesca costeira.

Binabô *S. m.* Corda, presa no alto do mastro, na qual o barqueiro se segura, puxando-a com o corpo para fora, a fim de impedir que a canoa aderne.

Bisalho *S. m.* Pequena bolsa para joias.

Boião *S. m.* Canoa de uma verga só.

Bornear *V.* **1.** Mover em derredor. (Aurélio). **2.** Encontrar o rumo.

Botecadura *S.f.* Ferragem que segura a enxárcia ao navio.

Broquel *S. m.* Escudo antigo, redondo e pequeno. (Aurélio)

Bruegazinha (Diminutivo de *bruega.*) *S.f.* Chuva fina, fraca; chuvisco.

Bujarrona *S. f.* Vela triangular, que se iça entre o mastro de vante e o gurupés ou à proa da embarcação. (Aurélio)

C

Caçadeira *S. f.* Pequeno prolongamento da tábua da popa e serve para enrolar a escota.

Caçoeira *S.f.* Rede de arrasto usada na pesca em mar alto. (Aurélio)

Calango-verde *S. m.* Ente fantástico representado em forma de lagartixa.

Camaleão *S. m.* A crista da onda em mar forte.

Camalear *V.* Navegar nas cristas (os camaleões) das ondas.

Camboa (ô) *S. f.* Local, no leito dos rios, de águas calmas. (Variante: *gamboa.*)

Cambota *Adj. 2gên.* Diz-se da pessoa que tem as pernas arqueadas.

Canga *S.f.* Grande vaga.

Cangado *S. m.* Mesmo que **binabô**.

Capelobo (ô) *S. m.* Ente fantástico, representado por um índio coberto de pelos da cabeça aos pés.

Capijuba *S. m.* Espécie de macaco.

Carlinga *S.f.* Lugar na biana onde o mastro se encaixa.

Carraca *S.f.* Grande embarcação antiga para navegação de longo curso.

Ceva *S.f.* Lugar em que existe muito alimento dos peixes, ou onde o pescador põe comida para acostumar o peixe a alimentar-se para ser pescado em época própria.

Cevadeira *S.f.* O pano da frente, sustentado pelo traquete.

Chichola *S. m.* Ente fantástico, assemelhado a um morcego, que violenta as mulheres dos pescadores quando estes se encontram no mar.

Chiqueiro *S.m.* Área dentro do curral, geralmente em forma de coração, de onde os peixes não podem escapar depois que nela entram.

Cofo (ô) *S. m.* Grande cesto de pindova seca, de boca grande, que se fecha com folhas de bananeira, e que serve para carregar farinha, peixe seco, etc.

Curacanga *S. f.* **1.** Ente fantástico, representado pela mula sem cabeça. **2.** Fogo desconhecido no mar.

Croa (ô) (Forma acocopada de *coroa.*) *S.f.* Coroa de areia, banco de areia.

Curica *S.f.* Periquito.

Curral *S. m.* Armadilha de paus e tela, para apanhar peixe.

D

Dar no cheio *Loc. v.* O contrário de **orçar**.

De mamando a caduco *Loc. prep.* De bebê a idoso; de oito a oitenta.

De corte *Loc. adv.* De maneira rápida e direta.

Deixar amigo na chapada *Loc. v.* Abandonar, deixar à própria sorte.

Deriça *S. f.* Cabo para içar a vela.

E

Encardear *V.* Tomar (a embarcação) rumo diferente ao em que ia, forçada pelo vento, corrente marítima, etc.; guinar.

Engalicar(-se) *V.* Infectar (-se) com doença venérea.

Engonçado *Adj.* **1.** Emaranhado. **2.** Enfeitiçado.

Engonço *S. m.* **1.** Certa armadilha para peixes. **2.** Bruxedo, feitiçaria, coisa-feita. **3.** Complicação; coisa enrolada, emaranhada, confusa.

Escápula *S. f.* Gancho para armar rede de dormir.

Escota *S. f.* Cabo que permite estender a vela, a fim de apresentar ao vento toda sua superfície.

Esganido *Adj.* O mesmo que **esganiçado**.

Espicha *S. f.* Vara que, colocada transversalmente, da ponta da vela à base do mastro, mantém esta aberta e apresentada ao vento em toda a sua superfície.

Espinhel *S. m.* Conjunto de linhas com anzol na ponta, penduradas em uma corda que o pescador estende na superfície da água.

Estar de roda *Loc. v.* Ir ligeiro; correr muito.

Estorvar *V.* **1.** Colocar isca no anzol.

F

Falado *Adj.* **1.** Diz-se de quem tem má reputação. **2.** (*f.*) Diz-se de mulher de vida pessoal que foge à tradição.

Falcão *S. m.* Peça de artilharia de calibre três. (Aurélio)

Falsejar *V.* Enganar, ludibriar; ser falso.

Fato *S. m.* **1**. Mercadoria que ficava no convés dos navios. **2.** Caixote de roupa.

Ferrado *Adj.* Marcado para sempre.

Fusta *S. f.* Embarcação comprida e estreita, de pequeno calado.

G

Garajau *S. m.* Ave marítima.

Geringonça *S. f.* Coisa emaranhada.

Galha *S. f.* A barbatana dorsal do tubarão.

Grevas *F. pl.* Parte da armadura que cobria a perna do joelho ao pé. (Aurélio)

Guachelo *S. m.* Animal mamífero, carnívoro, da família dos canídeos, de coloração cinzento amarelada, salpicada de preto, cauda com anéis pretos e amarelos. Frequenta brejos e manguezais, onde caminha com facilidade, por ser plantígrado. Mede 65 cm de corpo e 40 cm de cauda, e alimenta-se de pequenos animais e vegetais. Sinônimos: *guaxinim, iguanarana, jaguacinim, mão-pelada*. (Aurélio)

Gurijuba *S. m* e *f.* Peixe de coloração amarelada muito comum no litoral norte.

Gurupés *S. m 2 n.* Mastro que avança do alto do bico da proa para a frente, numa inclinação de cerca de 30 graus. (Aurélio)

I

Inhaca *S. f.* Mau-cheiro, fedor.

Iça *S. f.* O mesmo que **deriça**.

J

Jilavento *S. m.* Variante de *julavento*. O mesmo que *sotavento*, borda onde sopra o vento.

L

Lastreiro *S. m.* Aquele que cuida do lastro, nas embarcações.

Lavado *S. m.* Extensão de praia, em geral molhada, que fica exposta quando a maré baixa.

Luminar *S. m.* Feixe de luz; clarão.

M

Malhadeira *S. f.* Certa rede de pescar de malhas pequenas.

Malhar *V.* Pegar o peixe na rede.

Manzuá *S. m.* **1.** Armadilha enredada para capturar peixe. **2.** Curral pequeno.

Mará *S. m.* Vara para impelir a canoa.

Mastrear *V.* Pôr mastro em (embarcação). (Aurélio)

Meaçaba *S. f.* Esteira de palma de pindoba ou coqueiro entrelaçada e de múltipla serventia.

Mina *S. f.* **1.** Designação de culto animista de origem africana e geralmente sincrético; terecô, candomblé. **2.** Feiticeiro. **3.** Pai de santo. (Os primeiros escravos que chegaram ao Maranhão eram de Costa da Mina.)

Moça *S. f.* Virgem.

Moça-velha *S. f.* Mulher de idade, virgem, que não casou.

Moneta (ê) *S. f.* Vela pequena, por baixo do papa-figo, que é colocada quando há vento bonançoso.

Montaria *S. f.* Canoa.

Morta *Adj. (f.)* **1.** Diz-se da maré estável, na baixamar ou na preamar. **2.** Diz-se do barco alagado, já sem salvação.

Muruana *S. f.* Espécie de mosca grande.

Mutá *S. m.* Assento alto feito à beira da água, para espera da pesca de arpão.

O

Ontonte *Adv.* Anteontem.

Orça *S. f.* Ato de orçar.

Orçar *V.* **1.** Aproximar a embarcação da linha do vento. **2.** Pôr o leme a barlavento, a fim de que a proa da embarcação se aproxime da linha do vento. (Aurélio)

P

Panã-panã *S. f.* Tintureira, espécie de tubarão.

Paneiro *S. m.* Cesto de palha entrelaçada que comporta de 30 a 50 quilos.

Pano Cru *Loc. s.* Tecido que não se goma.

Papa-figo *S. m. 2 n.* Vela do traquete, redonda e grande.

Papista *S. m.* Espécie de pequeno bagre do mar. (Aurélio)

Pau de giba *S. m.* Pau que fica na proa da embarcação, para fora.

Pioco (ô) *S. m.* Ente fantástico que vive na profundeza das águas e tem um só olho, no meio da testa.

Piripitinga *S. f.* Variante de *pirapitinga*, peixe das costas do Norte do Brasil.

Pixé *S. m.* Mau-cheiro, fedor, inhaca.

Poita *S. f.* Objeto pesado (pedra, ferro, etc.) usado em vez de âncora nas pequenas embarcações, para fundear.

Poitar *V.* Lançar a poita; fundear, ancorar.

Por cima do baixo *Loc. adv.* Diz-se da navegação em maré cheia: *por cima das pedras ou coroas de areia.*

Puxar *V.* Começar (a maré) a vazar.

Q

Quebrada *S. f.* Arrebentação da maré.

R

Romaria *S. f.* Zoada.

S

Sabuja *S. f.* **1.** Rato-de-espinho. (Aurélio dá **sabujá**, no Maranhão.) **2.** Adulador rasteiro.

Sacuri *S. f.* Cobra de coloração cinzento-esverdeada, das regiões dos grandes rios. (Variante de **sucuri**.)

Saraquitagem *S. f.* Saçarico, tengue, faceirice.

Sarnambi *S. m.* O mesmo que **sernambi**.

Sernambi *S. m.* Designação de vários moluscos bivalves, comestíveis; mexilhão.

Siribeiro *Adj.* Diz-se de certa espécie de mangue.

Soque *S. m.* Piso de terra batido.

Sota-piloto (ô) *S. m.* Substituto do piloto. (Aurélio)

Sotavento *S. m.* O lado para onde vai o vento; bordo contrário àquele de onde sopra o vento.

Sucuriju *S. m.* Sucuri.

Sujigar *V.* Subjugar.

T

Taipá *S. m.* Parede de varas com palha dos currais de pesca.

Tamboril *S. m.* Árvore de grande porte, copa ampla, de madeira castanha e sem valor.

Tampinha *S. f.* (Diminutivo de *tampa.*) Tábua triangular que, na proa da canoa, se prende às bordas da direita e da esquerda do casco, dando mais firmeza à embarcação, e que também serve de banco.

Tanja *S. f.* Fruto resultante do enxerto da laranja-lima com a tangerina.

Tapagem *S. m.* Tapume de varas ou pindoba para apanhar peixe.

Terecô *S. m.* Culto de origem africana; é o candomblé.

Tibira *S. f.* **1.** Vaca que dá pouco leite, ou cujo leite não espuma. (Aurélio); **2.** Espécie de peixe, fino e em forma de espada.

Tinhosa *S. f.* Certa ave de alto mar.

Tintureira *S. f.* Cação de grande porte (chega a atingir 10 metros), muito feroz.

Tintureira corre-costa *S. f.* Tintureira que percorre o litoral próximo à costa.

Tralhoto (ô) *S. m* Peixe de pequeno porte, que nada, durante a enchente da maré, no raso. Tem os olhos separados, de forma que um olha para fora da água e o outro para o fundo.

Traquete (ê) *S. m.* A vela redonda que enverga na verga mais baixa do mastro de proa. (Aurélio)

Tremoço *S. m.* Faniquito.

U

Urumaru *S. m.* Espécie de tubarão.

V

Ventololô *Interj.* maneira de chamar o vento, em geral assoviando e/ou cantarolando.

Vira-bosta *S. 2 g.* Trabalhador braçal, sem especialização, que faz de tudo, no porto.

X

Xareta (ê) *S. f.* Sequência de escudos em volta da nau para protegê-la de tiros.

Z

Zabra *S. f.* Embarcação de pequeno porte, das costas da Índia.

Zangaria S. f. Certo método e sistema de pescar.

Zonchadura S. f. Cada movimento do êmbolo da bomba-d'água.

Zamba S. f. Diamba; maconha.

Zorra (**ô**) S. f. Pequena rede de arrasto para pesca de caranguejo. (Aurélio)

Zorreiro Adj. e s. m. **1.** Diz-se de, ou barco que pesca com a zorra. **2.** Lento.